Crénom, Baudelaire !

ROMANS DU MÊME AUTEUR
CHEZ JULLIARD

Rainbow pour Rimbaud
L'œil de Pâques
Balade pour un père oublié
Darling
Bord cadre
Longues peines
Les lois de la gravité
Ô Verlaine
Je, François Villon
Le magasin des suicides
Le Montespan
Mangez-le si vous voulez
Charly 9
Fleur de tonnerre
Héloïse, ouille !
Comme une respiration...
Entrez dans la danse
Gare à Lou !

JEAN TEULÉ

Crénom, Baudelaire !

ROMAN

J'AI LU

1

— Crénom !

Au sortir du portail baroque de l'église Saint-Loup de Namur, un homme qui aura bientôt quarante-six ans loupe une marche et tombe sur le front, à même le parvis, en jurant. Des deux qui l'accompagnent, le plus jeune – fringant trentenaire rigolard et bariolé à l'accent wallon très prononcé – fait mine d'être offusqué par ce qu'il vient d'entendre :

— Même en utilisant sa forme contractée, on ne sort pas d'une église en s'écriant : « Sacré nom de Dieu ! » Ça n'est pas possible ça, sais-tu, monsieur ?! Le Seigneur vous aura puni !

Le second ami – corpulent personnage autrement raisonnable –, déjà accroupi près du corps à plat ventre, le retourne sur le dos en lui disant dans un français plus conventionnel :

— Eh bien dites donc, quelle chute, hein ?!

— Crénom..., paraît ne pas en revenir l'accidenté aux airs devenus complètement ahuris.

— Il est sonné. Félicien, prenons-le chacun sous une aisselle pour le remettre sur pied.

Le jeune Belge farfelu le hisse du côté droit pendant que l'autre, qui parvient à le maintenir bien en appui sur la jambe gauche, s'en trouve soulagé. « Ça va, on peut vous lâcher ? » demande-t-il en écartant un peu ses paumes, mais la victime, répétant « Crénom », bascule vers Félicien qui s'en amuse :

— Vous choisissez de plonger dans mes bras plutôt qu'entre ceux d'Auguste ! Merci ! Cela me met en bonne gaieté.

— Mais redressez-le, bon sang, Félicien ! Soyez sérieux, s'agace Auguste.

— J'essaie mais il s'écroule par là. Regardez ce bras, qui semble n'avoir plus d'énergie, comme il balance. Et en dessous, cette jambe, si je l'attrape par le pantalon, elle ondule telle de la guimauve. On dirait qu'il est devenu, de ce côté-ci, une poupée de chiffon.

— Bordel de Dieu…, commente Auguste.

— Ah, ben dites donc, ça jure, les Français ! Quand c'est pas l'un c'est l'autre.

— Me reconnaissez-vous, savez-vous qui je suis ? demande le plus âgé des amis à l'acrobate maladroit qui s'est étalé sur le parvis.

Celui-ci le regarde comme s'il venait de le découvrir, très étonné :

— Crénom !

— Bon, il donne aussi des signes de troubles mentaux. Il faut le ramener à Bruxelles.

*

Dans le gros bâtiment particulièrement sévère de l'institut-couvent Saint-Jean-et-Sainte-Élisabeth situé près du jardin botanique de Bruxelles, une petite dame sautillante de soixante-douze ans est très en colère et ne se gêne pas pour le dire aux religieuses qui l'entourent tout en suivant la mère supérieure au travers d'un corridor :

— Moi, c'est de vous dont je ne suis pas satisfaite, mes sœurs ! Je m'insurge contre la rudesse de votre comportement envers lui ! Je le croyais sous la protection de douces colombes, comme je me figure que doivent toujours être les religieuses, alors que...

— Depuis son arrivée, fin mars, avant les repas, il ne fait pas le signe de croix ! s'indigne la supérieure, commençant à gravir vigoureusement les marches d'un escalier à la rampe ouvragée.

— ... Il est handicapé ! lui rappelle la dame âgée qui escalade derrière.

— Seulement hémiplégique du côté droit, précise l'autre déjà au palier. Il pourrait remuer sa main gauche !...

— ... Alors que, poursuit une des sœurs qui arrive également tout en haut, lorsqu'on insiste il tourne la tête et si on l'en tourmente davantage, il fait semblant de s'endormir !

Le premier étage s'ouvre sur un long couloir bordé à droite par une série de fenêtres hautes et claires donnant sur une cour fleurie en ce mois de juin. Face aux ouvertures vitrées s'étalent des portes de chambre. Visage entouré d'une guimpe trop amidonnée, une qui ne l'avait pas encore ramenée aborde, excédée, un nouveau sujet aux oreilles de la petite dame à la chevelure frisottée et blanche parsemée de reflets bleutés :

— Dans les établissements religieux, on exige que les malades récitent des prières à haute voix mais lui ne les dit pas !

— Il est devenu pratiquement muet !

Tout le monde part au train vers le fond du couloir. Les lumières de ce début d'été alternent avec les taches d'ombre sur ces corps féminins qui filent.

— Muet ?! s'exclame la mère supérieure. Ah, si vous entendiez ce qu'il répète continuellement en reluquant une certaine partie de l'œuvre d'art dont nous sommes le plus fières dans cet établissement !... Venez vérifier vous-même.

Elles s'arrêtent toutes devant la double porte ouverte d'une grande salle commune lambrissée de chêne et au plafond ornementé.

— Vous le trouverez là-bas ! Allez-y toute seule. Nous, on ne s'approche plus de lui.

La petite dame usée quoique encore dynamique, elle, y va vers ce quadragénaire qu'elle repère de dos, écroulé dans son fauteuil roulant en bois et osier, face à un grand tableau fixé au mur. On dirait que le quasi-grabataire s'exprime. Alors qu'elle s'approche de ses épaules, elle l'entend dire et redire une ribambelle de « Crénom ! » absolument excités. Elle lève les yeux vers ce qui obnubile tant l'affalé. C'est une *Vierge à l'Enfant* peinte vaguement façon Renaissance. Au premier plan et de trois quarts dos, une jeune Moyen-Orientale blondinette (ah bon ?) tout à fait avenante est représentée tendant les bras vers un mioche dans la paille qui fait face au spectateur. Mais le tordu débraillé ne fixe son regard que sur le cul de la Marie mis très en évidence par un souffle de vent pénétrant dans l'étable et plaquant la robe translucide de soie rose chair, bordée de broderies noires, contre les fesses joliment arrondies de la mère (vierge) du fils de Dieu.

— Crénom ! Crénom !

On sent bien que si le pervers pouvait articuler deux autres syllabes il s'écrierait plutôt : « Quel cul ! Quel cul ! » La petite frisottée, sans doute elle-même tous les dimanches à l'église, comprend maintenant la panique des sœurs hospitalières. Contournant le vicelard pour l'examiner de face, elle découvre son bras droit inerte qui pend contre sa poitrine enfermée dans une ample vareuse sombre dont l'usure luit çà et là et que personne n'est venu boutonner. Il ne lui reste qu'un œil ouvert en cette tête qui retombe, trop lourde, sur une épaule. La dame âgée dit :

— Bon, allez, laisse-moi te pousser. On s'en va.

Aucune sœur ne vient l'aider à descendre dans l'escalier le fauteuil roulant qui fait des bonds à chaque marche car les voilà toutes parties chercher de l'eau bénite en poussant des cris d'hystérie. Elles reviennent vers la salle commune pour s'y jeter à genoux, verser d'abondantes larmes et arroser d'eau consacrée les endroits occupés par le terrifiant malade, ceux où ses roues sont passées. La mère supérieure ordonne :

— Arrachez ses draps, sa paillasse, et faites tout brûler !

Retenant comme elle peut le fauteuil penché, grâce à une main agrippant la poignée fixée à l'arrière du dossier et l'autre cramponnée au col de la vareuse du très mal en point pour éviter qu'il ne bascule en avant, la petite vieille à la chevelure un peu azur croise un prêtre exorciste alerté. Lui non plus n'est d'aucune utilité et son étole flottante, au passage, vient lui fouetter le visage comme si elle n'était pas déjà assez emmerdée comme ça !

— *Exorcizamus te, omnis immundus spiritus, omnis... !*

Mêlé au fracas cavaleur des gros souliers cloutés du chasseur de mauvais anges, elle entend aussi gueuler un rituel latin alors qu'elle atteint le corridor et que les sœurs, à l'étage, paraissent se sentir enfin délivrées comme si Satan lui-même s'était retrouvé trois mois pensionnaire de leur maison de santé.

Sur les graviers d'une allée de la cour intérieure menant à la sortie, l'aïeule essoufflée fait une pause pour s'éponger le front près d'un bosquet de roses parfumées. L'hémiplégique mutique, de sa main gauche fait risette à une fleur en éclatant d'un rire de fou puis ferme son œil valide et revoit le fil de sa vie, sa vie... Crénom !

2

— Maman !

À Paris, dans une maison flanquée d'une tourelle au 13 de la rue Hautefeuille, un garçonnet de cinq ans a mouillé son crâne et se repeigne avec les doigts, en face d'un petit miroir, comme s'il cherchait à plaire lorsqu'il entend claquer la porte de la demeure. Il quitte aussitôt sa chambre en courant sur les tapis :

— Mère, moi pas content !

Il surgit dans le salon où une brune de trente-trois ans dépose des paquets sur une table basse en noyer puis jette son mantelet de dentelle noire par-dessus le dossier d'un canapé recouvert de velours jaune. Son fils fonce vers elle pour l'enlacer et la respirer :

— Comme vous étiez loin de moi, paradis parfumé !

D'une main, elle le décoiffe en regardant, sur la cheminée, une pendule en sa cage de verre :

— Charles, je t'avais dit que je serais de retour pour le goûter. Je ne suis pas très en retard...

— C'était trop long !

Elle porte une longue jupe de couleur havane serrée par une ceinture rouge qui pend à la taille. Ses épaules ont des bouillonnés bleus et blancs. Une servante, s'essuyant les mains contre un tablier, arrive à l'entrée du salon pour demander :

— Madame Caroline voudrait-elle que je serve le thé, le chocolat chaud et les gâteaux ?

— Oui, s'il vous plaît, Mariette.

La domestique s'empare du mantelet échoué puis, faisant la moue, reste un peu sur le pas de la porte à observer la mère et son gosse ébouriffé qui réclame :

— Gratte-moi la nuque !

Alors les ongles de Caroline se fraient un chemin à l'intérieur du col de l'enfant habillé de plein de coquetteries, môme recouvert d'une autre pâte que ceux nés dans la pauvreté. Accroupie devant lui, elle le comble de senteurs, de baisers, de soins. Charles en a des balbutiements qui la ravissent. Il manifeste un goût précoce du monde féminin. Mariette ressent l'intensité de l'émotion sensorielle de ce petit qui semble considérer sa génitrice plutôt comme une divinité, un astre. Quand arrive le plateau chargé d'une théière, de deux tasses et d'une assiette pleine de gâteaux que la mère pousse vers son enfant, celui-ci rétorque :

— Après toi s'il en reste.

Les voilà, tous deux s'asseyant côte à côte sur le canapé mais Charles ne tarde pas à se cramponner à elle plutôt que de s'intéresser à sa tasse de chocolat ou bien aux gâteaux. C'est Caroline, sa friandise. Il aime la molle compagnie de ses seins, de ses genoux qu'il caresse. Maintenant, une joue plaquée tout en haut entre les cuisses de sa mère, il y est comme un chat voluptueux au bord d'une forêt aromatique. Caroline lui fait l'offrande de sa jeune maturité. Elle lui remplit son atmosphère d'idéal avec une grâce abandonnée dans les mouvements, sa volupté enlaçante. La maternelle et soyeuse chevelure noire s'arrange d'elle-même en riches ondes bouclées répandues jusqu'en haut du dos. Charles, levant une main, y égare ses doigts et tout autour, pour cet enfant très sensitif, les meubles ont l'air de prendre des formes alanguies, les sièges paraissent rêver. La servante qui revient semble trouver que c'est trop. Dévouée mais râleuse, elle grimace en ramassant les tasses.

— Que se passe-t-il, Mariette ? demande Caroline.

— Que l'on me pousse un peu et je dirai le fond de ma pensée !

— C'est-à-dire ?

— Je trouve la passion de cet enfant pour madame poussée jusqu'à la bizarrerie.

Elle s'en va d'un côté, passant devant une fenêtre, alors que par la porte opposée arrive lentement une autre silhouette engoncée dans un gilet d'une teinte à la fois riche et fanée qui fait penser aux couleurs de soleil d'automne.

— Ah, vous êtes revenue, Caroline... Je n'avais pas entendu le bruit de la porte mais je suis de plus en plus dur de la feuille.

Caroline, avec toujours contre elle Charles qui a pivoté sa tête et alors qu'elle ouvre puis ferme un éventail comme une aile de papillon, hausse un peu le timbre de sa voix :

— Nous venons de prendre le goûter. Auriez-vous désiré une tasse de thé, François ?

— Non merci. Je me sens fatigué. Je vais plutôt monter me reposer dans notre chambre en attendant le souper. Avez-vous trouvé mes médicaments ?

— Les paquets sont sur la table. Plutôt que Mariette, c'est moi qui vais venir les poser sur votre table de nuit afin de vous répéter les recommandations du pharmacien.

Penché, teint jaune, myope à travers ses binocles et des cheveux blancs de séminariste lui donnant l'allure d'un ancien amour ranci, il gravit les premières marches d'un escalier en se tenant à la rampe. Charles, se reblottissant contre sa mère, confie à voix basse :

— Papa est vieux comme le plus vieil arbre de notre jardin.

— Il a trente-quatre ans de plus que moi.

— Il ressemble aussi... comme à l'église Saint-Sulpice, tu sais, les curés...

— Il l'a été avant d'y renoncer pour se marier une première fois. Ensuite, je l'ai rencontré et il a gagné de l'argent pour que nous vivions tous les trois dans le confort. Dessinateur également à ses heures, c'est lui qui a réalisé les pastels accrochés un peu partout dans la maison.

— Ils ne sont pas très jolis.

Caroline se lève et prend les paquets :

— Je vais aller lui servir ses potions.

De sa jupe large, elle remue l'air et fait à son fils l'effet d'un beau voilier qui prend le large. Ses bras sont des boas luisants aux yeux de Charles qui trouve qu'elle étoile de reflets le plafond peint en bleu. Lorsqu'il entend le parquet craquer à l'étage, il file le long du couloir qui mène à la cuisine pour s'arrêter dans la lingerie. Mariette, aux chaussons de feutre, vient l'espionner par l'encadrement de la porte laissée entrouverte et lève les yeux au ciel. Charles a plongé la tête à l'intérieur d'un panier en osier pour y respirer le linge sale de sa mère. Il hume cela. C'est sa dope.

3

— Charles, ce soir du 10 février 1827 devrait rester en ta mémoire car à cinq ans, tu n'as plus de père...

Dans la chambre de l'enfant couché, de l'autre côté de la porte-fenêtre donnant sur le jardin, un nuage passe devant la lune qu'il voile d'un crêpe de deuil. Une cloche jette un cri religieux et Charles sourit. Le décès de François est une joie pour lui :

— Mais alors, mère, vous voilà toute à moi pour la vie entière, n'est-ce pas ?!

Caroline se trouve un peu décontenancée par la réaction de son fils :

— Avant cet événement, il a gentiment pris ses dispositions pour te laisser un héritage conséquent que tu recevras à ta majorité quand tu auras vingt et un ans...

La mort de celui qui fut prêtre, quoiqu'il n'ait jamais été désagréable à son égard, est pour Charles un grand soulagement. Il semble étrangement satisfait de se trouver débarrassé d'un rival, que sa mère n'ait plus que lui à aimer sans obstacle. La nouvelle veuve, cherchant des mots mais ne les trouvant pas, s'assoit au bord du lit et l'enfant se redresse contre ses oreillers pour enlacer celle qui l'a mis au monde. C'est une nuit d'hiver illuminée par l'ardeur du charbon en un âtre entouré de faïences voyantes. Les deux s'expriment à voix basse. C'est l'heure des confidences. Ô, pour Charles, l'odeur de la chevelure de Caroline, le parfum de son corps, en du velours et de la fourrure, quand elle le serre aussi contre sa poitrine... Dans un ciel curieux, la lune paraît maintenant être un grand œil ouvert qui contemple des câlins longs et silencieux. Elle répand sur Caroline de beaux reflets blancs de cierges près du petit piano anglais de son fils. Leurs mains à tous deux, se cherchant, ont des frissons et de douces langueurs. L'orphelin de père oublie tout en s'enivrant du contact maternel. Il ouvre l'écluse à une effusion de jovialité :

— Ma bonne mère, si tu savais combien je veux jouir de toi !

Puis arrive le meilleur moment pour Charles : le baiser du soir quand elle se penche par-dessus lui tandis qu'il parie :

— À qui de nous deux aimera l'autre le plus !

Caroline se lève et sourit :

— Ce sera moi qui gagnerai.

4

— Perdu !

Dans le salon et la salle à manger de la maison, quantité d'invités trinquent lors d'un cocktail dînatoire suivant la cérémonie du remariage de la mère de Charles.

— Dix-neuf mois après son veuvage, c'est un délai bien court, commente une dame à sa voisine.

Charles est d'accord. C'est trop court. Les bras lui en tombent. Un homme en redingote vient entrechoquer son verre contre celui de celle qui a, tout à l'heure, changé de patronyme :

— Et comment se sent madame... Caroline Aupick, en ce jour ?

— Très bien, merci.

Très bien ?... Ce n'est pas son fils de sept ans qui répondrait ça si on lui demandait : « Et comment se sent Charles aujourd'hui ? » « Mal, mal, mal. J'ai mal aux nerfs, mal à crier ! » qu'il rétorquerait.

— Ma chérie, viens là !

« Ma chérie, viens là ! » et c'est vers un officier à belle prestance de trente-neuf ans, sanglé dans son uniforme, qu'elle trottine plutôt qu'en direction de son rejeton. Chez l'enfant, brusque apparition de l'anormal. Une faille s'ouvre. Un intrus a pris sa place. Tout en le cajolant, sa mère l'a trahi. Au jeu d'avant dormir – « À qui de nous deux aimera l'autre le plus ! » – elle a perdu mais c'est Charles qui s'en trouve paumé. Coincé au milieu de la foule, quel vide autour de lui, quelle noirceur ! On dirait qu'un ange fou et invisible l'y fouette à tour de bras. L'affront est cuisant. Le second mariage de sa mère impose au petit garçon sensible la pire des épreuves. Un chaos roule en son intelligence. Il lui semble qu'il reçoit un coup de pioche dans l'estomac.

— Eh bien, alors, Caroline !?

— Me voilà, j'arrive, Jacques.

Jacques Aupick, chef de bataillon scintillant des médailles de l'Ordre de Saint-Louis et de celle de la Légion d'honneur, afin de présenter à des commandants et à des lieutenants-colonels son épouse, attrape fortement celle-ci par la taille. Vêtue d'une robe ondoyante et nacrée, elle s'en trouve les reins cambrés, la tête renversée en arrière. Son torse en avant fait ressortir ses seins. Charles sent un vomissement lui monter entre les dents. D'une voix tonitruante, le mari à moustache et barbiche ordonne ensuite à Caroline : « Va me chercher un verre de rouge et puis aussi de ce pâté au jus qu'a cuisiné notre servante, tu seras bien bonne ! » Et il lui claque une main au cul pour la faire aller comme si elle était une pouliche. Personne ne s'offusque de ce geste à la hussarde car presque tous les convives – soldats habitués aux manières cavalières des régiments – ont été invités par le marié, qui prévient :

— Dorénavant, les connaissances de ma femme devront se borner au militaire. J'élèverai aussi mon beau-fils à la dure. Moi, j'inflige des roulées aux récalcitrants. À Louis-le-Grand où il accomplira ses études, il aura intérêt à se tenir à carreau.

Quelqu'un, derrière Charles qui se retourne brusquement, s'en trouve bousculé et s'étonne :

— Tiens, voilà ce petit monsieur qui court grimper tout seul dans l'escalier. Où va-t-il ?

Le fils de Caroline devenue Mme Aupick avait cru en la grande passion éternelle (l'erreur est fréquente !) mais chez cet enfant cela prend des proportions étonnantes. À pas furtifs, au premier étage il arrive devant la porte de la chambre conjugale qu'il ouvre en pivotant la poignée. Dans cet endroit où dominent l'acajou et le merisier, des murs couverts de faïences anciennes entourent un grand lit dont la vision imaginative provoque chez Charles un état horrible. C'est donc parmi ces draps qu'un arrogant, affolé de poudre et de tambours et aux effluves de caserne, mêlera sa sueur de cheval en rut au corps nu de sa mère qui en sera réjouie sans doute et se livrera, elle-même, à des actes obscènes. La tête du fils lui en tourne. Sa bouche se plisse d'un horizontal trait amer qui risque de durer. D'ici à ce qu'un jour il considère l'ensemble des femmes comme des putes ou des salopes, il n'y a pas loin. Charles ôte la clé glissée dans la serrure de la face interne de la porte qu'il referme, depuis l'extérieur, à double tour. Redescendu et ayant traversé sa propre chambre, il accède au jardin. À travers la fenêtre de la cuisine, Mariette, découpant des parts de tourtes et désossant des volailles, le voit aller vers le puits pour y lancer un petit objet brillant. Il jette la clé de la chambre conjugale et aussi, pas mal, de sa vie future. Le soleil couchant de ce 8 novembre 1828, d'une lumière droite et terrible, pointe comme un doigt sur lui.

5

Sous la lumière opaline des suspensions d'une classe de terminale, un élève à la juvénile barbe courte et floconneuse, petite moustache, regard noir et perforant, s'ennuie. Dans un bâillement il avalerait le monde. Parmi de dociles condisciples corvéables, faits selon lui pour l'écurie c'est-à-dire exercer des professions, il préfère se mettre à explorer son propre laboratoire mental. Des phrases lui sortent de l'imagination par fusées. Pouce et index d'une main pressant ses paupières closes, en lui un vertige apparaît. Il pêche des étoiles qu'il griffonne sur un bout de papier pendant que le prof, de dos, passe dans l'allée centrale mais il se retourne brusquement :

— Faites-moi voir ce que vous avez écrit, Charles Baudelaire !

— Non. On ne me lira que quand ça me prendra.

L'insolent, aux lèvres étirées et serrées sous des narines toujours prêtes à se gonfler, a répondu cela d'une voix métallique et coupante. On pourrait croire que son professeur, aux rouflaquettes le long des tempes, va en tomber d'apoplexie :

— Comment ? À dix-huit ans, on ne s'adresse pas ainsi à un enseignant ! Je vous somme de me remettre ce billet !

— Jamais.

— J'exige une dernière fois que...

Charles chiffonne son poème, en fait une boulette qu'il avale.

— Baudelaire, levez-vous et quittez la classe. Vous êtes définitivement exclu de Louis-le-Grand !

6

— Louis-Philippe Ier laisse trop s'exprimer le mécontentement de la population française. Cette vague d'insolence finira par emporter son trône…

En fin de repas, au nouveau logement de fonction du couple Aupick, assis autour d'une longue table, quantité de militaires de haut rang, accompagnés d'épouses, tendent leurs doigts vers des corbeilles de fruits. Ils se resservent aussi en vin de Bordeaux alors les langues, se déliant, parlent politique :

— Le roi n'est pas assez strict.

À l'intérieur de ce luxueux décor dans le style de l'époque, soudain une porte s'ouvre et Charles apparaît. À droite de Caroline, le beau-père tire d'un gousset une montre dont le tic-tac semble demander : « Tu as vu l'heure ? » De cela, le beau-fils s'en branle. En guise de « bonjour » général, il ne trouve qu'à s'exclamer devant les gradés :

— Il règne ici une destruction ! Fiers mignons, vous puez tous la mort, ô squelettes musqués !

Ça casse l'ambiance. De mauvaises intentions nagent autour de ce garçon comme un air impalpable. L'expression cynique de sa jeune figure déplaît et choque aussitôt l'assemblée qui découvre son regard inquiétant aux pupilles trop dilatées et blanc des yeux très rougi. Corps maigre en habit noir, observant les dames, il se lance dans un avis à faire crouler la monarchie :

— Jamais les femmes n'auront été plus mal habillées que sous Louis-Philippe.

Quiconque aurait pu faire plus poli mais pas Charles Baudelaire qui vient s'asseoir sur la chaise restée vacante à gauche de sa mère. Caroline, entre mari et fils (chien et chat), est occupée à faire passer son alliance de l'annulaire d'une main à celui de l'autre puis inversement en interrogeant Charles :

— Où étais-tu et est-ce que tu veux que je demande à Mariette de t'apporter à manger ?

— Non. J'ai soupé dans des vaisselles de Bernard Palissy au club des haschischins de l'hôtel Pimodan sur l'île Saint-Louis. Je me contenterai d'une de ces noix.

D'un mouvement lent et prétentieux, il en saisit une, l'ouvre puis la vide d'un cerneau qu'il soulève vers sa bouche presque sans lèvres lui donnant une physionomie déplaisante. D'une voix posée comme celle d'un gars qui cherche ses expressions et se berce de sa propre parole, il contemple la chair de la noix :

— C'est bien ce que je désirais. On dirait un cerveau desséché de nouveau-né. Est-ce que ça en a la saveur ? ajoute-t-il en commençant à mâcher. Ah, mais oui, maintenant je me rappelle...

Malaise au 136 bis de la rue de Grenelle-Saint-Germain. Attablé, un officier de marine, Paul de Flotte (authentique), étirant ses fines moustaches cirées, demande au maître de maison :

— Jacques, vous qui ne cessez de monter en grade et que voilà donc nommé commandant de l'École d'application d'état-major, qu'allez-vous faire de ce jeune homme qui semble avoir la langue bien pendue ?

— J'imaginais qu'il se consacrerait à la cueillette des lauriers scolaires mais, à vingt ans, il préfère rôder autour des estaminets les plus insalubres. Il fréquente des bohèmes de la pire espèce dans un Paris dépravé. Le péril est grand.

Entre le beau-père et le beau-fils c'est la reprise d'une lutte incessante qui fait soupirer Mme Aupick, personne faible qui se désespère et cherche à apaiser son fils en lui chuchotant à l'une de ses oreilles sans lobe ressemblant à celles d'un renard :

— Ne réponds rien. Et que regardes-tu en l'air si fixement ?

— Quand ne verrai-je plus des satyres courant nus à quatre pattes sous la corniche du plafond ?

Ah, les bienfaits de l'hallucination du cannabis !... De l'autre côté de sa mère, celui qui lui a volé le vert paradis de son enfance et qui maintenant souille, la nuit derrière des portes closes, cette catin (selon Charles) reprend :

— Je lui avais proposé de choisir entre le service de l'État, civil ou militaire, mais monsieur veut devenir poète.

— Poète ?... s'étonne, émoustillée, la dame d'un colonel. Pour écrire des poésies d'amour ?

— Oh là là, non, pas de sentiments et autres saloperies féminines ! tranche Charles.

Caressant sa barbiche, le commandant Jacques Aupick évoque encore son beau-fils considéré par lui comme un parasite :

— Il veut faire rimailleur mais la poésie c'est quoi ? Tout cela est faux, exagéré, extravagant, boursouflé ! On ne réussit pas dans la vie en agitant des grelots ! Cette lubie pour songe-creux, quelle perversion, quelle déchéance... sans oublier que notre amateur du pollen des fleurs de chanvre ne manque pas d'air. Il se compte avec une superbe assurance comme le meilleur des poètes à venir...

— Très en dessous de Racine tout de même, j'imagine ! persifle un petit général aux yeux saillants.

— La poésie de marbre blanc et d'azur de cet emperruqué poudré devra être mise à sac dans la sphère du passé.

— Cher novice, vous pourriez respecter sa mémoire...

— Il est des morts qu'il faut qu'on tue !

— Mon beau-fils prétend qu'il éclipsera Hugo ! se marre Aupick alors, tout autour de la table, les invités s'esclaffent.

Baudelaire, ayant la tête d'un jeune diable qui se serait fait ermite – cheveux coupés très court, joues rasées –, écoute les gloussements des convives puis se lève. Vêtu dans du drap bourru d'Écosse, en bas noirs et souliers lacés, l'avaleur de billet à Louis-le-Grand passe dans le dos de sa mère pour se camper face à son beau-père :

— Vous cherchez à m'humilier devant des gens de votre caste qui font semblant de prendre vos sornettes pour des bons mots et qui, par politesse, croient devoir rire de vos plaisanteries. Vous oubliez que je porte un nom que votre femme a eu le tort de quitter et que j'ai pour devoir de faire respecter. Vous m'avez manqué gravement. Ceci mérite une correction, monsieur, et je vais avoir l'honneur de vous étrangler.

Il se jette sur le commandant de l'École d'application d'état-major qu'il saisit à la gorge. Alors qu'une chiquenaude mutine lui eût suffi, Jacques Aupick, autrement plus large d'épaules et plus balèze que son beau-fils, se dégage facilement et balance deux énormes baffes à travers la tronche de Charles qui bascule en boule au sol, victime d'un spasme nerveux. De deux claquements de doigts pointés vers une paire de subalternes, le beau-père ordonne :

— Ramassez-le et allez l'enfermer dans sa chambre. Il y sera à l'arrêt forcé comme à l'armée. Défense de sortir pour lui, quinze jours de mitard !

Un des hôtes galonnés apprécie cette façon de ne pas badiner avec la discipline :

— Si un jour Louis-Philippe comprend que c'est ainsi qu'il faut se comporter avec les révoltés, il gardera plus longtemps son sceptre.

7

— Bonjour mon Charles. Comment, dans ta chambre depuis hier, se porte ce qu'il te reste de cœur ?

— J'y deviens gros et gras et m'y ennuie beaucoup.

Caroline, souple et câline comme une panthère tachetée de Java, vient s'asseoir au bord de la couche où son fils repose, adossé à des oreillers, et elle regrette :

— Mon mari est l'ordre, le respect, la hiérarchie. Toi, tu es le désordre, l'insolence, la licence.

— Ton époux m'assomme. Sa morale me fait horreur.

— On dirait que tu n'as d'autre joie que de créer des déplaisirs à ta famille.

— Tu es maintenant armée pour me lapider avec la foule. Ton jeu féroce et ridicule, quand finira-t-il ?

La servante des Aupick déboule à son tour, plateau couvert de nourriture fumante entre les mains et tout sourire :

— Voici deux mets dont monsieur Charles raffole : soupe à l'oignon, omelette au lard !

— Merci Mariette. Un jour, j'écrirai un poème sur toi.

La servante glousse en quittant la chambre alors que Caroline, jalouse, reproche à son fils :

— Tu es plus aimable avec elle qu'avec moi.

Baudelaire se déplace pour venir s'installer au bord du lit, très près à gauche de sa mère (le côté du cœur) comme il faisait, à cinq ans, sur le canapé recouvert de velours jaune lorsqu'ils habitaient rue Hautefeuille. Caroline, brune bouclée en robe rose constellée de pois écarlates – décorée comme d'une rougeole –, regarde son fils qui, d'une cuillère, étire quelques fils du fromage fondu de sa soupe à l'oignon pendant qu'elle lui annonce :

— Jacques ne peut plus tolérer ta légèreté, ton indiscipline et ton arrogance. Il dit qu'il faut te retirer au pavé glissant de Paris, qu'un long voyage sur mer te fera le plus grand bien, en espérant qu'ainsi dépaysé, arraché à tes détestables relations, tu nous reviennes dans le vrai... peut-être encore poète si tu y tiens mais ayant puisé ses inspirations à de meilleures sources que les égouts de Paris. Il veut secouer la fange qui t'entoure, que tu ne sois plus entraîné par de mauvaises personnes, par des têtes sans cervelle, par des êtres sans cœur qui flétrissent le beau nom d'ami.

— Tu es mon amie, toi ? demande Charles en cherchant, à l'aide de sa cuillère au fond du bol en grès, une tranche de pain trempé qu'il remonte à la surface du bouillon.

Dans la chambre aux rideaux étirés devant les barreaux d'une fenêtre, papier peint à rayures, seau hygiénique derrière un paravent et, sur une commode, une pendule où se morfond le temps, Caroline Aupick précise :

— Hier soir après le souper, quand tous les invités furent partis, Jacques a fait venir dans son bureau Paul de Flotte, parent d'un capitaine dont le bâtiment, au port de Bordeaux, lèvera l'ancre le 15 de ce mois de juin. Le 11, tu grimperas dans une diligence sous la surveillance de deux anciens officiers s'assurant de ton embarquement à bord du *Paquebot-des-Mers-du-Sud* qui mettra les voiles direction l'Inde jusqu'à Calcutta. Durée du voyage : un an environ. Il n'y a plus de temps à perdre. Il te faut préparer ta malle. Voilà où nous en sommes.

— Voilà où nous en sommes, répète Charles, levant les yeux vers son reflet dans la porte-miroir d'une armoire où il se contemple d'un air un peu poseur en reniflant. Ma chère mère, où sont passées vos senteurs enivrantes ?...

Il ne manifeste pas de répugnance à l'idée de la longue escapade sur un navire marchand et se laisse faire. La mère prend la défense du beau-père :

— Jacques va devoir emprunter pour t'offrir cette balade outre-mer qui lui coûtera quatre mille francs : trois mille comme passager plus mille pour tes dépenses indispensables et le trajet aller et retour Paris-Bordeaux. Tu pourrais le remercier…

— … D'une pénitence maritime, d'un voyage-sanction ? Je ne m'en soûlerai pas de génuflexions devant lui. Image rêvée, tu étais ma superstition. Encore aujourd'hui, quand je fais quelque sottise, je me dis : « Mon Dieu, si elle savait ! » Quand je fais quelque chose de bien, je me dis : « Voilà qui me rapproche d'elle. »

Bol de soupe qui a refroidi entre ses doigts non loin de l'omelette au lard délaissée, Charles prend tant de plaisir à se regarder dans le miroir :

— Ce ne sont pas précisément tes caresses et nos rires que je regrette, c'est ce je-ne-sais-quoi qui fait qu'une mère paraisse la seule femme…

— Charles, je t'assure qu'il m'en coûte bien pour accepter qu'on punisse mon amour !

— Avec ce mot-là, une punition ne peut plus faire de peine…

Et Charles Baudelaire ferme les yeux.

8

— Ouvrez les yeux, jeune homme, regardez ! Vent d'est-nord-est, idéal pour nous. Ciel clair et belle mer. On m'a raconté qu'il y avait gros temps en votre tête à Paris. Partir au large vers la découverte d'autres paysages vous calmera. Je me présente : capitaine Pierre Saliz, ancien officier de la marine impériale. Étant donné que vous êtes encore mineur, je serai votre cotuteur durant le voyage.

Charles n'a même pas la politesse de seulement tourner son regard vers le maître du trois-mâts qui, à sa droite, est venu gentiment lui parler – bonhomme massif à courte barbe et grosse moustache blanches –, enfonçant sur son crâne une casquette marine pendant que Baudelaire se coiffe délicatement d'un chapeau haut-de-forme, insolite sur un bateau, malgré l'avis contraire du capitaine à qui Charles rétorque :

— Vous n'êtes pas mon père !

— Ça démarre bien..., dodeline de la tête le normalement seul patron à bord après Dieu avant que de gueuler, dans un long porte-voix conique en laiton muni d'un sifflet au bout d'une chaîne pendante, des ordres concernant la tension des voiles en des termes que ne traduit pas Charles. C'est déjà une langue exotique.

Pantalon noisette, bas blancs, escarpins vernis, d'une froideur britannique aux gestes lents et sobres près du corps, l'encore adolescent élégant et mince, presque féminin, vient s'accouder au bastingage afin de respirer les embruns en retenant à deux mains le bord du haut-de-forme et poussant son cul en arrière. Le capitaine qui s'en aperçoit grommelle pour lui-même :

— Sur ce navire sans femmes, alors qu'il se trouve sous ma responsabilité, il ne faudrait pas qu'en plus mes vingt et un marins le confondent avec un mousse, voulant lui faire découvrir dans la soute les joies de l'amour viril, car il se rappellerait du voyage !...

Lancé sur l'océan, le bateau de commerce de quatre cent cinquante tonneaux, alourdi de marchandises diverses et à la coque chevillée de cuivre, n'a pris que douze passagers – quatre officiers de l'armée coloniale et sept commerçants. Ceux-ci, sans demander l'avis de Charles, s'étant déjà réparti les cabines inconfortables de la dunette à l'intérieur desquelles il faudra dormir à trois dans une atmosphère confinée, reviennent sur le pont. Ces négociants rassemblés à la proue, entre le mât de beaupré et le pavois avant, remarquent le jeune gars se dirigeant vers l'arrière du *Paquebot-des-Mers-du-Sud* pour s'appuyer maintenant sur la poupe d'où il regarde avec un vrai chagrin les côtes françaises qui s'éloignent... Baudelaire tourne le dos à ceux qui partent pour affaires. Il ne vient pas se mêler à leurs conversations concernant le tarif des bois de santal destinés à devenir des coffrets parfumés pour dames, des soieries indiennes dont l'un d'eux promet de faire l'acquisition par amoncellement de grands rouleaux qui seront rangés à fond de cale au retour. Un autre évoque des épices, du safran à pleins tonneaux alignés, qu'il revendra jusqu'à mille fois le prix qu'il les aura marchandés, un peu volé, aux populations autochtones. Les officiers présents n'ont pas besoin de vanter les bienfaits des colonies. Le tangage s'accentue car le vent se lève. Tous décoiffés là-bas près d'une voile qui claque, ils envisagent d'aller bientôt s'abriter avec un projet en tête pour faire passer le temps. L'un des passagers ballottés s'agrippe prudemment aux cordages qu'il croise pour rejoindre Charles afin de proposer en le tutoyant :

— Avant l'heure du dîner, serais-tu des nôtres lors d'une partie de cartes par équipe ? Avec toi, nous formerions un nombre pair.

— Il n'y aurait pas plutôt un billard ? demande Charles Baudelaire.

Estomaqué par la question et imaginant aussitôt des billes d'ivoire roulant d'elles-mêmes sur un tapis vert dans un sens puis dans l'autre selon que le voilier, pris par les remous, bascule en avant ou en arrière, penche de tribord à bâbord, l'émissaire des commerçants devine la tronche du joueur déboussolé qui, tenant sa queue entre les doigts, ne saurait que faire ni où percuter les boules. Sans un mot, le commerçant retourne vers ses comparses. Ils le voient venir, joues gonflées et lèvres serrées, retenant un fou rire. Charles les observe maintenant dodeliner ensemble pas seulement à cause du mouvement des vagues. Ils enlacent leur ventre à pleins bras en s'esclaffant. Ils se foutent de la gueule du jeune type à l'autre bout du bateau. Le toujours coiffé de son chapeau haut-de-forme, retenu à deux mains, entend ce que demande un accent méridional apporté par le vent de face jusqu'à ses oreilles :

— Mais c'est qui celui-là, putaing-cong ?! Un farfelu, un excentrique ? Ah, fan de chichoune, c'est quoi c't'oiseau échoué ici ?

Plus tard, traversant la petite salle de l'état-major où, autour d'une table dont les pieds sont vissés au plancher, dix de ses compagnons de voyage tirent puis abattent des cartes pendant qu'un onzième assiste au tournoi (vu qu'il manque le douzième pour constituer des équipes complètes), Charles tend un doigt vers eux et assène d'un ton péremptoire :

— Une partie de billard en pleine houle de mer, voire de tempête, ce serait jouer contre Dieu !

Les négociants et les officiers de l'armée coloniale, le lorgnant d'un regard légèrement hébété, envisagent une cohabitation difficile avec celui qui fait sur eux l'essai de sa férocité, cherchant plus à les choquer qu'à leur plaire :

— Mais qu'as-tu contre nous, petit ?

— Vous m'effrayez comme les cathédrales, réplique sèchement Baudelaire en se dirigeant, sans souper, vers la cabine qu'il devra partager durant une longue première nuit où le soleil aussi sera banni.

— Qu'est-ce qu'il a dit ? On l'effraie comme quoi ? demande l'un des joueurs en battant le jeu.

— Laissez tomber, conseille Pierre Saliz sous sa casquette marine en manœuvrant son sextant. Il paraît qu'il se destine à une carrière de poète...

— Hou là ! regrette un des officiers. C'est pire qu'un animal à longues oreilles rongeant la coque, un tel machin à bord.

— S'il n'aime pas ça, pourquoi est-il sur ce bateau, capitaine ?

— Il n'a pas choisi. De force, on l'y a fait grimper dessus.

Charles Baudelaire, allongé près d'un hublot, ne trouve pas le sommeil. Les brusques coups de vent l'empêchent de dormir, les calmes plats le désolent. Dès l'aube, quand les chastes étoiles ont baissé pudiquement leurs paupières, il part déambuler à même le pont sous un ciel bizarre et livide, tourmenté comme lui, tandis que le *Paquebot-des-Mers-du-Sud* longe déjà le Portugal, toutes voiles dehors. Le jeune râleur n'aime pas l'océan :

— Rien de si insipide que de flotter en cette uniformité de l'air et de l'eau où les jours se ressemblent.

À l'heure des repas, il repousse la nourriture – salaisons quotidiennement servies à table. Pendant que les autres les avalent en discutant, il dédaigne leurs conversations ou alors tient des propos pénibles à entendre de la part d'un gars de vingt ans. Il se plaint de tout :

— En plus, je n'ai même pas apporté un livre !

— Un livre, mais pour quoi faire ? Est-ce que nous en lisons, nous ?

Charles se lève et les quitte en marmonnant de confuses paroles. Le lendemain c'est pareil et les jours d'après aussi. À force, la mer emmerde Baudelaire. En sa croisière disciplinaire sur ce qu'il considère être une prison flottante, lieu d'où il ne saurait s'envoler, bras étendus en ailes au gaillard d'avant, il hurle :

— Homme libre, toujours tu chieras sur la mer !...

Chaque îlot signalé par l'homme de vigie est une sortie promise puis abandonnée.

— Pour soulever un poids si lourd que les jours accumulés ici, Sisyphe, il me faudrait ton courage.

— Vous n'appréciez guère ce voyage ? vient lui demander le capitaine Saliz à l'entour des cordages. Je vous vois vous isoler, bouder, vous composer un personnage taciturne.

— Je rêve de quitter une monotonie sans fin qui m'use heure après heure. Cent fois déjà, je crois, j'ai vu le soleil jaillir de cette baignoire immense dont les bords ne se laissent apercevoir. Cent fois, je l'ai vu, étincelant ou morose, replonger dans le siphon et ça me gonfle, me rend de mauvaise humeur. Déjà qu'au départ j'ai des compétences pour ça...

— Vous voilà envahi par la mélancolie des voyageurs.

— La mélancolie ne m'envahit pas, elle m'anéantit complètement.

— Tirez-en une expérience esthétique, poète !... conseille intelligemment le cotuteur avant que de s'en aller à ses occupations non sans avoir d'abord renseigné : Nous sommes à la latitude du Sénégal. Là-bas, c'est le Cap-Vert, où l'on n'accostera pas. Et puis tâchez de devenir plus aimable avec les passagers. Ce serait dommage qu'ils vous jettent malencontreusement à la mer.

Mais Charles ne se calme pas du tout. Il reprend ses insolences et déclenche partout sur le bateau un vacarme de scélérat qui fait des frasques. En son éternel haut-de-forme, il a percé dans le rebord un trou par lequel il a coulissé un long fil venant entourer son cou tel un collier. À même le pont, quand le vent le décoiffe de l'imposant tuyau rigide en feutre noir, l'air, s'engouffrant à l'intérieur, pousse la calotte cylindrique et le chapeau barré demeure vibrant et agité au bout du fil tendu à un mètre cinquante du crâne de Baudelaire. On dirait un cerf-volant que le jeune passager contemple en tournoyant sur lui-même jusqu'à s'en étourdir, presque s'évanouir, sous le regard au loin des commerçants qui le trouvent tellement baroque.

D'autres fois, c'est pire. Après avoir réclamé au capitaine Saliz, qui les a mis en dépôt, les mille francs offerts par Jacques Aupick pour les dépenses personnelles de Charles, celui-ci, au gaillard d'arrière, lance la presque totalité de ses billets de banque au vent. Il les admire, les envie, fuyant au loin comme des papillons virevoltants. Les négociants, près de marins hilares accourus, l'observent encore en soupirant :

— Putain de poète !...

Ils se disent que Baudelaire est absolument cinglé, qu'il faudrait en faire ils ne savent pas encore trop quoi. Les jours suivants, le *Paquebot-des-Mers-du-Sud* escalade parfois des dos de flots très hauts – la tempête a des convulsions comme Charles – puis l'océan devient calme et plat – grand miroir du désespoir de Baudelaire se penchant périlleusement au-delà du bastingage, à l'aplomb de l'abîme liquide où il se laisse gagner par l'ivresse des profondeurs en regrettant son inadaptation aux autres : « Ne serais-je pas un faux accord dans la divine symphonie ? » mais ça ne dure pas très longtemps. Bientôt, il retourne vers la dunette casser les couilles à tout le monde.

— Qu'est-ce que tu as encore, petit ?

— Quand donc cesserai-je de dormir d'un sommeil secoué par les vagues, troublé par un vent qui ronfle plus haut que vous tous ? Quand pourrais-je manger de la viande qui ne soit pas salée comme l'élément infâme qui nous porte ? Quand pourrais-je digérer dans un fauteuil immobile ? Répondez-moi, vous aux mœurs de pucerons et sans doute amours de cloportes !

Puis il leur crache des jurons de fille des rues (il y a des fois où l'on comprend que son beau-père ait décidé de s'en débarrasser jusqu'à sa majorité !) avant que de fuir la dunette en courant et pleurant. Accroupi contre un mât du pont, front enfoui entre ses genoux qu'entourent ses deux bras, il sanglote, pleinement artiste :

— Seigneur, mon Dieu si vous existez, accordez-moi la grâce de produire quelques vers qui me prouvent à moi-même que je ne suis pas inférieur à ceux que je méprise. Je veux croire que j'accoucherai un de ces quatre matins d'un beau poème. Je prétends que je finirai par tourner la broche quelque part.

Alors que le corps transpirant de Charles glisse encore plus au sud dans la moiteur des côtes d'Afrique, en relevant ses yeux baignés de larmes, il voit voler un oiseau et entend Pierre Saliz venir lui annoncer :

— Vous vouliez une distraction ? Vous allez en vivre une qui devrait vous divertir…

Des matelots réjouis quittent les ombres du pont où ils prenaient un peu de fraîcheur pour lancer à la mer un long fil de pêche dont une extrémité est nouée à une planchette flottante surmontée d'un morceau de lard que traverse une pointe triangulaire en métal. L'appât se trouve dorénavant à une dizaine de mètres dans le sillage du navire. L'oiseau entraperçu plonge dessus et s'y trouve crocheté profondément à l'intérieur du bec. Les marins, se gaussant, tirent à plusieurs le fil de pêche vers eux pendant que le volatile attrapé se débat. Ce n'est pas sans difficulté qu'ils parviennent à le hisser à bord. Déposé sur le pont, ils l'en débarrassent de l'hameçon incrusté aux cartilages de sa gorge pour le laisser en liberté mais la bestiole s'avère incapable de s'envoler. Ses trop courtes pattes l'empêchent de prendre l'élan nécessaire pour repartir en l'air et ses ailes déployées ne peuvent monter suffisamment haut afin qu'il prenne son essor.

Pierre Saliz renseigne Charles :

— Cette variété d'emplumés qui dort aussi dans le ciel, y copule, ne suspend presque jamais son vol sauf pour nicher au ras de falaises d'îles isolées d'où il se laisse basculer ensuite pour reglisser dans les courants aériens.

Le volatile se trouve donc là, comme un con, collé au bateau dont il ne peut s'échapper. Un cuisinier armé d'une lame tranchante vient lui promettre :

— D'un coup de serpe je te trancherai la tête et ferai de toi un pâté pour fêter le passage de l'équateur.

Les commerçants pivotent leur regard vers Baudelaire qui assiste, effaré, à cette scène où les marins se moquent du piégé désarçonné et impuissant, lui lançant des coups de pied lors d'une rigolade générale. Charles tente de fixer en lui-même la parfaite image de ce qu'il voit, d'atteindre une sorte d'idéal, d'en saisir le beau et le poignant qui le bouleverse. Il s'identifie.

Alors que le cuistot lève haut sa lame luisante, le jeune passager, qui n'a d'autre vocation possible que celle de poète, demande au capitaine :

— Comment nomme-t-on cet oiseau ?

9

L'Albatros

Souvent, pour s'amuser, les hommes d'équipage
Prennent des albatros, vastes oiseaux des mers,
Qui suivent, indolents compagnons de voyage,
Le navire glissant sur les gouffres amers.

À peine les ont-ils déposés sur les planches,
Que ces rois de l'azur, maladroits et honteux,
Laissent piteusement leurs grandes ailes blanches
Comme des avirons traîner à côté d'eux.

Ce voyageur ailé, comme il est gauche et veule !
Lui, naguère si beau, qu'il est comique et laid !
L'un agace son bec avec un brûle-gueule,
L'autre mime, en boitant, l'infirme qui volait !

Le Poète est semblable au prince des nuées
Qui hante la tempête et se rit de l'archer ;
Exilé sur le sol au milieu des huées,
Ses ailes de géant l'empêchent de marcher.

10

— Maurice ! Maurice !...

Allongé à plat dos sur le pont du *Paquebot-des-Mers-du-Sud* en ce torride début d'après-midi, alors que Charles aux paupières closes faisait une sieste où il savourait son anéantissement, le voilà réveillé par le cri de l'homme de vigie qui s'exclame encore :

— Maurice ! Eh, Maurice !

Baudelaire, ouvrant les yeux, se demande : « Mais pourquoi le Maurice en question, sans doute un matelot, ne lui répond-il pas ? » C'est seulement ensuite que le jeune poète découvre, au-dessus de lui, qu'en fait le marin en poste d'observation, dans un nid-de-pie (tonneau vidé d'alcool) au sommet du mât avant, observe l'horizon à travers une longue-vue et qu'il a certainement repéré une terre sur l'océan.

— Ah, enfin l'île Maurice !..., souffle le capitaine, sortant de la dunette en s'épongeant le front.

Charles se lève et, lui, s'aère d'un va-et-vient du bord de son haut-de-forme. Les yeux maintenant fixés au large et chevelure, qu'il a longuement laissée pousser, au vent, il remarque bientôt, sur la ligne irrégulière d'une côte, de belles cases en bois entourées d'une foison d'arbres bizarres et luisants qu'il aperçoit de mieux en mieux tandis que le bateau approche. Il entend aussi dorénavant des vacarmes d'oiseaux trop colorés, soûlés de lumière, mêlés aux chants plaintifs d'arbres à musique. Des plantes monstrueuses deviennent plus précises. Leurs senteurs, portées par la brise de terre jusqu'au navire, sont si intenses qu'on croit qu'elles vont faire délirer. D'autres fleurs sinistres qui balancent semblent être les encensoirs d'une religion inconnue. Pierre Saliz ordonne qu'on s'apprête à jeter l'ancre, le temps d'une courte escale, pour, notamment, que les quatre militaires du voyage puissent descendre avec leurs bagages car les voilà à destination. Ils agissent sans traîner, omettant de faire des adieux déchirants à Baudelaire (allez savoir pourquoi !). De toute façon, plus personne à bord n'adressait la parole au jeune passager fantasque. Les commerçants transpirants décident d'aller eux aussi se dégourdir les jambes à terre pour oublier un peu trois mois de roulis et de biscuits de mer. Charles, mains dans les poches, les suit pendant que les marins organisent le ravitaillement du paquebot. Sur le sable éblouissant, le poète s'étourdit des insulaires populations hindoues et africaines, croisant les vestes blanches et casques des colons de Port-Louis. L'épiderme fragile et clair de Baudelaire tranche vivement avec les ténèbres des peaux fort majoritaires au centre-ville. Il passe son temps à s'y gifler lui-même à cause des moustiques. Une avenante cuisinière de rue, que des gens appellent Dorothée, semble une tache éclatante et noire sous les palmiers. À l'intérieur d'une marmite de fer où fume un ragoût de crabes au riz et au safran, elle plonge une gamelle qu'elle tend ensuite à Charles en échange de peu d'argent puisqu'il a jeté presque tous ses billets de banque sur l'Atlantique. Elle lui sert aussi un gobelet sale empli d'un vin hélas trop sucré mais le seul qui se conserve sous ces tropiques. Baudelaire, cuillère entre les doigts, mange la spécialité locale qu'il trouve étrangement pimentée. Un môme indigène que le chapeau de Charles stupéfie car il n'en a jamais vu d'ainsi, par gestes, en demande le prêt. Il le pose au sol, bord dans la poussière rouge, et frappe des doigts la calotte cylindrique sonnant comme un tambour pendant qu'en remuant les hanches il chante : « Séga, séga !... » Baudelaire s'en coiffe à nouveau puis retourne vers le bateau où il demande :

— Bon, allez, on se casse ?!

— Il va encore irriter tout le monde par son irrespect, celui-là, ronchonne un négociant déjà remonté à bord du *Paquebot-des-Mers-du-Sud*.

Le lendemain, encore à l'heure de la sieste et de rêveries indécises qu'un monotone bruit de vagues accompagne, Charles entend l'homme de vigie gueuler :

— Bourbon ! Bourbon !

— Cette fois-ci il doit réclamer que quelqu'un lui grimpe du whiskey américain..., imagine le jeune poète.

Mais non, nouvelle méprise, le bateau arrive vers un port – celui de Saint-Denis sur l'île Bourbon – tout bruissant d'une forêt de mâts soutenant des voiles épuisées par les voyages. Contre le quai, la mer bute à grands flots pleins d'écume.

— Attention à la descente ! prévient Pierre Saliz. Il ne faudrait pas que quelqu'un chute parmi les squales qui pullulent dans la rade. Le temps de décharger une partie de notre cargaison et nous repartirons cette fois-ci directement jusqu'au Bengale sans autre escale.

À peine débarqué entre des palmiers – des palmiers, des palmiers mais que de palmiers !... – et mâchant une tige de canne à sucre que quelqu'un lui a tendue contre aucune pièce puisque des sous il n'en a plus, Charles recommence à se foutre des baffes partout à travers la tronche à cause des satanés moustiques. Entouré aussi par les chants – cris qu'il juge débiles – des cacatoès, aras, gris du Gabon, youyous, etc., imitant pour certains les sons de grincement des cordages retenant les navires aux bittes d'amarrage, Baudelaire commence à en avoir marre de l'exotisme. Il l'annonce sans façon au capitaine descendu à son tour sur le quai :

— Je renonce, j'abdique, ma décision est prise ! Je n'irai pas plus loin vers l'Orient et veux rentrer en France par le prochain bateau. C'est bon, j'ai vu du bleu, du bleu, du bleu pendant des mois, puis des palmes, des palmes, des palmes… Embarqué malgré moi, je brûlerai la politesse au Bengale.

En cet après-midi où même les chiens gémissent de souffrance sous un soleil qui les mord à l'os, Saliz fronce ses yeux entourés d'une multitude de profondes rides à cause des embruns marins :

— Mon petit bilieux, agaçant et souvent complètement désagréable, vous semblez oublier que vous êtes encore mineur et que je suis votre cotuteur alors vous remonterez à bord !

— Non, mes pieds refuseront de m'y conduire et si vous me forciez je me jetterais à la mer !

La menace n'est pas sans effet sur le capitaine qui craint que Charles soit atteint de ce qu'on appelle, dans la marine, la nostalgie : cette maladie cruelle dont il a déjà vu plusieurs fois les effets suicidaires lors de ses voyages et dont la présente conséquence funeste laisserait sur sa responsabilité un poids qu'il garderait le reste de sa vie.

— Mais pourquoi ne voulez-vous pas aller admirer Calcutta ?

Telle une colonie de termites, une procession de porteurs, transbahutant sur leurs dos d'énormes balles de sucre et de café, passe entre celui coiffé d'une casquette marine et celui au haut-de-forme dont le bord récemment sali de poussière rouge projette sur sa figure le fard sanglant d'un reflet. Les deux continuent d'argumenter de part et d'autre du cortège rejoignant un navire de commerce sur lequel on peut lire *Alcide* écrit le long de la coque. Du pont, un lieutenant crie : « Capitaine Jude de Beauséjour, il faudrait faire hâter la manœuvre ! La mer monte et nous devrons bientôt lever l'ancre ! » pendant que Baudelaire porte la voix pour être entendu par Pierre Saliz devant qui défilent à présent des senteurs confondues d'huile de coco et de musc en tonneaux :

— Je regrette la crasse de Paris ! Je pense sans cesse à cette étonnante ville dont la prodigieuse musique qui y roule me semble la traduction des lamentations humaines ! Je serai un poète de la grande ville ! Je n'ai pas besoin de voir l'Inde ! J'ai vu un peu de l'océan Indien. Ça suffira comme ça ! Ce voyage s'avère sans but pour moi !

Les derniers porteurs sont passés alors le responsable du *Paquebot-des-Mers-du-Sud* s'approche de Charles qui s'est remis à se coller des torgnoles au visage. Saliz se dit qu'il lui en retournerait bien une ou deux aussi qui ne seraient pas volées mais en fait il promet :

— Je vais vous recommander de la manière la plus forte au capitaine de l'*Alcide* qui est de ma connaissance. D'ordinaire, Jude de Beauséjour ne prend aucun passager mais il fera une exception pour vous. Le temps que je l'avertisse et fasse transborder votre malle, filez donc à l'hôtel d'Europe, le seul endroit sur cette île où l'on vend quelques livres. Peut-être qu'ainsi plongé là-dedans vous serez moins pénible au retour qu'à l'aller...

Direction les surchauffées cases délabrées de la rue de l'Est, sonnante de mélancoliques notes de guitares, où de belles Cafrines ondulantes roulent séga, puis la rue de la Compagnie jusqu'à l'adresse indiquée à l'intérieur de laquelle se trouve une échoppe. Baudelaire, en habits parisiens plutôt dandy (ça a l'air important pour lui), ressort bientôt de l'hôtel d'Europe totalement dénudé sauf du haut-de-forme souillé encore planté sur son crâne. Revenant vers la baie, de sa main droite il se gifle les épaules, le dos, les reins, les fesses alors qu'il porte une pile de livres sous le bras gauche. Tous les doigts musiciens qu'il croise s'immobilisent au-dessus des cordes de guitare (même les nombreux perroquets en restent sans voix, bec grand ouvert) et le métropolitain à poil arrive, tranquille, au port où, devant l'*Alcide*, l'attend Saliz près d'un Jude de Beauséjour interloqué :

— C'est lui, ton protégé, Pierre ? Ça ne m'a pas l'air d'être un cadeau...

Alors que le capitaine de l'*Alcide*, prêt à quitter le mouillage, lance quelques premiers ordres sur le pont, au bord de la rade le cotuteur, étirant ses grosses moustaches blanches, aimerait savoir :

— Que s'est-il encore passé, jeune homme ?

— En échange de son stock, n'ayant plus un liard, j'ai proposé au... appelons ça libraire... mes habits de Paris. Il a accepté. Bon, alors comment on grimpe là-dessus ? demande-t-il ensuite devant la haute façade balançante du navire qui voguera jusqu'à Bordeaux.

— Jude a laissé sur le quai une paire de matelots qui vont vous aider.

L'un des deux explique à Baudelaire :

— À cause des grands flots qui la balaieraient, cette échelle de corde que vous voyez le long de la coque est maintenue verticale grâce à deux boulets attachés à sa base et plongés dans la mer. Pour embarquer, il vous faudra saisir les échelons à mon signal lorsque la vague descendra et vous devrez vite monter pendant que le niveau de l'eau s'élèvera. Vous n'allez pas risquer cette opération avec vos livres sous le bras ?

— Bien sûr que si !

Mais évidemment Charles fait tout à l'envers. En tenue d'Adam (moins la feuille de vigne qui cache la bite) mais chapeauté, il s'élance sans attendre le top départ et, tandis qu'il grimpe les échelons avec ses livres sous le bras, il est poursuivi par une vague qui l'atteint, le submerge, le couvre de six mètres d'eau et l'arrache de l'échelle. Les deux matelots, pris de panique, le repêchent à grand-peine. Il réapparaît en surface (avec ses livres toujours sous le bras gauche !) et recommence, encore atteint par la vague mais cette fois-ci sans lâcher prise ni remarquer l'émoi de Pierre Saliz découvrant le haut-de-forme entre les dents d'un requin… Calme et froid, enjambant enfin le bastingage de l'*Alcide* qui commence déjà à fuir les remous de la baie, le poétique cascadeur trempé promet sur le pont :

— Plus jamais je ne remettrai un pied dans ces cages à moustiques, sur ces perchoirs à perroquets !

Entourant Pierre Saliz à même le quai, les sept derniers passagers du *Paquebot-des-Mers-du-Sud* qui poursuivra vers le Bengale n'agitent pas leur mouchoir en souhaitant « Bon voyage ! » à Baudelaire. Celui-ci se fait mater son jeune petit cul nu par les marins de l'*Alcide* devant Jude de Beauséjour qui s'en inquiète et rappelle à tous :

— Ce n'est pas un mousse ! C'est notre unique passager ! Prière de ne pas l'enculer !

*

Au 136 bis, rue de Grenelle-Saint-Germain, la sonnette de l'appartement de fonction de l'École d'état-major tinte. C'est la servante, semblant plus âgée, qui vient ouvrir :

— Oh !… Comment va monsieur Charles ?

— Je suis bien fatigué, Mariette. J'ai comme une roue dans la tête.

La soubrette courbatue s'essouffle à traîner la malle du jeune voyageur sur le carrelage du vestibule pendant que Caroline Aupick se précipite :

— Mon fils ! Alors, l'Inde ?…

— Je m'y suis promené à dos d'éléphant en écrivant des vers… Mère, je crois que je reviens de ma longue promenade avec la sagesse en poche mais pas de quoi régler le cocher bordelais de la malle-poste qui attend au bord de la rue.

Entrant dans le salon d'un pas hésitant car ayant encore le mal de terre à Paris, Charles entend son beau-père en uniforme, debout droit et accoudé à un meuble, s'étonner :

— Parti pour plus d'un an à la mi-juin 1841, te voilà déjà de retour fin février 1842 ?

— J'ai fait deux mauvaises traversées avec un fort vent arrière mais c'est fini. Le 9 avril, je serai majeur et pourrai me trouver un domicile car je disposerai des cent mille francs or hérités de mon père. J'aurai le choix de ma vie et cette fois-ci je mettrai vraiment les voiles !...

11

— Bon, ça va… Le bord plat de ce couvre-chef a enfin la largeur qui me sied.

— Tant mieux car on a dû s'y prendre à trois reprises. La première fois c'était pas tout à fait assez d'après vous, la deuxième un peu trop, soupire un chapelier au nez écrasé, cheveux rares, et pour yeux deux fentes horizontales.

Charles, maintenant, juge la partie supérieure de la haute coiffe en forme de tuyau couvert de soie noire :

— Évasé en bas avec une fuite savamment amincie selon mes directives jusqu'à l'assiette du dessus… le voilà bien plus à mon goût que mon précédent haut-de-forme mangé par un requin.

— Monsieur a au moins le sens de l'humour, sourit le soulagé fabricant de chapeaux en sa boutique chic.

— Élégant, original, parfaitement étudié, apprécie Baudelaire, s'en coiffant face à une glace où il s'absorbe dans la contemplation de sa propre image. Vous enverrez la note à Ancelle, le notaire de Neuilly, qui vous le paiera avec l'argent de mon héritage.

Dehors, tout n'est que lumière, poussière, tumulte. Des enfants se suspendent aux jupes de leurs mères pour obtenir quelque bâton de sucre. Charles, poussant plus loin la porte d'un tailleur réputé, est accueilli par un « J'ai l'honneur d'être votre serviteur, monsieur. Votre singulier habit est prêt ». Le poète le revêt. C'est un paletot fort médité, sur mesure selon son idée : serré à la taille et très évasé aux épaules, en silhouette de cornet d'où la tête émerge comme une fleur dans un vase. Vif et rude, Charles applique un fanatisme de moine inquisiteur et une minutie de vieil horloger à l'analyse des détails les plus insignifiants du vêtement : attache des boutons, couture des ourlets de la doublure en satin rouge, etc.

— Avec au dos les deux pans étroits et pointus en queue de sifflet ça va surprendre, promet le tailleur railleur parmi sa courtoisie.

— Il faut s'entourer de mystère, répond Baudelaire qui contemple, dans le reflet intérieur de la vitrine du magasin, son port noble et ses yeux pleins d'une rêverie féline. Faites-moi signer votre billet à ordre.

Sur le boulevard une jument, découvrant l'accoutrement du poète, prend le mors aux dents et brise tout sur son passage. On entend des cris de coqs fuyant vers les cours.

Plusieurs commerces plus loin et de gros sacs d'emballage au poing gauche, légère canne à pommeau doré tenue entre les doigts de sa main droite gantée de chevreau clair, Baudelaire observe dorénavant des godasses que lui présente les unes après les autres la vendeuse d'un chausseur de luxe. Agenouillée devant lui, elle agit avec des baissements d'yeux, un air de couvent et un ton doucereux alors que Charles, à la bouche très contractile, grimace fortement pour exprimer son mépris jusqu'à une paire de souliers de chasse, brillants de cirage, qui lui convienne.

— Vous en êtes certain, ceux-là ? s'étonne la vendeuse dont les chastes mouvements ne peuvent que laisser toutes les consciences au repos.

— Et puis ceux-ci également !

Il achète sans discernement et là aussi signe des traites à tout-va. Il jette l'argent par les fenêtres comme s'il était encore au-dessus de l'Atlantique. Nez frémissant, yeux brillants telles deux gouttes de café noir, il promène jusque dans un quartier pauvre un luxe de toilette inhabituel. Il entre au bastringue de Valentino et dépose les sacs de ses courses au pied d'un billard dont il aime jouer à la passion. Avec une coquetterie extrême, il tient la queue du bout des doigts comme un crayon et relève sans cesse les manchettes de mousseline plissée d'une chemise dont il a fait aussi l'acquisition tout à l'heure. Là, il tente un carambolage presque impossible à réaliser et le rate.

— Voilà dix minutes que je renouvelle inutilement ma tentative. Si plus tard je devais m'y prendre ainsi avec les hémistiches, je ferais mieux de jeter aujourd'hui ma plume au vent.

Il recommence et cette fois-ci réussit. Il en est heureux comme un enfant alors retourne dans un Paris grouillant de charrettes à bras et de baraques foraines. Contre un mur humide et malade de salpêtre, une main anonyme mais républicaine a tracé furtivement, à la craie, le contour joufflu d'une tête en forme de poire – caricature de Louis-Philippe, le roi actuel. Le long d'autres maisons et sortant de sous leur porte cochère, des chats, lorsque Baudelaire passe, se mettent à le suivre comme des ombres chères, l'accompagnent lentement vers une place envahie d'une foule de cris discordants qui se répercutent contre les façades alentour. L'espace se transforme en une lugubre harmonie. On dirait qu'une marée monte. Il y a trop de monde. Charles, d'une pièce d'or jetée en l'air, loue les services d'un écarteur de passants qui bouscule les gens pour le laisser aller à son aise. Le poète méticuleux aux gestes retenus, et que les chats suivent encore, semble choisir l'emplacement de chacun de ses pas comme s'il marchait entre des œufs. En cette époque pourtant de bonnets divers, vestes très fantaisie et dentelles de jabots débordants, alors que les excentricités vestimentaires ne surprennent plus personne, les promeneurs repoussés sur les côtés marquent un point d'interrogation en voyant avancer Baudelaire qui pourrait se croire l'égal de la femme à barbe ou du poisson volant. Des sarcasmes fusent jusqu'aux oreilles de Charles qui les apprécie :

— Comme il est doux d'être haï des sots.

Concentré de tout son être sur l'apparence de lui-même qu'il veut offrir au monde, ce fils de famille, contredisant insolemment la mode, rejoint près de la Seine une rue de mareyeurs. Par-dessus leurs étalages, un fil à une patte, des grenouilles sautent pour gober les mouches se posant sur des poissons. La voie est inondée d'eau sans doute à cause d'une canalisation défectueuse qui a claqué là également. Délaissant l'écarteur de passants et les chats qui ne peuvent plus le suivre dans la flotte mais miaulent, semblant lui dire « À une autre fois... », Charles, voulant préserver ses nouveaux souliers, grimpe sur le dos d'un passeur de ruisseaux. Celui-ci porte en toussant son client, emplettes au bout d'un bras, jusqu'au 17, quai d'Anjou de l'île Saint-Louis. À cette adresse, des caves de l'hôtel Pimodan jouxtant la boutique d'un antiquaire, s'élève continuellement une épaisse vapeur incommodante parce qu'un teinturier en gros y a établi son domaine à l'entresol. Comme autant de vomitoires, des rigoles de toutes les couleurs débordent de la base de l'immeuble, traversent le quai pour couler jusqu'à la berge sableuse de l'île où se trouve amarrée une école de natation pour dames. Les nageuses en sortent parfois bariolées. Par précaution, Baudelaire se fait déposer au sec sous le porche de cet hôtel particulier datant du XVIIe siècle. À droite, un escalier de service à rampe de bois et tomettes aux marches mène jusqu'au troisième étage où Charles loge sous les combles dans une chambre dont il a fait couvrir les murs et le plafond d'un papier peint aux larges bandes rouges et noires (c'est un style...). Côté cour, permettant d'éviter les effluves malodorants de la teinturerie donnant sur le quai, cette vaste pièce n'est éclairée que par une seule fenêtre aux vitres que Baudelaire a désiré dépolies :

— Afin de ne rien voir d'autre que la coloration générale du ciel, comprenez-vous, Eugène ? demande-t-il à un homme grand, fort et chevelu comme un Mérovingien, qui l'a rejoint dans son perchoir après avoir toqué contre sa porte et entendu : « Entrez, ce n'est jamais fermé chez moi ! »

Le visiteur d'une quarantaine d'années aux moustaches genre d'Artagnan s'affale dans un fauteuil tapissé d'une scène de chasse. Il contemple le voile blanc qui pleut abondamment autour du lit à colonnes, la petite table de travail style Henri II sur laquelle traînent quelques nouvelles plumes métalliques anglaises qui n'ont pas encore servi et, suspendus à un mur près d'un miroir de Venise mis en évidence, plusieurs tableaux dont Charles paraît très fier :

— Ici, un paysage de Poussin, là, un sujet biblique du Tintoret. Rien que pour ce Raphaël, Arondel, l'antiquaire du quai d'Anjou, m'en a demandé deux mille quatre cents francs. C'est peu de chose pour un enragé de peinture espagnole car c'est un archi-Raphaël, archi-authentique !

— Raphaël était italien et ce tableau est un faux comme les deux autres d'ailleurs... assène le visiteur sans même se lever pour aller vérifier de plus près.

— Ah bon ? Et, à côté du lit, cette minuscule toile d'un maître anonyme du XIIe siècle ?

— Une copie aussi... ne serait-ce que parce que le premier tableau peint sur toile date de 1410. Avant, ce n'était que sur bois, la plupart du temps des planches de peuplier...

— Je me disais aussi : ces œuvres ne me procurent pas l'émotion que j'espérais..., hoche de la tête le jeune poète pas plus désolé que ça de s'être fait arnaquer. Et vous, Eugène, comment va la peinturlurade ?

L'Eugène en question se lève et tend à Baudelaire la chose qu'il était venu lui livrer, enveloppée dans du papier journal que Charles déchire avant de s'extasier réellement :

— Un vrai Delacroix ! Que je suis heureux que vous me l'ayez vendu !

Il s'agit d'une tête féminine d'une expression intense, inouïe, représentant la douleur.

— C'est une de mes esquisses pour *La Mort de Sardanapale*, avoue Eugène Delacroix devant un Charles Baudelaire petit de taille

– un mètre soixante-cinq – qui doit lever la tête pour reconnaître :

— Monsieur Eugène, vous êtes le peintre le plus original des temps modernes. C'est ainsi. Qu'y faire ? Dans le domaine de la poésie, je vous prendrai pour cible, irai encore plus loin peut-être.

S'apprêtant à partir, l'artiste de renom aimerait savoir :

— Jeune poète, vous qui, à la loterie des chances de la vie, avez tiré le bon numéro en devenant soudain tellement aisé, pourquoi être venu s'installer au sommet d'un bâtiment en bas duquel on bloque sa respiration tandis qu'on se souille le bas du pantalon ?

— J'habite deux étages au-dessus de Boissard qui, moyennant cinq francs par tête, organise chez lui des orgies de haschich alors c'est plus pratique pour retourner chez soi, le crâne plein de tourbillons… Bonsoir Eugène.

Sitôt Delacroix en allé, Charles, s'étant chapeauté, descend à son tour l'escalier avec, sous un bras, les quatre faux tableaux qu'il a décrochés de ses murs. D'un pas souple, lent, presque rythmique, il rejoint la boutique de l'antiquaire en bas de chez lui et en pousse la porte qui s'ébruite d'un son de clochettes suspendues. Soudain, ainsi que fendue par un coup de sabre, la bouche d'Arondel s'ouvre d'une oreille à l'autre comme chez les batraciens s'apprêtant à avaler un insecte. Le vieux commerçant au visage entouré d'une longue barbe argentée et ondulée, fluviale, joue d'un encensoir auquel Baudelaire ne croit guère :

— Comment se porte mon client préféré, mon cher ange tombé du ciel sur le quai d'Anjou ?

— L'église est déserte, les cabarets sont pleins et c'est ainsi qu'on pleure la Passion de Jésus-Christ.

Le jeune amateur de peinture, ce panier percé se croyant un collectionneur avisé, regrette :

— Je vous ai payé dix-huit mille francs ces quatre toiles à l'authenticité plus que douteuse, en fait des copies.

— Vous aviez tellement envie de croire que les tableaux étaient vrais que je n'ai pas voulu vous décevoir en les cédant au rabais. Maintenant, si vous voulez me les revendre, je vous les prends à perte bien sûr, trois cents francs le tout.

D'un regard circulaire sur le désordre du magasin, Charles pivote ses pupilles jusqu'à un bahut et, non débraillé dans ses paroles, d'une politesse étudiée, parfois irritante, il réclame :

— Faites monter à n'importe quel moment ce meuble chez moi. C'est toujours ouvert.

— Son prix ne sera pas donné, prévoit l'antiquaire d'une voix basse et sifflante. Il paraît qu'il a appartenu à Louis XIII. Enfin, c'est ce qu'on m'a dit…

— Ah, autre chose, Arondel, prêtez-moi mille francs en liquide car je dois faire un achat que je ne pourrai régler par billet à ordre.

— Vous devrez m'en rembourser mille cinq cents, parce qu'il faut bien vivre, justifie, en ouvrant son tiroir-caisse, celui qui a aussi la réputation d'être l'usurier de l'île Saint-Louis.

— Allez, Arondel, faites pleurer la monnaie. Je vous signerai de bonnes traites dûment timbrées que vous ferez parvenir comme les autres fois à mon notaire de Neuilly.

12

Allant sur des pavés percutés par les fers des chevaux puis s'enfonçant dans les boues d'inextricables lacis d'artérioles dont Paris étouffe, Baudelaire va comme à un rendez-vous. Avec, aujourd'hui, au cou une cravate de foulard rouge sur laquelle tombe l'énorme col d'une chemise couverte d'un grand paletot marron boutonné et flottant comme une soutane, il se dirige vers où la prostitution s'allume dans les rues. Telle une fourmilière elle y ouvre ses issues. Rue du Petit-Musc, qu'on appelait avant *rue de la Pute-qui-musse* (pute s'y cache), derrière une façade couverte de lierres et de mousses, un garni borgne – l'hôtel des Thermes de Jules César – a poussé là en parasite. Une petite grue accorte et dégourdie, adossée, un talon à plat contre le mur, appelle :

— La Clitorifère, Gland-de-Zinc, il y a quelqu'un !

Un couple de vieux répugnants sort d'un trou noir, semblant se demander quel est cet original devant eux qui s'efforce de se faire remarquer par sa tenue et qui, distingué dans ses manières, s'adresse à eux d'un ton fort aimable :

— Je cherche une blanche fille aux cheveux roux dont la robe par les trous laisse voir la pauvreté et la beauté. Un jour, je l'ai vue entrer ici. Elle est le plus bel exemple d'imperméabilité féminine qui puisse se rencontrer. Depuis, je m'en trouve ensorcelé.

« Mais de qui il parle ? » demande La Clitorifère à Gland-de-Zinc, qui aimerait avoir davantage de précisions :

— Elle ressemble à quoi ?

— Maigre et dégingandée, une ficelle avec des nœuds. Pour moi, ce corps maladif a sa douceur comme son regard étrange.

— Ah, celle qui a un œil qui dit merde à l'autre ? s'exclame la maquerelle.

— Peut-être...

— C'est Sarah la Louchette, notre Juive. Mais là, elle est sous presse au premier étage. Il vous faudra attendre d'autant qu'elle s'attarde souvent avec la clientèle car c'est une vraie coquine et pas dégoûtée avec ça ! Vas-y, raconte-lui, Gland-de-Zinc !

Le maquereau se met alors à faire l'article au poète :

— En compagnie de Sarah la Louchette, le glougloutage du poireau avec pression à la main revient à trois francs cinquante. Il passe à quatre francs si la prestation comprend le « Ne se retirant pas, tout dans la bouche ». Je ferai remarquer en passant à monsieur que ce suçage n'est pas cher car beaucoup de femmes n'ont pas le cœur assez ferme pour supporter l'arrivée du sperme et se retirent au moment explosif, ce qui gâte le plaisir. Avec cette Juive rien à craindre, elle ne quitte le machin que lorsqu'il ne verse plus de pleurs. Ça vous intéresse ?

Des maisons, çà et là, commencent à fumer. C'est l'heure où parmi le froid s'aggravent les douleurs. En son étroit pantalon sanglé sous des souliers de chasse, Charles précise :

— En fait, cette fille, plutôt que de la louer pour un instant, je préférerais l'acheter. J'en propose mille francs or que j'ai sur moi en liquide. Acceptez-vous de toper là ?

— Une telle somme pour Sarah la Louchette ?! n'en revient pas La Clitorifère soudainement vertueuse. Mais monsieur, ce serait vous voler comme au coin du bois.

« Nous possédons en magasin d'autres gaupes autrement attirantes », poursuit Gland-de-Zinc qui tout à l'heure faisait pourtant l'article de sa Juive au poète. Et il vante dorénavant les mérites et les diverses spécialités de leurs autres roulantes. Il cite Marguerite la Galloise, Louise la Balocheuse, surnom typique de la ribaudie, ainsi que la bien nommée Forniquette.

— Non, j'insiste pour Sarah la Louchette, chétive, horrible, immonde, dont la famille rougirait.

— Mais monsieur, c'est une détraquée insatiable, la ration de plusieurs soldats dès l'aube. Et puis elle n'est qu'une peau sur un squelette.

— La maigreur me paraît plus indécente, plus nue.

— Pour quelle autre raison tenez-vous tellement à elle ? aimerait enfin comprendre la maquerelle déboussolée.

— Afin, madame, de plonger au fond de son gouffre. Enfer ou Ciel, qu'importe ? Au fond de l'inconnu pour trouver du nouveau ! Je sens maintenant venir en moi une préférence pour les femmes viles, sales, monstrueuses, que ce sont elles qui m'inspireront. J'aime les idées choquantes, le reste m'ennuie. J'ai de l'admiration pour cette vicieuse. N'est-ce pas elle qui apparaît au bout de votre couloir ?

Alors que mille francs passent d'une poche de Baudelaire au corsage crasseux de La Clitorifère, celle-ci annonce à une môme en sabots :

— Petite Juive, te voilà la propriété de monsieur.

— Je le trouve assez joli garçon pour lui offrir mes services. Allez-vous aussi me loger, me nourrir, me rhabiller peut-être ?

— Oui, répond Charles en l'emmenant par le bras. Rue Saint-Antoine, je t'ai loué et meublé une chambre.

— Et je pourrai continuer à voir d'autres hommes pour me distraire ?

— Oui.

Voilà une histoire d'amour qui démarre bien. En un second étage donnant sur le jardin de l'hôtel Saint-Paul, dans le nouveau logis de Sarah la Louchette décoré de (vraies !) gravures grivoises de Daumier, le lit n'est certes pas fleurdelisé ni monté sur une estrade mais c'est une bonne couche de sangles avec un matelas convenable. Depuis le plafond, le bas d'un voile tiré traîne en sa ruelle près d'un mur. La fenêtre réclamerait son rideau mais il y a ce beau canapé où la fille de microscopique vertu vient s'affaler :

— Tout ça est pour moi ?

— Le riche offre mille merveilles, la pauvre un modeste bonbon. Ôte ta robe.

Elle s'exécute et Charles constate :

— Tu n'es certes plus fraîche, ma très chère. Tes seins pendent comme des calebasses.

S'agenouillant pour approcher sa bouche entre les cuisses trop maigres qu'elle écarte, il ajoute :

— Ton sexe a le charme inattendu d'un brillant diamant rose et noir.

Regardant de son œil droit le mur de gauche et de l'œil gauche celui de droite, la Louchette se lève et parvient à trouver l'emplacement du lit où elle entraîne le toujours délicat qui exige :

— Toi, hideuse, horrible, tellement éloignée de la première que j'aurais aimée sur terre, dépucelle-moi !

Le voile, qu'une main fait filer le long de la ruelle pour les séparer du monde, bientôt ondule d'un va-et-vient que ronge et nourrit la débauche.

Une nuit que j'étais près d'une affreuse Juive...

Le lendemain matin, nu, après avoir remis du charbon à l'intérieur de la chambre de combustion d'un poêle où les braises de la veille rougeoient encore, Charles verse un peu de l'eau d'un broc dans une casserole qu'il dépose sur le plateau en fonte de l'appareil. Pendant que peu à peu des bulles montent à la surface du liquide qui va bientôt bouillir, Baudelaire se rhabille lentement en silence devant la prostituée qui l'a initié la veille et boit un chocolat froid au lit, adossée aux deux oreillers qu'elle a entassés dans son dos squelettique.

— Que faites-vous, là ? demande cette peu gracieuse et misérable grisette, née dans une loge de concierge de la rue des Martyrs, au jeune poète chic qui plonge en sa tasse de thé une curieuse substance.

— C'est un extrait gras de pollen de haschich mélangé à du miel et des aromates. Les pauvres remplacent par du beurre qui devient vite rance et pue.

— Ça sert à quoi ?

— Une bonne cuillère à soupe en décoction dans le thé du matin à jeun et tu possèdes le bonheur pour la journée entière, une béatitude infinie.

— Ça fait effet rapidement ?

— Entre l'absorption du breuvage et les premiers symptômes, ça varie selon les tempéraments ou l'habitude. Les idées simples prennent alors une physionomie bizarre et nouvelle. Le démon t'envahit. Ça crée des rapprochements d'idées tout à fait improbables. Lève-toi, on va aller se restaurer en ville. Ça donne faim aussi.

Après avoir mangé une andouillette fumée chez un cabaretier du coin et de sa dinde froide assaisonnée d'une rémoulade moutardée, Sarah la Louchette, remarquant le regard rougi de Charles (la valeur d'une barrette de shit à jeun, tu parles !...), lui demande, concernant la confiture verte :

— Ça vous devient indispensable comme à moi les hommes ?

— Ça me métamorphose en poète augmenté qui saura pétrir de la boue pour en faire de l'or. J'entends, venant de la rue, des musiques célestes et vois dans les taches de ces murs des peintures divines. Allons au Louvre ! Tu es déjà entrée dans un musée ?

— Non.

— C'est bien pour parler et c'est chauffé. On ne s'y ennuie pas en regardant les tableaux.

Il entraîne par le bras cette sœur de hasard qu'il conduit le long des planches d'anatomie traînant sur ce quai de Seine dans des boîtes ouvertes de bouquinistes. L'affreuse Juive lorgne en douce des bijoux à vingt-neuf sous exposés et qu'elle avoue avec peine ne pouvoir s'offrir :

— Ma bourse est plus plate qu'une punaise.

— Sois triste, les pleurs apportent un charme à ta vilaine figure, dit Baudelaire, achetant une bague qu'il glisse à l'annulaire de la main gauche de Sarah la Louchette. Te voilà comme mariée maintenant.

Elle rit. Au Louvre, la pute à cinq francs ne rit plus du tout. Elle rougit, se cache le visage dans les paumes puis tire souvent Charles par le paletot pour lui demander devant des statues grecques et des tableaux immortels comment on peut exhiber publiquement de telles obscénités. Partout elle découvre des seins, des fesses, des bites à l'air, et ça la choque. Baudelaire se demande si c'est possible ou s'il a trop forcé sur la confiture verte. Près de celui qui s'est promis de décorseter la poésie, la catin a ici des bégueuleries de pucelle et puis à force l'art ça la gonfle. En ses lourds sabots sur les parquets, elle préfère s'en aller. Elle laisse là Charles. Elle s'envole vers d'autres cieux et plus spécifiquement des ciels de lit. Elle part louer pour presque rien l'étrangeté de son corps. Elle retourne à la queue. Après tout, elle n'est bonne qu'à ça (ce qui n'est déjà pas si mal). Par une des fenêtres du musée, Baudelaire la voit fureter, l'œil absent, parmi le brouillard des bords de Seine à la recherche de fantômes d'hommes épars. Vers la rue Follye-Régnier, dite des Mauvais-Garçons, son destin suit ses jupons comme un chien.

Deux fins d'après-midi plus tard, Charles, ayant toujours le goût des coupes anglaises singulières dans la chaussure et le vêtement, arrive à l'intérieur de la cage d'escalier de l'immeuble où loge Sarah la Louchette dont il semble disposé à jouir. Un chat sur le carrelage tourne la tête vers lui qui fixe l'animal et l'hypnotise. Les chats sont chopés par son regard. Il gravit les marches en se grattant l'entrejambe et toque à une porte derrière laquelle il entend demander :

— 'ui 'est ?

La bouche sans doute pleine, la gaupe (salope) articule mal. Après avoir perçu comme réponse : « C'est moi, Baudelaire », elle déglutit et on la comprend mieux :

— Las, mon ami, je suis nue et fort retenue. Bonsoir ! Une autre fois, vous aurez la bienvenue.

Alors que des soupirs un peu trop bruyants de sa Juive jettent maintenant une émotion dans tout le bâtiment, Charles redescend l'escalier en se malaxant douloureusement les burnes. 19, rue de la Monnaie, près du Pont-Neuf, chez Denis-Alexandre Guérin, pharmacien spécialisé dans le traitement des maladies secrètes, le poète se plaint :

— Ça me démange là. J'ai des écoulements blanchâtres qui sortent d'ici et je souffre de picotements ou de brûlures quand je pisse.

Alors que sa femme vient le remplacer à la caisse, l'apothicaire entraîne Baudelaire dans l'arrière-boutique et l'ausculte :

— Avez-vous récemment rencontré une femme ?

— Oui, ça a été une sorte de baptême.

— Eh bien, plutôt que des dragées, elle vous a refilé une bonne blenno.

— Une quoi ?

— Une blennorragie, la chaude-pisse si vous préférez.

Lèvres étirées à l'horizontale, serrées et amères, mauvaises, et encore pendant à la pochette un bas rosâtre devenu comme un regret, la nouvelle arracherait des sanglots et des rimes au poète.

De retour dans l'officine, Guérin lui prescrit de l'opiat balsamique et pour l'avenir lui conseille, devant une étagère, des préservatifs qui portent le nom de « redingotes d'Angleterre ».

— Non merci.

— Ça arrive, cherche à consoler le pharmacien, qu'une amourette…

— Je n'en garderai pas un souvenir clément.

Sarah la Louchette monte l'escalier, suivie par Gland-de-Zinc à qui elle veut faire découvrir son nouveau domicile :

— Tu verras, c'est chauffé. Il y a un canapé, des gravures d'un artiste connu paraît-il, un voile autour d'un grand lit confortable. Ça me change de quand tu me faisais dormir avec tes autres filles dans l'humidité de la cave de l'hôtel des Thermes de Jules César…

Elle pousse la porte de chez elle et découvre que les meubles ont disparu :

— Oh, Baudelaire a tout fait enlever !

En cette chambre vide, il n'y a que, sur une feuille de papier, un poème cloué contre un mur :

Tu mettrais l'univers entier dans ta ruelle,
Femme impure ! L'ennui rend ton âme cruelle.
Pour exercer tes dents à ce jeu singulier,
Il te faut chaque jour un cœur au râtelier.
Tes yeux, illuminés ainsi que des boutiques
Et des ifs flamboyants dans les fêtes publiques,
Usent insolemment d'un pouvoir emprunté,
Sans connaître jamais la loi de leur beauté.

Machine aveugle et sourde, en cruautés féconde !
Salutaire instrument, buveur du sang du monde,
Comment n'as-tu pas honte et comment n'as-tu pas
Devant tous les miroirs vu pâlir tes appas ?
La grandeur de ce mal où tu te crois savante
Ne t'a donc jamais fait reculer d'épouvante,
Quand la nature, grande en ses desseins cachés,
De toi se sert, ô femme, ô reine des péchés,
— De toi, vil animal, – pour pétrir un génie ?

Ô fangeuse grandeur ! sublime ignominie !

— Qu'est-ce que ça dit ? demande, à Gland-de-Zinc, Sarah la Louchette qui ne sait pas lire.
— Rien, des conneries.

13

Rue Neuve-des-Petits-Champs, à l'intérieur du café Robespierre, Charles Baudelaire est habillé en pot de fleurs. De son fantastique habit noir imposé au tailleur et tellement évasé vers les épaules, son cou s'élève comme une tige soutenant une tête de plante pensive.

À la table voisine, un chiffonnier et un professeur d'oiseaux jouent aux dominos. En face du poète, le romancier Théophile Gautier et Honoré Daumier crient autour d'un billard. Ils s'engueulent, contestent les points.

Baudelaire, assis à même une banquette en moleskine et pipe au bec, lance des ronds de fumée. Sous le plafond bruni par les vapeurs de tabac, il est dans un tricotage d'ombres puis quitte l'établissement.

À la sortie du troquet, un ange gardien de profession raccompagne quelques premiers clients éméchés tandis qu'un allumeur de réverbères, grimpé sur son échelle, enflamme des mèches car la nuit se met à ruisseler comme un fleuve sur Paris qui s'endort.

Voici le soir charmant, ami du criminel ;
Il vient comme un complice, à pas de loup ; le ciel
Se ferme lentement comme une grande alcôve,
Et l'homme impatient se change en bête fauve.

Alors qu'il erre vers chez lui au hasard de ruelles étroites et mal percées, entre des maisons trop hautes gênant la circulation d'un air corrompu échappé de boucheries closes, d'égouts ouverts, de cimetières aux tombes descellées, l'atmosphère se trouve chargée de particules difficilement respirables. Au Quartier latin, égaré le long d'autres venelles, il découvre au bout d'une courbe une ancienne minuscule église abandonnée devenue salle de spectacle : le théâtre du Panthéon qu'il ne connaissait pas. En façade, une affiche déchirée annonce un vaudeville en un acte intitulé *Le Système de mon oncle*. Le titre intrigue Charles qui achète un billet par curiosité alors que la représentation va bientôt commencer. À l'emplacement du chœur de l'édifice religieux, le plancher surélevé d'une estrade est devenu la scène. Retenu par les deux épais piliers qui l'entourent, un rideau a été tendu pour servir de décor. Sur cette toile de fond, un salon bourgeois est maladroitement peinturluré. Ni Delacroix ni Courbet n'est venu développer son art pour les misérables saltimbanques de cet endroit. La herse flamboyante s'élève entre des ogives et Baudelaire vient s'asseoir sur un banc parmi les spectateurs. Les trois coups sont frappés. Sur scène, un gros monsieur dans un fauteuil fume un cigare en lisant le journal. Depuis les coulisses on entend des instruments désaccordés de musiciens jouant faux et puis qui s'arrêtent. Côté cour et derrière le gros dans son fauteuil arrive une soubrette, en petit tablier et bonnet à rubans flottants, qui porte un plateau chargé de victuailles. Elle est immense et noire avec de grands yeux comme des soupières, des lèvres épaisses sur un visage aux traits un peu européens. Métisse à la peau sombre qui dépasse de plus d'une tête les proportions ordinaires, elle possède dans sa démarche royale, empreinte d'une grâce féroce, quelque chose de divin et d'animal qui stupéfie Charles, ressentant aussitôt l'attirance d'un gouffre ou d'un abîme.

— Quels pectoraux ! s'extasie un voisin du poète.

L'exorbitance inaccoutumée de la poitrine de cette fille lui donne l'aspect d'une branche trop chargée de fruits. D'un air fier et plutôt dédaigneux, la comédienne de couleur à gros seins, taille longue et fine, balance ses larges hanches jusqu'au-devant de la scène pour dire, d'une voix tétanisante et étrangement musicale :

— Monsieur est servi !

Baudelaire ébahi prend ça pour lui. Elle repart, côté jardin, ondulant ses énormes fesses. Quoique au bout d'à peine quelques dialogues mal déclamés par d'autres personnages la pièce s'avère nullissime et qu'ordinairement il se serait vite barré, Charles, électrifié, reste dans la salle, espérant voir réapparaître cette divinité noire comme la nuit qui l'a bouleversé mais elle ne revient plus, pas même aux saluts. Après le spectacle (office), Baudelaire contourne l'église (théâtre) pour demander à un concierge dans sa loge (confessionnal) si la fille qui n'a prononcé que trois mots est encore en la sacristie (coulisse).

— Ah, celle dont même le souffleur ne sait le nom ? Sitôt descendue de scène elle s'est changée et s'en est allée avec son ombrelle blanche.

Rue Saint-Jacques, Charles l'aperçoit là-bas qui tient à distance de toute son ombrelle fermée des ivrognes aux quolibets et insultes raciales assénées. L'un d'eux parvient à faire tomber le parasol portatif :

— Sale négresse !

Cette en fait peut-être mulâtresse de Saint-Domingue se débat au centre d'une mer de plis d'un foulard tournant autour d'elle pendant que Baudelaire approche. Il ramasse l'ombrelle par son manche pour y pousser le mécanisme qui déploie brutalement en cercle une toile blanche ressemblant à un gros œil de chouette. Il s'ouvre à la face des importuns bourrés qui paniquent alors et s'enfuient en criant :

— Sorcière !

Celui qui s'est interposé offre maintenant galamment le bras à la aussi possiblement sang-mêlé d'origine haïtienne qu'il propose de reconduire chez elle :

— Où habitez-vous ?

— Rue de la Femme-sans-Tête.

— Ça me va, je préfère les femmes bêtes.

Avec lui, c'est direct, il ne roucoule jamais. Il n'est qu'un maladif exalté voulant des plaisirs arrachant des cris et des baisers se métamorphosant en morsures.

— Le long de ces chemins glissants, vous ne devriez pas sortir sans être accompagnée, dit-il à celle d'un mètre quatre-vingt-quatre qui mesure une tête et demie de plus que lui.

— De par ma haute taille et la couleur de ma peau, presque chaque jour, j'entends des esclaffements qu'il me faut endurer.

— Je vous fournirai une domestique blonde...

Surprise par cette promesse et les élégances du jeune homme singulier et provocant en bottes vernies, gants clairs, chapeau de dandy, comme elle n'en a sans doute jamais connu, elle tourne et baisse sa tête vers lui qui pivote la sienne et lève son regard en disant :

— La pièce était nulle.

— Ah, vous y avez assisté ? Jouant les utilités et toujours dernière de la liste des personnages dans le programme, je suis comédienne et un peu pute aussi pour arrondir les fins de mois.

À provocant, provocante et demie... Baudelaire qui se pique de ne reculer devant aucune audace, pour qui personne n'est assez cash, est servi ! Avec dans la voix un ton façon Ancien Régime qu'il affecte, il demande :

— Et comment vous appelle-t-on ?

— Souvent c'est Jeanne, en tout cas Berthe à la scène. Quant au patronyme, ça dépend : Duval, la plupart du temps, mais aussi Lemer,

Prosper. J'ai égaré le souvenir de mon nom et ma date de naissance dans le linge sale de ma vie privée.

Jeanne Duval (autant faire comme beaucoup en l'appelant ainsi), à la grâce molle et séductrice, lèvres charnues semblant impudiques, est si dépaysante pour Charles en ce temps où les demoiselles, considérant le soleil comme un outrage, mettent leur vanité dans la blancheur de l'épiderme. Elle, c'est de nuit qu'elle déploie maintenant son ombrelle en soupirant « Je suis une *nobody* » d'une bouche qui chante des effluves aromatiques vers le poète sillonneur de ruelles qui s'avoue débarrassé de sens moral et dénué de considération vis-à-vis des femmes en général :

— J'ai toujours été étonné qu'on laisse les femelles entrer dans les églises. Quelles conversations peuvent-elles avoir avec Dieu ? Vous voyez, ma belle chérie, depuis la première qui m'aura trahi lors de ma prime enfance, moi, j'ai dorénavant des stéréotypes odieux à l'égard des femmes. En un mot, je ne leur fais plus aucune confiance.

— Alors pourquoi s'intéresser à moi ?

— Ah, que voulez-vous, quand la bouche tremble et que le cœur bat, les saines pensées s'envolent.

Arrivés tous deux sur l'île Saint-Louis, alors que Baudelaire informe : « C'est là-bas, quai d'Anjou, que je demeure », Jeanne désigne : « Moi, c'est au rez-de-chaussée du numéro 6 de cette voie perpendiculaire où un petit atelier de couture a été transformé en chambrette. Je passe devant pour vous ouvrir ma porte. » Charles, de dos, la regarde aller avec des rimes apparaissant à ses lèvres :

Quand tu vas balayant l'air de ta jupe large,
Tu fais l'effet d'un beau vaisseau qui prend le large,
Chargé de toile, et va roulant
Suivant un rythme doux, et paresseux, et lent.

Porte refermée, on perçoit de l'autre côté la voix de Charles poursuivant sur le mode maritime :

— Deviens la houle qui m'enlève, une mer d'ébène, un éblouissant rêve de voiles. Oui, prends ainsi le fanal d'Éros ! Va savoir les lumineux embruns qu'il te crachera à la gueule !

Quant à Charles Baudelaire, si vous voulez, il s'agit d'un poète d'un genre nouveau…

14

Rue de la Femme-sans-Tête mais pas sans cul, Baudelaire regarde celui de Jeanne. Il a des couleurs de mystères avec l'air de revenir de loin. Il incarne le voyage. Dans la chambrette de la figurante de théâtre une lourde étoffe masque encore la fenêtre en cette heure matinale. La clarté du jour, ne s'infiltrant qu'à gauche et à droite du rideau, permet quand même de voir le corps nu et étalé de la géante pendant que Charles, assis près d'une table, délaye, à l'intérieur d'une tasse de café fumant, une mixture singulièrement odorante faisant renifler une petite domestique blonde de treize ans à peine qui s'affaire. Cette jeune Alsacienne pudique et timide ramasse au sol, parmi les couvertures de la couche et accrochés à un lustre, de magnifiques vêtements féminins qui ont dû coûter bonbon à qui les a payés d'un ordre adressé au notaire de Neuilly. Elle les suspend à des cintres sous une étagère où sont soigneusement pliés des habits masculins. La gamine recueille aussi, un peu partout, des bouteilles vides dont une, de rhum, qui vient rouler et heurter d'un son sec l'un des pieds du lit en chêne mais sans colonnes.

— Moins de bruit, Katel, elle dort..., recommande Baudelaire entre deux gorgées de sa boisson chaude à la confiture verte.

Aux tas de ses livres à même les tomettes du sol, tant de ses extravagants paletots rangés, on devine que Charles habite ici depuis plusieurs jours, deux ou trois semaines peut-être. Il a également rapporté de l'hôtel Pimodan son miroir vénitien biseauté, octogonal, à fronton décoré de fleurettes gravées sur les côtés et le haschich commence à faire son effet. Baudelaire n'entend plus que par ses yeux qui s'étirent dans tous les sens sous l'emprise d'une extase nouvelle. L'hallucination débute. Les objets prennent des apparences monstrueuses, Katel lui semble confectionnée en dentelle. Les sons ont une couleur, les couleurs une musique. La résine de cannabis fait son boulot de sape. De ce produit mou et vert foncé, Charles sait que des gens le fument en cigarette, mêlé à du tabac, mais le résultat s'en trouve trop modéré pour lui tandis qu'en quantité et décoction dans le thé ou le café du matin tout s'accélère vers une ivresse dangereuse qui convient au poète tournant sa tête en direction de Jeanne. Le corps nu de l'immense Vénus noire a quelque chose d'inquiétant, de morbide et de fatal. Sa bouche, aux alentours barbouillés d'un rouge à lèvres étalé par les baisers de la nuit précédente, palpite dans le sommeil comme une baie sanglante. Les paupières peintes en mauve et closes de ses trop grands yeux fascinent Baudelaire. Son odeur lui porte à la tête. Elle exhale un parfum de fleur bizarre qu'on ne saurait respirer sans danger. Sa vaste chevelure crépue est si brune qu'elle paraît bleue entre les cliquetis d'or de ses colliers provenant de bijouteries très renommées et de ses nombreux bracelets plaqués contre une joue. Quoique ayant un nez délicat aux exquises narines incisées, Charles sait bien qu'en fait Jeanne n'est pas belle, elle est mieux que ça, elle est surprenante. Elle déclenche des visions de palmiers, une Asie somnolente, une Afrique langoureuse, au poète qui maintenant se lime les ongles en la contemplant. Les mains de Baudelaire sont petites et fines, lavées, soignées, écurées comme des mains de femme. Leurs extrémités ressemblent à des serres d'oiseaux de proie. Il songe au délice de frotter sa peau blanche contre l'océan de cet épiderme noir devant lui, imagine la tronche que ferait le second mari de sa mère en apprenant que le beau-fils baise hors de sa race. Entre les bras gigantesques de Jeanne, lui, peu grand, s'est souvent senti redevenir tout petit enfant comme il était à cinq ans, agrippé au corps de celle qu'il appelait maman. Sa géante exotique, commençant à se réveiller peut-être, a un mouvement animal de la taille qui fait bander Charles au gland qui goutte encore sa blennorragie (avec le bon souvenir de Sarah la Louchette). Maintenant, sa plume de fer gratte une feuille de papier alors qu'il se remémore comment il a rencontré la Duval, Lemer, ou Prosper, c'est au choix.

J'ai vu parfois, au fond d'un théâtre banal
Qu'enflammait l'orchestre sonore,
Une fée allumer dans un ciel infernal
Une miraculeuse aurore ;

Une miraculeuse aurore et aussi pas mal de boutons, pustules, ulcères non douloureux, qui lui ont soudainement poussé partout, à l'intérieur des paumes, entre les doigts, autour des poignets, le long des bras. Quelques ganglions le démangent aux aines. Il a aussi des apparitions de rougeurs à sa gorge qu'il observe dans le miroir vénitien. Tandis que la gentille petite domestique blonde engagée au service de

Jeanne s'assoit par terre car devenue un peu stone à cause des vapeurs étranges échappées de la tasse de Charles, celui-ci quitte la rue de la Femme-sans-Tête. En gants rose pâle et cravate sang-de-bœuf, tenue d'une irréprochable propreté et larges boutons en bronze fermant un paletot grisâtre, il retourne voir le pharmacien Guérin, qui hoche de la tête :

— C'est plus embêtant que la dernière fois. Là, c'est la syphilis. Décidément, monsieur Baudelaire, après la chaude-pisse, la grande vérole... Vos amours démarrent du tonnerre !

L'apothicaire, en chaussant ses lunettes, prescrit tout d'abord l'absorption de mercure et d'iodure de potassium :

— Mais comme le mercure provoque toujours des diarrhées aiguës et des crises intestinales acharnées, il vous faudra également, pour calmer l'attaque du mercure, boire chaque jour sept gouttes de laudanum, cette teinture alcoolique appelée aussi vin d'opium dont vous devrez vous méfier car elle est particulièrement addictive. Jamais plus de dix gouttes, hein !

— Pourquoi ne pas se contenter de l'iodure de potassium ? demande Charles.

— Parce qu'on ne connaît à l'heure actuelle aucun traitement anti-vérolique sans mercure. Ce qui vous arrive n'est pas forcément grave à condition de ne jamais s'endormir sur des apparences de guérison. La syphilis est une maladie perfide qui évolue en trois phases. Vous en êtes au stade primaire, celui des chancres mous qui disparaîtront d'eux-mêmes en quelques jours. Dans cinq mois vous passerez au stade secondaire, celui des lésions discrètes parce que cantonnées au niveau du buste donc, si vous restez en chemise, personne ne s'apercevra de l'état de votre peau devenue brune et qui pèlera ainsi que sous la plante des pieds.

— Je n'avais pas l'intention d'aller courir nu sur une plage parmi les pêcheurs à pied, grimace Baudelaire d'un pli de bouche comme dépourvue de lèvres.

— Ensuite, reprend le spécialiste des maladies honteuses, vous aurez l'impression, à tort, d'être guéri car vous entrerez dans ce qu'on appelle un état de latence. C'est une séquence dite « silencieuse » pendant laquelle l'infection évolue sans aucune manifestation apparente. Elle peut durer de un an à trente ans mais un jour la syphilis se réveillera pour le stade tertiaire et alors là !... Si vous avez délaissé le mercure ça virera au feu d'artifice : céphalées extraordinaires, vertiges continuels, surdité, troubles visuels, modification de la personnalité, démence, et j'en passe d'autres si peu ragoûtants qu'à Paris presque tous les centres de soins refusent de recevoir les syphilitiques en phase tertiaire. Seul l'hôpital Lourcine les accueille pour les entasser dans des cellules en sous-sol afin de les punir, stopper autant que pourra la contagion de leur hideuse maladie qui infecte et dévore jusqu'à la mort.

Le praticien retire ses lunettes et tend un index vers le poète, concluant en son officine :

— Monsieur Charles Baudelaire, je vous le rappelle une dernière fois, si, malgré ses douloureux inconvénients, vous cessez la prise de mercure, la syphilis continuera son œuvre destructrice menant également vers la paralysie, hémiplégie, tétraplégie, accident vasculaire cérébral.

Une ordonnance à la main droite et dans l'autre un sachet de papier contenant de l'iodure de potassium à sucer, du mercure dont il devra se frictionner tout le corps quotidiennement, et un flacon de laudanum, Charles, un peu sonné (il y a de quoi !), longe le comptoir couvert de pilules du droguiste, ses armoires à pharmacie, et se retrouve dans la rue de la Monnaie. Près du Pont-Neuf, aux femmes qu'il croise, il crie, faisant mine de vouloir les attraper : « Ça y est, j'ai la vérole !... la grande vérole dont est mort François Ier ! Laissez-moi vous embrasser pour vous la refiler ! » Alors les femmes partent en courant. Le sang infecté, Baudelaire retourne sur l'île Saint-Louis vers la aussi fascinante que dangereuse – sa déesse du mal. Il ne cloue pas un poème d'engueulade à l'un des murs de cette contaminante-là. Déposant son sachet médical sur la cheminée, il ne lui raconte rien de sa visite à Guérin mais lui tend un gros paquet enrubanné :

— Je t'ai acheté une robe, la plus longue que j'aie trouvée, peut-être un peu courte pour toi mais bordée de perles et de pierreries. Enfile-la puis nous irons danser au bal avant que d'aller souper en amoureux à *La Tour d'argent*.

Jeanne, lascive et nue sur une chaise près de la table, un verre plein de rhum entre les doigts, regarde celui qui dépense sans compter pour elle et qui l'emmène souvent dans des restaurants prestigieux où il a ses habitudes. D'un désir onduleux, la grande métisse nonchalante se lève pour commencer à revêtir le riche vêtement offert tout en demandant à l'homme qui a appris aujourd'hui qu'il souffrait d'une grave affection vénérienne à cause d'elle :

— Voudras-tu aussi que je me maquille, m'asperge de musc ?

— Bien sûr. Trop de femmes sont naturelles par conséquent abominables. La femelle doit surtout rester énigmatique, être impénétrable et à tout jamais dissimulée derrière les arabesques de ses formes, les effluves de son parfum. Elle doit se contenter d'être un masque, ajoute-t-il, manches retroussées au-dessus d'une cuvette d'eau, en savonnant ses petites mains aux ongles rabattus comme s'il les comprimait souvent d'un geste machinal.

Froissements d'étoffes et symphonies de couleurs presque aériennes dans la chambrette parmi des senteurs de fleurs, le vampire enchanteur de Baudelaire fait coulisser de haut en bas la tenue moulante qui met en valeur ses gros seins, fesses volumineuses, tout en voulant savoir :

— Ça te convient ?

— C'est une robe qui te déshabille si bien ! Affuble-toi aussi de bijoux partout, même autour des chevilles. Je te préfère clinquante et indécente. D'une élégance provocante et barbare, tu illustres parfaitement la sauvagerie dans notre civilisation.

— Oui, mais tu me répètes toujours que je suis inculte et sotte.

— La bêtise est souvent l'ornement de la beauté.

Jeanne, ce fauve à corps de femme métamorphosé en créature d'apparat, est maintenant prête. Charles lui propose le creux d'un coude puis il sort, accompagné de sa muse sans orthographe.

Nuit tombée, au sortir de la salle de bal, un courant d'air à l'angle d'un carrefour soulève un pan de la robe de Jeanne en faisant découvrir ses superbes longues jambes noires au-dessus de pieds de statue comme on n'en voit qu'au Louvre. Le plaisir d'être admirée l'emporte, chez elle. Lui, passant sous la clarté d'un réverbère et devant le reflet d'un miroir de boulangerie, exagère sa propre allure de dandy, précise l'image qu'il veut offrir au monde. En cette France où l'on considère avec horreur toute relation mixte, le poète brave le tabou de l'époque avec une femme de couleur, exhibe sa relation pour provoquer. Quai de la Tournelle, parvenus devant l'établissement de *La Tour d'argent*, Baudelaire caresse les fesses de Duval qui chasse à coups mutins les doigts lutins. Porte poussée, ils s'approchent d'un comptoir où un chat accroupi médite tandis que Charles demande à Jeanne :

— Savais-tu que les Chinois voient l'heure dans les yeux des chats ?

En découvrant la drag-queen noire et bariolée comme si c'était un phénomène de foire, le maître d'hôtel ose commenter à l'oreille du poète :

— Elle est bizarre…

— La beauté est toujours bizarre. C'est même cette bizarrerie qui fait particulièrement le beau. C'est son immatriculation, sa caractéristique. Où se trouve notre table ? demande le décoré d'une nouvelle maladie secrète.

Jeanne traverse la salle en idole et va s'asseoir en sultane à une table pour deux située près d'une fenêtre donnant sur la silhouette de Notre-Dame, là-bas.

Charme exotique dans son port de tête, les gens tournent la leur pour l'observer. Sous le foisonnement endiablé de sa crinière noir d'encre, sa bouche sourit, admirablement meublée de dents blanches entre ses fortes lèvres d'un beau dessin. L'ensemble devient sérieux. Chacun des clients reste la fourchette en l'air. Les garçons eux-mêmes et la dame au comptoir ressentent une stupeur contagieuse jusqu'à oublier leur devoir pendant que la phénoménale se met à mâcher, broyer, dévorer, engloutir mais avec l'air le plus léger du monde sans compter qu'elle boit comme un grenadier. En face, Baudelaire l'admire telle l'allégorie personnifiée de l'art, une sorte de figure incarnée. Même si cet amour vire pour lui à la promesse d'un cauchemar accablant, bien vêtu, courtois, il s'adresse respectueusement à elle comme on doit s'adresser à une dame. De sa figure à la fois de jeune comédien tragique et de prêtre de messes noires aux expressions hautaines, il se crispe d'un regard scrutateur. Elle qui lui a collé la syphilis où en est-elle de la maladie, à quel stade ? Aucun symptôme visible sur son corps, elle doit se trouver dans l'état de latence… pour combien de temps avant que de devenir paralysée, folle ?

Sous les frises du plafond, alors que, consciente de son déficit intellectuel, Jeanne se contente de l'écouter, Charles aborde un autre sujet, évoque sa poésie telle qu'il l'envisage :

— J'ai compris que dans les inspirations de mes prédécesseurs, sujets, thèmes, il ne reste plus qu'à glaner pauvrement, et qu'il me faudra découvrir un autre filon où s'articuleraient Éros et Thanatos, où poindrait toujours le Mal.

Duval, de sa serviette, s'essuie les lèvres, lève son verre, le boit puis le repose. Autour de ses bras et de son cou le métal et le minéral qui serpentent ajoutent leurs étincelles au feu de ses yeux et jasent doucement aux oreilles de Baudelaire comme sa voix grave qui suggère :

— Plutôt que de devoir encore t'entendre parler de gens qui ne sont pas de ma connaissance et dire des pensées auxquelles je ne comprends rien, tu ne préférerais pas que j'aille te sucer dans les toilettes ?

15

Les étranges nouvelles se suivent. Charles a rendez-vous avec sa mère au jardin du Luxembourg où elle lui déclare :

— Par décision de justice, te voilà redevenu mineur.

— De quoi tu parles ?

Barbu et le cou dégagé en un gilet très long par cet après-midi de toute fin d'été, manchettes nickel, Baudelaire, coiffé de son haut-de-forme et cigare hors de prix aux lèvres, était arrivé d'un pas de chat dans une allée bordée de platanes quand il a senti un bras se couler dans le sien. Sa mère en robe d'un ton clair et rose lui avait écrit la semaine dernière qu'elle aurait quelque chose d'important à lui raconter :

— Lis ce papier officiel daté de ce matin.

21 septembre 1844,

Considérant qu'il est à la parfaite connaissance des membres composant le Conseil de famille que M. Charles Baudelaire, sitôt devenu héritier majeur, s'est livré aux plus folles prodigalités, que dans l'espace d'environ dix-huit mois il a dissipé près de la moitié de son patrimoine qui s'élevait à un capital d'environ cent mille francs et que les faits les plus récents donnent lieu à craindre que le restant serait, d'ici peu, complètement absorbé si l'on mettait le moindre retard à le pourvoir comme prodigue d'un conseil judiciaire. Par ce motif, le Conseil de famille a été avec moi d'avis, à l'unanimité, qu'il y a urgence de pourvoir M. Charles Baudelaire d'une mise sous tutelle.

Maître Narcisse Ancelle

Stupéfait, Charles, comme s'il s'était pris un coup de gourdin sur la nuque, se trouve envahi d'une physionomie exécrable, ses pupilles deviennent directes, ses sourcils se lèvent alors que Caroline Aupick tente de l'apaiser :

— Il nous fallait absolument mettre à couvert la seconde partie de ton héritage pour que tu ne dilapides pas tout d'ici l'an prochain ni que tu files vers ta ruine totale. Grâce aux intérêts du capital restant tu recevras deux cents francs par mois.

— À dire le vrai, cela reviendra à ne plus vivre que chichement…

— C'est un salaire de sous-chef de bureau de ministère que tu toucheras à ne rien faire, en honnête rentier et préconisé par maître Ancelle.

— Celui-là, j'irai le souffleter à Neuilly devant sa femme et ses enfants s'il en a ! N'y a-t-il pas une cruauté incroyable à devoir me soumettre à l'arbitrage, entre autres, d'un homme qui ne m'a jamais vu ? Quant à ne rien faire, entre nous, qui peut se vanter de me connaître et de savoir ce que je commence à réaliser et où je vais ? Persuadez-vous bien, poursuit-il en se mettant à vouvoyer sa mère, d'une chose que vous semblez toujours ignorer, c'est que vraiment, pour mon malheur aussi, je ne suis pas fait comme les autres. Je refuserai toujours ce qui sera attentatoire à ma liberté.

— Tu peux faire appel de la décision au tribunal, reconnaît Caroline, bras toujours au creux de celui de son fils alors qu'ensemble les voilà au bord d'un grand bassin circulaire où de petits bateaux flottent, poussés par des bâtons au bout de bras de marmots.

— Je n'interjetterai pas devant un magistrat, jure Charles.

— Pourquoi ?

— Je vis une résignation pire que la fureur, un état horrible.

— On dirait que tu as cherché cette infamie.

— Allez savoir..., soupire Baudelaire en regardant les voiles gonflées par un zéphyr faisant naviguer les minuscules embarcations à la surface du bassin. Vous me faites là encore une peine infinie. J'avais de l'argent et c'est juste le moment que vous choisissez pour me casser à nouveau les bras et les jambes.

Jardin du Luxembourg totalement traversé, c'est la fin de la promenade. Dans la rue, Charles hèle un fiacre destiné à sa mère en lui demandant :

— Et toi, maman, comment vas-tu ? Tu sembles fatiguée.

— C'est depuis la mort de Mariette. Nous ne parvenons pas à trouver une servante suffisamment convenable pour la remplacer alors ça m'épuise aussi.

— Mariette n'est plus ?

— Je ne te l'avais pas écrit ? J'ai dû oublier, pourtant tu l'aimais tellement celle-là.

— Tu en as toujours été jalouse. Mais quand, après la mort de mon père, tu me quittais de temps en temps le soir, me laissant à la servante, heureusement qu'elle était là pour me rassurer et me chuchoter à l'oreille qu'une fée venait parfois dans sa chambre lui dire : « Je donne à Charles... Je lui donne le don de plaire », tandis que j'étais triste sans toi, inconcevablement triste, semblable à un prêtre à qui on aurait arraché sa divinité.

— Allez, je t'embrasse, Charles. Dis donc, mêlé à un parfum de savonnette, tu sens un petit fumet de viande décomposée.

— C'est depuis que je me badigeonne au mercure. Ça fait ça aussi.

— Pourquoi prends-tu du mercure ?

— Le cocher attend, maman.

— Quelle est ton existence, Charles ?

— Je vis avec une femme noire.

Montant à bord du véhicule de louage, Caroline lève les yeux au ciel :

— Ah, c'est bien le jour pour me dire des blagues !

— C'est vrai.

Un cheval fouetté tracte le véhicule qui s'élance pendant que la mère se penche à la fenêtre pour crier à son fils :

— Charles ! Charles, tu ne vis pas avec une Noire quand même ? Charles !...

Celui qui n'a plus le droit de disposer de son argent à sa guise, considéré par sa famille comme un individu irresponsable, valorisé par la société moins qu'un porteur d'eau, se retourne en entendant miauler sur le rebord d'une fenêtre dont il s'approche :

— Viens, mon beau chat, retiens les griffes de ta patte. Mes doigts caressent ta tête et ma main s'enivre du plaisir de palper ton corps électrique.

De sa déchéance soudaine, ce très curieux mec – même plus adulte au regard de la loi – paraît s'en foutre autant que de sa grande vérole. Au loin, un orchestre jette à travers la ville des chants de fête. Au gré du vent, Baudelaire attrape, gratis (ça tombe bien car il n'a plus un rond), un lambeau de musique et s'avance en se tenant le ventre. Il marche vers des saltimbanques, faiseurs de tours, montreurs d'animaux et bonimenteurs ambulants entourés de nombreux spectateurs. Des hercules fiers de l'énormité de leurs membres, sans front ni crâne comme les orangs-outans, gonflent leurs biceps qui font dire « Oh !... »

aux dames. Charles, taillé comme une crevette, vient s'oublier dans la foule, craignant sans doute de ne pouvoir se supporter lui-même. Entouré de bruits, de lumières, de gaze remuée, de chaudes odeurs de frites, parmi les badauds qui le bousculent il goûte les voluptés de sa propre disparition. Entre chien et loup il pénètre chez Jeanne qui tient une bouteille de rhum à la main. Sans un mot pour sa compagne, près du feu palpitant et fumant, des souvenirs lointains s'élèvent en lui : « Mariette est morte... » Sur le manteau de la cheminée, il s'empare du flacon de laudanum dont il verse une vingtaine de gouttes (plus que les sept prescrites) dans un verre d'eau qu'il avale. Il se renifle les épaules :

— Putain, je pue la mort avec ce mercure. Jeanne, il faudra que Katel porte mon gilet et ma chemise à la blanchisserie !

Quelques instants après avoir absorbé l'opium liquide toute douleur intestinale a déjà disparu et puis quel enlèvement pour l'esprit ! Est-ce là la panacée des douleurs humaines ? Avec en sus cette dope (confiture verte ou opium, pourquoi choisir ?) quelque chose en Baudelaire s'agrandit qui n'a plus de bornes, allonge l'illimité, approfondit le temps, développe des sensations et des visions surréelles. Il se verse encore une dizaine de gouttes (on en est à trente, ce qui représente déjà une bonne dose) et le poète a soudain les yeux dilatés, pareils à ceux des chats-huants. S'asseyant à sa table, il y pose une feuille de papier et prend sa plume en répétant : « Mariette est morte... » En cette nuit qui tombe semblable à un chaos, un charroi, passant dans la rue, fait trembler la feuille de papier sur la table...

16

La servante au grand cœur dont vous étiez jalouse,
Et qui dort son sommeil sous une humble pelouse,
Nous devrions pourtant lui porter quelques fleurs.
Les morts, les pauvres morts, ont de grandes douleurs,
Et quand Octobre souffle, émondeur des vieux arbres,
Son vent mélancolique à l'entour de leurs marbres,
Certe, ils doivent trouver les vivants bien ingrats,
À dormir, comme ils font, chaudements dans leurs draps,
Tandis que, dévorés de noires songeries,
Sans compagnon de lit, sans bonnes causeries,
Vieux squelettes gelés travaillés par le ver,
Ils sentent s'égoutter les neiges de l'hiver
Et le siècle couler, sans qu'amis ni famille
Remplacent les lambeaux qui pendent à leur grille.

Lorsque la bûche siffle et chante, si le soir,
Calme, dans le fauteuil je la voyais s'asseoir,
Si, par une nuit bleue et froide de décembre,
Je la trouvais tapie en un coin de ma chambre,
Grave, et venant du fond de son lit éternel
Couver l'enfant grandi de son œil maternel,
Que pourrais-je répondre à cette âme pieuse,
Voyant tomber des pleurs de sa paupière creuse ?

17

Alors que l'île Saint-Louis dort, ça grouille à un rez-de-chaussée de la rue de la Femme-sans-Tête. Éclairée par une bougie posée sur la table de chevet de Charles, Jeanne, au corps dénudé seulement recouvert de bijoux selon l'exigence du poète, scintille comme un fatras d'étoiles formant des galaxies.

Je t'adore à l'égal de la voûte nocturne,

À celle dont l'épiderme noir maintenant brille telle une magnifique batterie de cuisine, une splendide orfèvrerie, une vitrine bariolée en mouvement, il dit : « ma femme, ma vie, mon inspiration ». Il l'appelle même « maman ». La humant tout en haut à l'entrejambe, il se remémore :

— Ta chatte sent le linge sale de ma mère.

Il caresse les longs poils de la vaste ct touffue toison pubienne de Jeanne mais, tel que quand il caressait la chevelure de Caroline Aupick, il y jette ses dents et lui mord les grandes lèvres au sang.

— Mais arrête, tu es taré !

La géante métisse, d'une unique baffe de lutteur de foire, dégage du lit le nabot comparé à elle qui, à genoux sur les tomettes et sur les paumes, remonte à quatre pattes par-dessus le sommier vers sa muse d'ultra-dimension.

Je m'avance à l'attaque, et je grimpe aux assauts,
Comme après un cadavre un chœur de vermisseaux,

Il vient plonger son visage dans les cheveux de Duval comme dans l'eau d'une source puis, d'une main, il les secoue tel que pour en faire tomber des réminiscences :

— Si tu pouvais savoir tout ce que je retrouve, tout ce que je sens, tout ce que j'entends de ma petite enfance à l'intérieur de ta chevelure... Mes doigts glissant le long de tes cheveux me rappellent des langueurs. Quand je les mordille, il me semble que je mange des souvenirs...

— Tais-toi et baise !

Après l'avoir fait rouler à plat dos, la métisse – deux tiers catin – le chevauche sans façon, se l'enfile et l'écrase de ses lourdes fesses, à croire qu'elle va lui déboîter tous les os du bassin. Cette femme est un puits de souffrance pour le poète maigrichon. Démolisseuse, elle représente le Mal. Le poids de son énorme chevelure crépue bascule sa tête en arrière et lui donne un air triomphant. Des pendeloques à silhouettes d'oiseaux, piquées de pierreries, gazouillent puis s'envolent autour de ses oreilles pendant qu'elle agite son cul. En elle s'active une vigueur tenace et une avidité de trou noir pour le zob de sa victime qui, gémissant, lui demande cependant :

— N'es-tu pas l'oasis où je rêve ?

En la très vénéneuse saillie, Jeanne devient dépourvue de toute pudeur et barrière morale. Elle transpire parmi ses bracelets, colliers, chaînes autour de la taille, bagues, boucles d'oreilles, qui lancent partout à travers la chambrette des traits de lumière. Dans son allure exotique, comme une plante grasse et carnivore, elle se penche et se jette n'importe où sur sa proie, bouche ouverte. Oh, les scabreuses libertés de leurs nuits à eux deux ! En elle, alors que tant de noir abonde aussi, tout ce qu'elle inspire à son amant est nocturne et profond. Les yeux de la maîtresse de Charles clignent vaguement un mystère et parfois illuminent comme l'éclair. C'est alors une explosion dans les ténèbres. Cette femme est son soleil noir.

18

— Alors, on se déguise en Charles Baudelaire ?!...

Jeanne, au matin sauterelle géante buvant cul sec sa bouteille de rhum, vanne le poète devant son miroir vénitien tandis que, dans des vapeurs de haschich, la petite domestique blonde, en boule sur les tomettes, a déjà les pupilles de ses yeux grands ouverts qui tracent des « 8 ». D'un pas levé en arrière, Baudelaire l'enjambe afin de s'admirer mieux dans la glace :

— Je suis si beau qu'on devrait m'exposer en frontispice d'un almanach. Il s'en vendrait dix mille le premier jour !

Paupières ombrées par la débauche et couvert de l'un de ses paletots hallucinants qui n'ont jamais été et ne seront jamais à la mode, il prend ses gants et s'attarde lors d'une autocontemplation, en justifiant :

— Le dandy doit aspirer à être sublime sans interruption. Il doit vivre et dormir tel que devant un miroir afin de faire oublier qu'il est constitué de muscles, de tissus, d'écoulements, de sécrétions physiologiques. Jeanne, ça va, là ?

— Mais oui, tu parais poétique dans ta vaste cravate et tes bottes décorées d'écailles, cabot !

Avant de se coiffer de son haut-de-forme, il couvre son crâne d'une bouclée perruque bleue.

— Ah, ben là, c'est parfait ! s'en étrangle Jeanne.

Après avoir rejoint la rive sud de l'île Saint-Louis – calme petite cité de province isolée dans la capitale par les deux bras de la Seine et aux ponts d'ailleurs, à péage –, Charles retrouve le vomissement confus de l'énorme Paris où les gens se retournent pour le regarder. Les passants, croisant sa silhouette bizarre et fantomatique, en demeurent ébahis :

— Celui-là n'est pas tout le monde.

À l'intérieur de la foule au flot mouvant, il demande à une femme :

— C'est à vous cet enfant qui joue, là ?

La mère, fière, répond :

— Mais oui, monsieur !

— Grands dieux, madame, il est horrible !

Ah, les facéties de Baudelaire... qui arrive bientôt devant un estaminet où l'espérance brille aux carreaux. En cet établissement appelé *La Belle-Poule*, où il a une solide ardoise, il entre. On s'y insulte, on s'y soûle, on s'y prend aux cheveux. Là, règne une atmosphère exquise pour Charles qui lui ferait presque oublier instantanément toutes les fastidieuses complications de sa vie. Alors qu'avance dans la première salle ce dandy à face glabre mais front envahi par les bouclettes de sa perruque azur qui lui cachent en partie les yeux et complètement les oreilles, quelqu'un qui s'est retourné commente : « Ça ne va pas mieux, lui... » près d'un autre s'exclamant : « Tiens, voilà le fleuriste, toujours plein de pollen de fleurs de cannabis et de fleurs d'opium ! » Déjà auréolé d'une réputation, ses connaissances le disent poète mais sans qu'ils aient lu le moindre sonnet de lui nulle part. Il a presque une renommée sans avoir jamais publié un vers. Il accède à la salle du fond où, derrière une cloison, se retrouvent des artistes. Le Tout-Paris qui romance, rime, peint, sculpte vient souvent là. Près d'un poêle ronflant, Gustave Courbet – colosse barbu à l'accent franc-comtois – est en grande discussion avec un autre peintre que salue Baudelaire :

— Ah, Delacroix, lac de sang hanté des mauvais anges...

Entre des favoris poivre et sel, d'autres messieurs balancent pas mal de saloperies sur leurs collègues, absents bien sûr :

— J'ai feuilleté le nouveau roman de Machin, quel bavardage ! C'est toujours la même chanson.

— Les statues de Bidule montrent qu'il est tombé dans la démocratie comme un papillon dans la gélatine.

— J'ai souffert aux rimes de Truc, autant lire un livre d'algèbre !

Les rires et les engueulades s'élèvent jusqu'au plafond enfumé sous lequel Charles s'approche d'une effervescence. Il serre une main sale du crasseux Champfleury qui s'étonne de celles manucurées de Baudelaire qu'un gars au teint olivâtre, yeux nostalgiques, longs cheveux noirs et barbe épaisse, vient enlacer :

— Charles !

— Charles...

Les deux, Asselineau et Baudelaire, se prénomment Charles. Il n'y a pas que ça qui les réunit mais aussi une solide amitié, surtout de la part d'Asselineau – faible écrivain un peu journaliste sans vanité mais attiré par les bohèmes originaux. Avec Charles Baudelaire, il est servi ! Le photographe Nadar s'approche aussi du poète qui aussitôt lui relate ou bien invente :

— Je viens de croiser une femme adorable dont il aurait fallu que tu fasses une prise de vue, Félix. Elle a les plus beaux cils du monde qu'elle dessine à l'allumette, les yeux les plus provocants dont l'éclat n'existerait pas sans le khôl de ses paupières, une bouche voluptueuse refaite entièrement de carmin et avec cela pas un cheveu visible qui lui appartienne. En bref, une grande artiste.

Apparaissant lui-même aux yeux de ses contemporains comme une figure étrange sous, aujourd'hui, sa perruque tellement voyante, Baudelaire insiste :

— Le déguisement et le maquillage n'ont pas à se cacher, à éviter de se laisser deviner. Ils doivent, au contraire, s'étaler, sinon par affectation, au moins avec une espèce de candeur.

— Mais pourtant, conteste mollement Asselineau, par exemple cette Anglaise là-bas sans rien sur le visage est jolie.

— Tu te trompes, ces cheveux roux sont à elle ; elle n'a pas d'art, elle est atroce.

De dos, Théophile Gautier – célèbre romancier brun au teint mat, regard myope, parler sonore et imagé, exhalant on ne sait quoi d'oriental – se retourne vers Baudelaire en s'esclaffant avec dans la voix l'enrouement d'un gosier incessamment lavé par l'eau-de-vie :

— Et la grande avec qui on te voit maintenant souvent dans les rues, tu la trouves comment ?

— Je pourrais faire ma fortune en la montrant comme monstre dans les fêtes foraines car on peut la considérer laide. Elle est délicieuse pourtant ! Elle est araignée. Sorcellerie ! En somme elle est exquise. Parti dans ma jeunesse pour les Indes où j'ai vendu du bétail à l'armée anglaise, je l'ai ramenée du Cap.

Le menteur !... écarte ses minuscules mains blanches en geste de fatalité :

— Que voulez-vous, dit-il à ceux qui le considèrent comme un ami, j'idolâtre le mystère de la jouissance de la laideur. La soif de l'inconnu et le goût de l'horrible m'inspirent mais je vais devoir maintenant me mettre à travailler pour de bon car le 6 de ce mois j'aurai déjà épuisé ma rente mensuelle.

— Te voilà donc pensionné ? s'étonne Nadar.

— Décision familiale et d'hommes vêtus de longues robes noires dont je me demande de quoi ils se mêlent ! Ce n'est évidemment pas avec un revenu équivalant à celui d'un sous-chef de bureau que je vais pouvoir vivre ! Par exemple, cette paire de bottes en peau de crotale, je l'ai payée cent cinquante francs.

— Autant pour une seule paire ? n'en revient pas le photographe. Moi, avec une telle somme, j'en achèterais six douzaines peut-être en cuir de vieilles vaches mais suffisantes afin de marcher jusqu'à *La Belle-Poule*.

— Pour le coup, me voilà en pleine misère ! surenchérit le dispendieux. En plus de l'humiliation, quelles ténèbres morales et crainte de l'avenir ! Tu n'aurais pas trois mille francs à me prêter par exemple, toi, Asselineau ?

— Mais enfin, Charles ! Cent sous si ça peut vraiment t'aider, rien de plus...

— Donne toujours. Madame, à boire et du meilleur !

— Hélas, ça ne va pas être possible, monsieur Baudelaire, promet, de l'autre côté du comptoir, la patronne du troquet en s'essuyant les mains alors qu'un petit chat dort pelotonné sur son épaule. Le notaire de Neuilly a refusé d'effacer la dernière ardoise certes conséquente qu'on lui a envoyée de votre part, précisant qu'il n'acceptait plus vos reconnaissances de dettes, alors comment comptez-vous nous régler ?

Charles reste quelques minutes silencieux en n'observant plus que le chat sur l'épaule de la dame puis soudain il s'écrie :

— Il ne faudra pas l'empailler !

Après avoir levé les yeux au ciel, la patronne revient à la charge :

— Et quant à votre addition ?

— J'exprimerai le désir de vous dédommager, un beau jour, à la faveur d'une fantaisie !

Un homme de haute taille et au beau visage régulier qui vient de s'approcher du bar (avec ses façons de mousquetaire on le dirait sorti d'un roman de Dumas) rit de la réponse du poète à qui il propose ensuite :

— Qu'auriez-vous voulu boire que je pourrais vous offrir, cher déshydraté ? De la bière, un thé, un grog ?

— Monsieur, je vous remercie, je ne bois que du vin de Bordeaux, répond l'autre, d'un air hautain.

— Blanc ou rouge ?

— Monsieur, si vous le permettez, je boirai l'un et l'autre.

— Un verre ?

— Plutôt une bouteille de chaque. Allons à cette table qui se libère et, puisque j'ai faim, commandez-moi aussi un vol-au-vent, c'est la spécialité de la maison.

Celui qui invite – Maxime Du Camp, subtil auteur polygraphe connu pour être le meilleur copain de Gustave Flaubert – vient s'asseoir face à Baudelaire alors que la tenancière apporte déjà les vins et une carafe que refuse Charles :

— Madame, veuillez repartir avec ça. La vue de l'eau m'est désagréable.

Le poète coiffé d'une perruque bleue et qui tient à d'abord paraître étrange aux gens pour les tester, demande au Du Camp impassible :

— Vous ne trouvez rien d'anormal en moi ?

— Mais non.

— Cependant j'ai les cheveux bleus et ce n'est pas commun.

— Beaucoup de vieilles dames qui se font teindre parce que les leurs blanchissent ont les cheveux plus ou moins bleus. Si les vôtres étaient verts cela pourrait me surprendre mais des cheveux bleus... il y en a, à Paris, sous bien des chapeaux agrémentés de plumes.

Pendant le repas, Charles boit presque à lui tout seul les deux bouteilles, à larges lampées, lentement, comme un charretier et avec un sourire par-dessus son vol-au-vent. Le pote de Flaubert reste de marbre d'autant qu'il voit Baudelaire, toutes les fois que celui-ci vide son verre, chercher du coin de l'œil à lire l'impression que Du Camp éprouve alors qu'un directeur de magazines corporatifs – Henri Desnoyer –, à l'encombrante et tutoyante familiarité, vient demander au poète :

— Eh, le farfelu, Asselineau m'a dit que tu cherchais du travail. Ça t'intéresserait d'écrire des poésies bucoliques pour *Le Moniteur de l'épicerie* et *La Cordonnerie pour dames* ?

Sans même se sentir obligé de lever la tête vers celui qui lui propose un emploi rémunéré et tandis que Maxime Du Camp l'observe, Charles assène d'un ton calme et détaché :

— Mon cher Desnoyer, vous attendez de moi des vers pastoraux... sur la jolie nature, les bois, les grands chênes, la verdure, les papillons, le soleil sans doute. Mais sachez que je suis incapable de m'attendrir sur vos doux végétaux et que mon âme est rebelle à cette éternelle religion qui aura toujours pour moi quelque chose de shocking. Je ne croirai jamais que l'âme des dieux habite dans de tendres plantes et, quand bien même elle y habiterait, je m'en soucierais médiocrement. Je considère ma poésie comme d'un bien plus haut prix que celle de vos produits maraîchers sanctifiés. Donc, dans l'impossibilité de vous satisfaire, je vous laisserai plutôt, à l'occasion, deux morceaux poétiques qui représentent à peu près la somme des rêveries dont je suis accueilli aux heures crépusculaires mais que vous refuserez de publier car très difficiles à éditer parce que j'y appelle dans ces vers la nature et le bon Dieu « imbéciles ».

— Oh !

L'éditeur vertement rembarré du *Moniteur de l'épicerie* et de *La Cordonnerie pour dames* en est sur le cul pendant que se lève Baudelaire, sec, osseux, aux yeux vifs et tournoyants, lèvres tranchantes se contractant ironiquement, laissant là aussi Maxime Du Camp. Près du billard tout à côté, que rejoint Charles, l'autre Charles (Asselineau) se trouve embarrassé parce que... c'est quand même lui qui avait suggéré à

Desnoyer d'aller... mais il demande malgré tout à son ami poète :

— Pour gagner quelques sous, as-tu pensé à rassembler en un recueil ce que tu écris ?

— Oui et ce serait un joli feu d'artifice de monstruosités. Putride, répugnant, ignoble, repoussant, infect à souhait, mais comment l'intituler ? J'avais notamment songé à *Limbes* mais je préférerais un titre plus pétard.

De l'autre côté du billard, Hyppolite Babou, deux ans plus jeune que Baudelaire et rédacteur pigiste au *Corsaire-Satan* – petit quotidien peu populaire –, écoute le poète en frottant de bleu une extrémité de sa queue de billard. Grand pêcheur à la ligne aussi, il a l'élégance et l'embonpoint d'un roseau. Baudelaire se retrousse les manches puis, queue entre les doigts, se penche et se met en place pour percuter une boule après avoir dit :

— Dans ce que je voudrais être un chef-d'œuvre inégalé, livre atroce, je mettrai tout mon cœur, ma tendresse et ma haine, alors l'autre Dunoyer, avec ses gentilles fleurs, qu'est-ce que j'en ai à... ?

« Toi, par opposition, appelle ça *Les Fleurs du mal* », lance Babou pendant que Charles frappe sa boule. Celle-ci, pleine face, file tout droit et en cogne une autre qui, au milieu du tapis vert, se met à pivoter sur elle-même et à tourner, tourner, tourner...

Baudelaire dépose la longue tige de bois et sort de l'estaminet pendant qu'Asselineau demande :

— Où vas-tu, Charles ?

Je vais m'exercer seul à ma fantasque escrime,
Flairant dans tous les coins les hasards de la rime,
Trébuchant sur les mots comme sur les pavés,
Heurtant parfois des vers depuis longtemps rêvés.

Comme il a quitté *La Belle-Poule*, dans l'établissement, évidemment, à propos de lui, les langues se délient :

— Nous devrions chercher à l'article « cas rares » du *Dictionnaire des sciences médicales* l'explication de cet énergumène.

— Moi, je lui trouve un charme bizarre, avoue une dame pendant que Du Camp, allant régler au comptoir la note du poète, prédit :

— Il a une âme délicate, très fine, originale mais féminine et faible qui se brisera au premier choc de sa vie.

Un autre se gausse : « Baudelaire, rentrant le soir, doit se coucher sous son lit pour s'étonner lui-même… » alors que le bon Asselineau prend sa défense :

— On lui reproche beaucoup un vif amour de la pose et pour bien des gens il est le poseur par excellence. Je suis loin de nier le plaisir félin qu'il prend à dire des monstruosités de l'air le plus naturel du monde mais je plains ceux qui le jugent sur ses seules apparences.

Charles, par les rues, trotte menu et parfois se braque, méditatif à l'angle d'un carrefour. D'où lui vient cette soudaine tristesse étrange ? Un chat maigre et galeux erre avec la triste voix d'un fantôme frileux, semblant dire au poète : « Toi aussi, tu vas en chier. Pour ne pas oublier la chose enfonce-toi bien une aiguille quelque part. Je pourrais te promettre de si terribles déconvenues que tu ne saurais plus dormir. » Baudelaire pense cela de lui-même. De vieilles femmes ramassent des croûtes de pain aux portes d'autres cabarets. Il loue deux cent vingt-cinq francs sa chambre de l'hôtel Pimodan, alors comment va-t-il faire ? Il se prend un désespoir morne, un dégoût de plomb. Il s'imagine criblé de dettes avec ses dépenses excédant tellement sa mensualité. Il suppose devoir être obligé de s'adresser à Narcisse Ancelle, le notaire de Neuilly, pour qu'il supplie sa mère et son beau-père d'accepter parfois de lui verser un petit supplément sans compter que le haschich et l'opium, ce n'est pas donné. Ou alors, quand quelqu'un toquera à sa porte, ce sera toujours un créancier.

— Des spectres, huissiers, entreront chez moi pour me torturer au nom de la loi. Je serai traqué de l'aube au crépuscule. Puisqu'il en est ainsi, un jour ou l'autre, j'irai plutôt me tuer dans une taverne qui fait crédit, d'un coup de couteau dans la poitrine après avoir déboutonné ma chemise car il ne faut pas abîmer les habits.

19

30 juin 1845

À mon Conseil de famille,

Quand Berthe Lemer vous remettra cette lettre je serai mort. Elle l'ignore.

Caroline, assise près de son mari face au bureau du notaire de Neuilly, blêmit instantanément :

— Charles a attenté à ses jours, maître ?!

— Je vous rassure, rien de grave, madame Aupick, juste une égratignure qu'il s'est infligée dans un café de la rue de Richelieu, une estafilade qui ne fait pas sérieux.

— Encore un simulacre destiné à ajouter une ligne romantique à sa légende ! commente le beau-père en tenue de général (décidément, il ne cesse de monter en grade, celui-là).

— J'ai aussitôt réclamé une enquête, annonce Narcisse Ancelle au visage entouré d'un fin collier de barbe déjà blanche à quarante-quatre ans.

Après avoir fui l'île Saint-Louis et un antiquaire usurier du quai d'Anjou, M. Baudelaire se trouve actuellement en « convalescence » dans un hôtel garni tenu par une certaine Mme Michu où, près de sa compagne, il fait paraît-il un tapage de tous les diables qui dérange tout le monde.

Se remémorant le début de la lettre, le général Aupick aimerait savoir :

— Qui est cette Berthe Lemer ?

— Jeanne Duval.

— Ça commence bien. Et la suite, ça dit quoi ?

> *Je me tue – sans chagrin. Je me tue parce que je ne peux plus vivre, que la fatigue de m'endormir et la fatigue de me réveiller me sont insupportables. Je me tue parce que je me crois immortel.*

— Faudrait savoir, ricane le beau-père haut gradé.

— Général, demande le notaire, je suis désolé de vous avoir fait venir tous les deux en mon étude mais comme cette lettre s'adresse à l'ensemble du conseil de famille, je me suis dit qu'il fallait qu'on en prenne connaissance tous les trois avant que de décider quoi que ce soit.

— Faites, maître, répond Aupick. En ces temps de grands troubles politiques où même le trône de Louis-Philippe Ier vacille, lorsqu'en plus on se trouve dorénavant à commander l'École polytechnique, on n'a pas souvent l'occasion de s'amuser…

Je donne et lègue à Mlle Lemer mon miroir vénitien parce qu'elle est le seul être en qui j'aie trouvé un peu de repos.

— Ce n'est pas ce que disent ses voisins de la pension Michu, rappelle Jacques Aupick.

Je refuse qu'on l'en dépossède sous prétexte que ma raison n'est pas saine. Mère, vous m'avez entendu, il n'y a pas si longtemps, causer avec vous. Étais-je fou ?

— Alors, Caroline ? demande le beau-père.

— Bah..., répond la mère. Il marche toujours à côté du bonheur en se créant tant de besoins.

Ancelle, homme prudent, lisez ceci à Mlle Lemer pour qu'elle connaisse le motif de mon legs. Faites-lui en comprendre la valeur et l'importance. Guidez-la, conseillez-la ; oserai-je vous dire : aimez-la ?

— Aimer une négresse ? Il ne faut peut-être pas exagérer quand même, contrebalance Caroline.

— Ah, parce qu'elle est noire ? ne savait pas Aupick qui en apprend, qui en apprend !... dans cette missive du quasiment regretté (à quelques centimètres de lame près). En tout cas, pas un mot sur moi. Bien la peine de s'être lourdement endetté pour lui offrir un beau voyage.

Vous tous, voyez bien maintenant que ce testament n'est pas une fanfaronnade ni un défi contre les idées sociales et la famille, mais simplement l'expression de ce qui reste en moi d'humain.

— Ceci n'a pas toujours été très apparent chez lui, regrette le beau-père.

Adieu !

— Si ça pouvait être vrai..., rêve le nouveau commandant de l'École polytechnique.

Ch. Baudelaire

Ancelle pose la lettre sur son bureau de Neuilly puis suggère aux deux, face à lui :

— Peut-être qu'on devrait céder à Charles une petite rallonge mensuelle afin de le calmer.

— Bien sûr que non ! s'exclame Jacques Aupick.

20

— Oyez, oyez ! Écoutez tous !... 24 février 1848 !... L'octogénaire Louis-Philippe, sans plus de perruque mais crâne couvert d'un bonnet descendu jusqu'aux sourcils, a fui Paris en fiacre avec sa vieille reine Amélie par l'avenue de Neuilly !... Sous le nom de Smith, au Havre, le roi embarquera sur un navire pour se réfugier en Angleterre !... C'est la révolution ! Tous aux armes ! Proclamons la Seconde République !...

Un boucher, en tablier taché de sang, s'époumone à alerter la population du quartier. Après avoir ouvert leurs fenêtres pour mieux l'entendre, les gens descendent des immeubles avec des couteaux et des haches. Charles, en jolis mi-bas bleus apparaissant au-dessus de ses souliers de chasse, vient assister, de loin, aux premières violences, place de la Concorde, causées par l'armée restée fidèle à la monarchie. Il voit les affrontements meurtriers du Pont-Neuf, les massacres du boulevard des Capucines, les cadavres de républicains transportés dans des charrettes. Sans son haut-de-forme princier (ce n'est pas le jour), il porte une blouse grise et un de ses pantalons très étroits dont il a le secret. Ouvrier vers le haut et dandy vers le bas, il y a en lui quelque chose de ravagé. Cet olibrius toxicomane achète chez un armurier du carrefour Buci un beau fusil à deux coups, luisant et vierge, ainsi qu'une superbe cartouchière en cuir jaune. Il montre une grande agitation. Un ancien troupier outré déplore :

— Nom de Dieu, nous nous sommes battus sept ans contre les Bédouins pour aujourd'hui nous voir assassinés ici par des Français !

De toutes parts *La Marseillaise* retentit. Des foules emplissent quantité de rues avec des tambours marquant le rythme et des drapeaux. Face aux artisans révolutionnaires en tenue d'atelier, les gardes nationaux en uniforme réagissent. Des grêles de balles frappent les murs des immeubles au-dessus des têtes s'abaissant de ceux qui battent en retraite (dont Baudelaire). Une compagnie d'on ne sait quel régiment fait à nouveau feu mais plus bas. D'autres corps tombent alors que quelqu'un crie :

— Fuyons nous protéger vers la montagne Sainte-Geneviève où nous élèverons une barricade !

Charles apprécie beaucoup cette idée d'autant que c'est là-bas que se trouve l'École polytechnique dirigée par son beau-père. Alors il se dit qu'il y aurait peut-être un coup à faire envers celui qui aura été le premier responsable du naufrage douloureux de son existence et qui refuse maintenant qu'on lui accorde un supplément de rente mensuelle. Sur une digue artificielle vite constituée de pavés, de tonneaux, de chariots renversés, Baudelaire grimpe. Après avoir tiré en l'air une première cartouche de son fusil à deux coups, il harangue les mutins :

— Il faut entrer dans l'École polytechnique pour y fusiller le général Aupick !...

Charles Baudelaire se sert de la révolution pour tenter de régler un problème personnel mais les élèves-ingénieurs de l'école, jouissant d'un grand prestige et placés sous la tutelle du ministère des Armées, s'y refusent. Agglutinés de l'autre côté des grilles de l'établissement, les futurs polytechniciens se veulent médiateurs entre le pouvoir et les insurgés :

— Nous n'avons rien à reprocher au général qui nous commande !

— Ah bon ?

Alors les manifestants s'en vont vers le Châtelet au grand désarroi du poète subitement très déçu par la République :

— Qu'elle soit privée à l'avenir de mes conseils et de mes lumières et s'en tire comme elle pourra !

Vers le ciel ironique, sa tête se renverse comme s'il adressait des reproches à Dieu que les clochers alentour montrent du doigt. Charles, descendant de la barricade, promet :

— La prochaine émeute tempêtant à ma vitre ne me fera plus lever le front de mon pupitre !

Dépolitiqué comme il dit, il préfère rentrer chez lui. Reniflant sa paume droite qui sent la poudre tandis que la gauche porte toujours le fusil, il arrive dans une rare ruelle déserte où une femme, tenant par la main un petit garçon qui pleure, a mille tourments et la cervelle martelée en ne sachant où aller. Le poète, entre ses oreilles de rat, vient lui demander :

— C'est à vous cet enfant qui pleure, là ?

— Mais oui, monsieur !

— Grands dieux, madame, il est horrible ! Tiens, petit, prends cette arme, ajoute-t-il en direction du gosse. Tu mettras l'embout du canon dans ta bouche et tu appuieras là ! Je te donne aussi ma cartouchière.

— Mais vous êtes complètement dingue ! s'écrie la mère, s'emparant du fusil qu'elle brandit en l'air. Pourquoi faire ça ?! demande-t-elle à Baudelaire quittant la ruelle.

Plaisir naturel de la démolition.

Des soldats apparaissent à une extrémité de la voie. Découvrant une femme qui vocifère en exhibant un fusil près d'un enfant portant une cartouchière jaune, ils épaulent et tirent deux fois. Les détonations résonnent fort aux tympans de Charles. Arrivé au rez-de-chaussée de l'hôtel garni tenu par Mme Michu, il reconnaît, de l'autre côté d'une porte, le ton de la propriétaire qui se plaint de la mutinerie de sa môme contre laquelle échouent ses menaces. À bout de patience, la mère l'avertit :

— Allons, sois sage ou sinon je te ferai manger par monsieur Baudelaire !

La gamine, ravalant aussitôt sa colère, semble redevenir douce comme par enchantement pendant que Charles grimpe les marches jusqu'à sa chambre. Alors que Jeanne l'observe, il vient se figer devant son miroir vénitien pour demander à son propre reflet :

— Maman, il est à toi cet enfant ? Grands dieux, il est horrible !

La longue taciturne aux allures de serpent sent que quelque chose s'est passé qu'elle aimerait connaître :

— Qu'as-tu encore fait, Charles ?…

Baudelaire tourne la tête vers elle, qui entrebâille sa robe pour qu'apparaissent de secrètes moiteurs vers lesquelles le poète se dirige.

— Bizarre amant, je connais les engins de ton arsenal…

Sur le lit, elle le laisse agir selon ce qu'il désire d'elle mais lui chuchote souvent à l'oreille : « Qu'as-tu fait ? » Au bout d'un temps, il le lui murmure alors, brutalement, elle l'expulse de sa personne et lui crache dessus, ramasse ses affaires puis se barre en claquant violemment la porte.

21

Le lendemain matin, seul dans son lit, Charles a le sentiment de se trouver comme veuf mais ça ne le dérange pas plus que ça. Il touille une inhabituelle tasse de lait froid à la confiture verte qu'il est allé se préparer avant que de retourner dans sa couche. Assis et adossé contre le mur avec les couvertures et les draps très remontés car il caille en sa chambre, il grommelle à propos de Jeanne :

— Bien débarrassé ! Marre de cette histoire d'amour mouvementée avec une femme plutôt malcommode ! Plus qu'assez de nourrir, d'abreuver de liqueurs fortes, de vêtir une drôlesse, une gaupe !

Ça toque à la porte. Est-ce elle qui revient ? Non, voilà Katel se frottant les bras pour constater puis s'étonner :

— Brrr, il gèle ici ! Madame n'est pas là et n'a donc allumé le feu dans la cheminée comme d'habitude ?

La petite Alsacienne blonde devenue maintenant presque jeune fille, afin d'enflammer du papier et des brindilles dans l'âtre, se penche. Elle a tort. Baudelaire, nu, se lève et s'approche derrière elle pour glisser, plus bas que le dos de Katel, une main baladeuse d'une éloquence si peu ambiguë que la domestique s'en redresse tout empourprée :

— Hélas, qu'avez-vous donc, ce matin, monsieur ?!

Le poète recommence aussitôt alors l'Alsacienne fond en larmes, avouant qu'elle est bien malheureuse qu'on la méprise, que puisqu'il en est ainsi elle préfère partir d'autant plus que c'est au service de Mlle Duval qu'elle était. Elle saisit son manteau et son écharpe sur le dossier d'une chaise puis disparaît.

— Ça aussi c'est fait, s'en trouve soulagé Charles qui va d'égarements en dérèglements.

Il jette également dans une corbeille sa pommade mercurée qui le fait puer depuis trop d'années :

— Ras le bol pareillement de cette potion dite purificatrice qui ne sert à rien en fait ! Je sais bien que la guérison définitive est impossible.

Imprévisible et maléfique ce matin, son dégoût pour ce qui est féminin en général (Jeanne, Katel, syphilis, et qui encore ?...) le rend difficile à vivre. Chapeauté et dans son fameux habit noir d'où s'échappe à la gorge un bout de cravate blanche, au rez-de-chaussée de sa pension il se fait harceler par un autre élément femelle – Mme Michu réclamant avec insistance le règlement de tant de loyers de retard. Baudelaire quitte l'hôtel en se promettant :

— Je vais m'en débarrasser vite fait de celle-là aussi ! Ça suffit, ces dépendances aliénantes.

Chez un marchand de vin de la rue du Carrousel où se soûlent des ouvriers et un postillon de la maison du roi en livrée (au chômage depuis la veille), Charles, sitôt dans la gargote, gueule :

— Holà, quelqu'un ! À boire !

On lui apporte du bordeaux blanc et des biscuits pour accompagner à la table où il s'installe près d'Asselineau avec qui il avait rendez-vous. L'autre doux Charles très barbu ressemble alors à un Moscovite en traîneau près d'un Goethe en colère :

— Ça ne va pas, Charles ?

— Je n'en peux plus de ces femelles juste bonnes à être jetées ! Maudites, maudites soient-elles ! Depuis ma mère, je leur étais lié comme un forçat à sa chaîne, comme au jeu un joueur têtu, comme à la bouteille un ivrogne mais c'est fini !

Là-bas, Hector Berlioz pense, seul et face à un bock, la pipe au bec. Dans cet établissement aux banquettes garnies de coussins, l'atmosphère encourage les propos à l'emporte-pièce et d'ailleurs Baudelaire, coudes sur la table, y tapote d'un ongle pour faire silence :

— Ma femme est morte, je suis libre !

En face, de l'autre côté de la salle et vautré dans un fauteuil, Hippolyte Tisserant – comédien influent du théâtre de l'Odéon – lève la tête à l'écoute de Charles qui s'est exprimé d'une voix grave au timbre légèrement vibrant. Le poète qui va reprendre annonce d'abord le titre puis, ponctuant du choc d'un index agacé sur la table, il assène sans pitié. À la première rime, il est question de ceci-cela et la suite vaut le début :

Le Vin de l'assassin

Ma femme est morte, je suis libre !
Je puis donc boire tout mon soûl.
Lorsque je rentrais sans un sou,
Ses cris me déchiraient la fibre.

Autant qu'un roi je suis heureux ;
L'air est pur, le ciel admirable...
Nous avions un été semblable
Lorsque j'en devins amoureux !

L'horrible soif qui me déchire
Aurait besoin pour s'assouvir
D'autant de vin qu'en peut tenir
Son tombeau ; – ce n'est pas peu dire :

Je l'ai jetée au fond d'un puits,
Et j'ai même poussé sur elle
Tous les pavés de la margelle.
— Je l'oublierai si je le puis !

Au nom des serments de tendresse,
Dont rien ne peut nous délier,
Et pour nous réconcilier
Comme au beau temps de notre ivresse,

J'implorai d'elle un rendez-vous,
Le soir, sur une route obscure.
Elle y vint ! – folle créature !
Nous sommes tous plus ou moins fous !

Elle était encore jolie,
Quoique bien fatiguée ! et moi,
Je l'aimais trop ! voilà pourquoi
Je lui dis : Sors de cette vie !

Nul ne peut comprendre. Un seul
Parmi ces ivrognes stupides
Songea-t-il dans ses nuits morbides
À faire du vin un linceul ?

Cette crapule invulnérable
Comme les machines de fer
Jamais, ni l'été ni l'hiver,
N'a connu l'amour véritable,

Avec ses noirs enchantements,
Son cortège infernal d'alarmes,
Ses fioles de poison, ses larmes,
Ses bruits de chaîne et d'ossements !

— Me voilà libre et solitaire !
Je serai ce soir ivre mort ;
Alors, sans peur et sans remord,
Je me coucherai sur la terre,

Et je dormirai comme un chien !
Le chariot aux lourdes roues
Chargé de pierres et de boues,
Le wagon enragé peut bien

Écraser ma tête coupable
Ou me couper par le milieu,
Je m'en moque comme de Dieu,
Du Diable ou de la Sainte Table !

« Waouh ! Ça c'est envoyé, n'en revient pas Asselineau. Et la fin : *Je m'en moque comme de Dieu, du Diable ou de la Sainte Table !...*, c'est gonflé. » Dans le même temps, l'acteur à la mode (Tisserant) vient se pencher par-dessus le verre de Charles Baudelaire afin de lui suggérer :

— À partir de votre *Vin de l'assassin*, vous devriez écrire une pièce de théâtre en deux actes qui s'intitulerait *L'Ivrogne* et où je tiendrais le rôle principal. Dès ce soir, pendant que je serai sur scène, j'organise un souper pour vous et le directeur de l'Odéon accompagné de son épouse au *Petit Rocher* : restaurant de douze couverts tenu par la mère Dinochau dont le pot-au-feu est réputé.

22

À l'intérieur d'une minuscule auberge aux petites fenêtres maillées de plomb, à travers lesquelles on voit attendre dans la rue la silhouette rondouillarde d'Asselineau, Charles prend dans un plat quelques morceaux de paleron, deux carottes et un poireau. Il repousse sur le bord de son assiette une branche de thym. De l'autre côté de la table, la femme du directeur du théâtre de l'Odéon est assise près de son mari qui s'adresse à Baudelaire :

— Ainsi donc, d'après notre cher Hippolyte Tisserant, vous seriez un poète pouvant devenir auteur de théâtre, un peu comme Victor Hugo…

Vidant de sa moelle un os qu'il tient entre ses doigts très délicats, Charles demande :

— Hugo ? Qui ça, Hugo ? Est-ce qu'on connaît ça, Hugo ?

L'épouse hausse ses sourcils alors que l'éventuel apprenti dramaturge affirme :

— Je perçois dans ce projet un élément de succès. Je suis persuadé qu'en moins de quinze jours d'un travail suivi, j'en viendrai à bout.

Durant ce temps-là je renoncerai un peu à l'opium, à toutes les fantaisies qui me passent souvent par la tête.

Rehaussement de sourcils de la part de la compagne du directeur qui, lui, aimerait connaître :

— Le thème de la pièce ?

— Le décor de *L'Ivrogne* représenterait un cabaret de port de mer tenu par des matelots et tout encombré de curiosités rapportées des îles, de perroquets, de singes, etc. Il y aurait une ambiance de soûlerie maritime et soldatesque. Au second acte, l'ivrogne, après avoir tué sa femme sur scène durant le premier, éprouverait un retour de tendresse et violerait le cadavre de son amour devant le public.

L'épouse se récrie aussitôt contre l'atrocité de cette situation.

— Eh, madame, lui dit Baudelaire, tout le monde en ferait autant. Et ceux qui n'agiraient pas ainsi sont des originaux !

Voyant Charles sortir du *Petit Rocher*, l'autre Charles traverse la rue pour venir lui demander :

— Alors, comment ça s'est passé ?

— Le repas a été subitement écourté et ils refusent ma pièce. J'ignore pourquoi. Peut-être qu'ils n'aiment pas les ambiances maritimes... mais je vais aller prendre le dessert dans le restau d'à côté où j'ai vu que mange, seul, le secrétaire général de la Comédie-Française.

Toujours donc dans la même rue mais un peu plus loin et par une autre fenêtre, le bon Asselineau observe maintenant celui qui est son ami en train de s'agiter sous les moulures du plafond. Assis d'office en face de Jules Verteuil, Baudelaire, penché sur la table, cherche à être convaincant sans qu'Asselineau puisse entendre ce qu'il raconte, et ça c'est dommage car c'est quand même quelque chose ! Le poète, allez savoir pourquoi, décrit des scènes de torture au secrétaire général de la Comédie-Française, grand amateur de poésie guimauvée, restant figé devant le saint-honoré couvert de crème chantilly qu'il avait commandé. Charles l'emmerde jusqu'à la persécution et tente de le faire s'évanouir en lui décrivant avec la patience d'un tortionnaire des détails de supplices extravagants. Verteuil s'agite, haletant, croit qu'il va en gerber dans sa chantilly, mais le terrible Baudelaire ne le lâche pas et redouble de minuties tout en lui piquant de ses choux garnis de sauce chocolat :

— On leur arrache la peau du crâne avec les cheveux ! On leur extirpe les ongles des doigts et des orteils.

— Ah, mon Dieu ! Ah, mon Dieu ! souffle Verteuil.

— N'est-ce pas, monsieur Verteuil, qu'il est beau de souffrir pour sa foi ?

— Sans doute, oui, c'est très beau mais je vous avoue, monsieur Baudelaire, que je me sens tellement éloigné de cette vertu !...

— Eh, quoi, monsieur Verteuil, insiste le poète, continuant de boulotter les petits choux nappés de caramel de son vis-à-vis, ne mourriez-vous pas volontiers pour vos convictions ?

Une serveuse arrive. Verteuil, en nage, s'y accroche comme à une bouée.

— Un Chinois, poursuit Baudelaire, impitoyable, ouvre la poitrine de sa victime avec un poignard, lui arrache le cœur tout sanglant et l'avale ! Un calembour en action, quoi ! Vous comprenez, monsieur Verteuil ? Pour se donner du cœur !

Le secrétaire général de la Comédie-Française voulant fuir le restaurant demande grâce en poussant son assiette vidée par Charles qui y glisse encore l'extrémité d'un index afin de récupérer des restes de sauce puis qui se lève, radieux :

— Très agréable, votre dessert ! En tout cas, moi, je m'en suis régalé !

Dehors, alors que sa victime, pleine de haut-le-cœur, titube sur des jambes flageolantes vers une calèche en attente, Baudelaire vient l'enlacer par la taille :

— Le triomphe, Verteuil, aurait été que vous en mourriez de congestion. Et sinon, pour ma pièce de théâtre dont je vous ai d'abord parlé, est-ce que c'est oui ?...

Le sonné par la fin de son repas claque la portière du véhicule à un seul cheval et ne répond rien.

— Bon, ça n'a pas l'air d'être gagné non plus avec la Maison de Molière !..., suppose Asselineau qui s'approche pendant que Baudelaire, de son doigt encore souillé de chocolat et de caramel, parvient à s'écrire sur le front *Pas de chance* comme si c'était le titre du poème de son existence.

Étendant ensuite sur les côtés ses bras qu'il remue piteusement de bas en haut, poète en rupture avec un monde de conventions, il fait l'albatros... La nuit est venue, les fenêtres se sont illuminées. Charles saisit les deux brancards d'une brouette trouvée et la pousse alors qu'un chat, tout près, saute dedans et s'y assoit pour observer Baudelaire qui le regarde.

— Tu as un truc avec les chats, toi..., dit Asselineau allant à côté de son camarade.

Ayant atteint la pension Michu où l'ensemble des locataires souffrent de sa présence souvent bruyante, le poète, face au chat qui s'apprête à miauler, se pose un doigt sur les lèvres : « Chut !... » puis conseille à l'autre Charles dans un murmure : « Retire tes chaussures à semelles cloutées pour ne pas faire de bruit en entrant. »

— Ah non, Charles, je te laisse ici. Demain matin, à huit heures, je dois travailler à la bibliothèque Mazarine et puis c'est que, avec tout ça, je n'ai pas encore dîné, moi !

Baudelaire l'entraîne par le bras dans l'immeuble :

— Ne fais pas grincer les marches, gros...

Dans sa chambre dont le loyer n'a pas été souvent réglé, le troubadour peu scrupuleux ôte un oreiller d'une taie pour emplir celle-ci de ses livres, manuscrits, car il va déménager à la cloche de bois.

— Charles, entasse tous mes habits, souliers, sur le drap du lit que tu noueras en baluchon pendant que je glisse les objets de toilette dans la deuxième taie.

Alors qu'Asselineau, docile quoique mal à l'aise de se trouver complice d'un délit, finit de s'affairer à pas de loup, Baudelaire, s'étant emparé du flacon de laudanum sur la cheminée, compte à voix basse cent cinquante gouttes d'opium liquide qu'il fait chuter dans un verre dont il avale le contenu d'un trait.

— Tu en prends beaucoup, maintenant, de ça. Tu ne crains pas que ce soit trop ? s'inquiète son copain.

— Les chercheurs de paradis font leur enfer, le préparent, le creusent avec un succès dont la précision les épouvanterait peut-être...

— Si ça te fait du bien..., s'y résout le compagnon fataliste.

— Pour juger les merveilles de l'opium, il serait absurde d'en référer à un éleveur de bovins car il ne rêvera que bœufs gras et pâturages. Prends-en aussi quelques gouttes sur la langue, poltron, ça va te détendre.

Très détendu après avoir goûté pour essayer et glissant la langue sur ses dents, Asselineau, qui pousse dans la rue la brouette alourdie par les affaires de Baudelaire, se trouve en verve près de celui transportant sous un bras son fameux miroir vénitien. L'employé de la bibliothèque Mazarine, à gauche du parti en douce sans laisser d'adresse, se demande à voix haute ce qui le lie tant à l'autre Charles pourtant tellement différent de lui :

— Toi maigre comme un ascète, moi gras comme un chanoine, toi propre comme une hermine, moi négligé comme un caniche, toi mis comme un secrétaire d'ambassade anglaise, moi fagoté comme un vendeur de contremarques, toi libertin par curiosité, moi sage par indolence, toi païen par révolte, moi chrétien par obéissance, toi caustique, moi indulgent, toi te tourmentant l'esprit pour se moquer de ton cœur, moi laissant l'un et l'autre constituer un attelage... On va où, Charles ?

— Nous allons changer de rive comme on passe de la monarchie à la république pour rejoindre, près de la gare Saint-Lazare, le modeste hôtel de Dieppe d'où j'entendrai les sifflements des trains et les chants des voyageurs allant s'aérer à Levallois, La Garenne-Colombes ou au Vésinet...

23

Au dernier étage de l'hôtel minable où il loge depuis quatre mois, ça frappe à la porte de la chambre haute du solitaire qui ouvre. C'est ELLE ! Il reconnaît sa grande visiteuse noire et pourtant lumineuse. De ses lourds cheveux crépus une senteur monte, sauvage et fauve, dégageant, aux narines sensibles de Charles, une odeur de fourrure. Son parfum valse à nouveau dans l'air, retour d'un langoureux vertige. Celle qui, comme un coup de couteau, une nuit, est entrée en son cœur plaintif, pénètre ce matin dans la chambre. Jeanne Duval vient lui parler de ses chagrins. Elle pleure parce qu'elle a vécu et parce que demain, hélas, il lui faudra vivre encore ! En cette fin de première moitié de XIXe siècle à l'environnement hostile pour elle car l'esclavage sévit toujours dans la loi française, Baudelaire – poète blanc – aura été le seul à dire, écrire de belles choses à son propos mais, là, il lui fredonne un autre hémistiche d'alexandrin :

— À genoux, la muse !... ordonne l'artiste à celle qui illumine son génie, son bonheur, son malheur, et s'exécute, servile, en s'accroupissant devant lui. Sans Jeanne Duval il n'y aurait pas de Charles Baudelaire.

À l'intérieur de cette triste chambre à la fenêtre ouverte donnant sur les bruits de la gare Saint-Lazare, entre un lit et un petit canapé couvert d'une housse grise, des liasses de papier de procédure jonchent la table de travail du poète toujours sur le qui-vive plutôt qu'à rimer, à cause des huissiers (qui ont su le retrouver ainsi que Jeanne d'ailleurs...). Tout ça tape trop sur les nerfs épuisés de Charles qui ne veut plus maintenant vibrer qu'aux artifices de sa métisse réapparue dont il approche les mains près de son cou :

— Branle-moi pendant que je t'étrangle !

L'inspiratrice (Polymnie chez les Grecs) s'y soumet comme une bête venue d'elle-même à l'abattoir, prête parce que dorénavant en ayant plus qu'assez de respirer. Durant les va-et-vient d'une de ses mains, elle s'offre à la cruauté de son versificateur qui lui enserre la gorge. Baudelaire retrouve alors son art entre désirs et répugnances, plaisirs et douleurs, conception satanique des relations. Il serre plus fort. Ô, les charmes voluptueux du sadisme suivis d'une perte du contrôle de soi proche de la folie. Aimer l'amour à la barbarie. Trachée écrasée, le larynx craque, les yeux de Jeanne se révulsent et elle branle toujours. Charles sent encore un tout petit peu d'haleine qui fait rêver aux oasis lointaines. La terreur le mine en son jeu destructeur. Il appuie de toutes ses forces. Chaque rapport intime avec lui est comme une opération chirurgicale… sans anesthésie !

La volupté gît dans la certitude de faire le mal.

Le féminin corps d'ébène bascule en arrière, lâche la bite et s'écroule. Vers l'abîme, un fleuve emporte Jeanne, visiteuse de l'aube peut-être venue mendier la mort chez le poète qui se sent tout d'un coup très con (il y a de quoi !).

— Jeanne, mon âme, ma passion, étoile de mes yeux, reine des grâces, ô, ma beauté, reviens à toi !

Cheveux longs et ondulés repoussés en arrière, face terrifiante où il a laissé croître une moustache, Baudelaire secoue les épaules de sa muse et se met à la gifler comme si elle n'avait pas suffisamment morflé (décidément quand ça veut pas…) mais l'évanouie anéantie entrouvre légèrement ses paupières sur des globes d'yeux blancs tandis que son ménestrel, dans un vacarme de sifflement de locomotive arrivant à la gare Saint-Lazare, lui promet :

— Demain, pour nous calmer et puisque c'est la belle saison, nous irons en train, dans un wagon de troisième classe, passer une journée à la campagne…

24

— Ça pue l'homme de lettres ici !...

Revenu depuis plusieurs jours à Paris après une longue promenade bucolique en amoureux sur des chemins traversant les bois taillis très giboyeux de La Garenne-Colombes, Baudelaire a poussé, en râlant, la porte du café *Tabourey* où se réunissent, tous les jeudis soir, les poètes parisiens. Une fois par semaine, chacun d'entre eux récite devant les confrères un élément de sa production hebdomadaire. Allergique à la niaiserie académique de la plupart de ses confrères, Charles s'installe, à l'écart, sur une banquette. Crâne rasé, figure frappante, inoubliable, celui qui change souvent de coiffure, un jour barbu ou moustachu puis le lendemain imberbe, est vêtu à son ordinaire d'un long habit, évasé aux épaules, que le tailleur ne confectionne que pour lui. Sous le plafond bleu céleste du troquet parsemé d'étoiles argentées, à l'intérieur d'un col beaucoup trop large, son cou maigre ressemble à une tige menant vers une tête, fleur spéciale qui s'évapore ainsi qu'un encensoir en des soupirs répétés.

Ce qu'il entend l'ennuie. Tous ces fatras d'alexandrins châtrés évoquent des donzelles pareilles à des elfes que lui démolirait bien à coups de poing, des chants de cascades du jardin d'Éden dans lesquelles il se verrait pisser, les couleurs, oh, là, là, dorées de l'automne, les scintillements de cristaux de glace en hiver quand lui ne voit que des engelures aux doigts. Après pas mal de conneries dans le genre, ça va être au tour de celui que les autres poètes savent des leurs sans jamais avoir pris connaissance d'un seul de ses vers. La voix de Baudelaire sera précieuse, onctueuse et cependant mordante. Le contraste sera saisissant entre la violence des images dépeintes et la placidité qu'il affectera. Il s'est préparé à réciter comme on officie, un peu pompeusement mais avec une rare perfection. Les mots les plus crus, merveilleusement enchâssés, les descriptions les plus hardies vont se succéder, et les collègues écouteront ainsi que le public (constitué aussi de jeunes filles, Flaubert, Du Camp, Asselineau évidemment) qui s'approche avec curiosité. Les spectateurs, après avoir ouï des titres comme *Une bouche*, *Un téton vermeil*, *Un nourrisson à naître*, entendent celui que Charles Baudelaire annonce :

— *Une Charogne* !

— Une quoi ?!... demande une demoiselle.

Rappelez-vous l'objet que nous vîmes, mon âme,
Ce beau matin d'été si doux :
Au détour d'un sentier une charogne infâme
Sur un lit semé de cailloux,

Les jambes en l'air, comme une femme lubrique,
Brûlante et suant les poisons,
Ouvrait d'une façon nonchalante et cynique
Son ventre plein d'exhalaisons.

Le soleil rayonnait sur cette pourriture,
Comme afin de la cuire à point,
Et de rendre au centuple à la grande Nature
Tout ce qu'ensemble elle avait joint ;

Et le ciel regardait la carcasse superbe
Comme une fleur s'épanouir.
La puanteur était si forte, que sur l'herbe
Vous crûtes vous évanouir.

Les mouches bourdonnaient sur ce ventre putride,
D'où sortaient de noirs bataillons
De larves, qui coulaient comme un épais liquide
Le long de ces vivants haillons.

Tout cela descendait, montait comme une vague,
Ou s'élançait en pétillant ;
On eût dit que le corps, enflé d'un souffle vague,
Vivait en se multipliant.

Et ce monde rendait une étrange musique,
Comme l'eau courante et le vent,
Ou le grain qu'un vanneur d'un mouvement rythmique
Agite et tourne dans son van.

Les formes s'effaçaient et n'étaient plus qu'un rêve,
Une ébauche lente à venir,
Sur la toile oubliée, et que l'artiste achève
Seulement par le souvenir.

Derrière les rochers une chienne inquiète
Nous regardait d'un œil fâché,
Épiant le moment de reprendre au squelette
Le morceau qu'elle avait lâché.

– Et pourtant vous serez semblable à cette ordure,
À cette horrible infection,
Étoile de mes yeux, soleil de ma nature,
Vous, mon ange et ma passion !

Oui ! telle vous serez, ô la reine des grâces,
Après les derniers sacrements,
Quand vous irez, sous l'herbe et les floraisons grasses,
Moisir parmi les ossements.

Alors, ô ma beauté ! dites à la vermine
Qui vous mangera de baisers,
Que j'ai gardé la forme et l'essence divine
De mes amours décomposés !

Stupeur au *Tabourey*. Les autres poètes rougissent, repliant leurs poésies gnangnan. Ce qu'ils viennent d'entendre les a stupéfiés mais ressemble si peu à leurs principes rimés qu'ils sentent une admiration effarée pour Charles à l'allure certes dépravée mais génial et au regard direct au-dessus de sa cravate blanche. Ils le découvrent comme un être d'une autre espèce qui les surplombe tellement par son talent, alors quand l'organisateur de la soirée poésie, après avoir pris quelques minutes pour s'en remettre, appelle : « À qui le tour ? », tous se dérobent :

— Non, non, moi je ne récite rien derrière lui !

— Moi non plus !

— Moi non plus, j'ai au moins le sens du ridicule !

De jeunes gars se poussent des coudes pour venir entourer la banquette où demeure Baudelaire qui s'enivre de leurs louanges : « Jamais entendu ça ! », « Bon, vous êtes fée. Êtes-vous dieu ? », tandis que des plus âgés, à qui l'apparition d'un chef-d'œuvre suffit pour donner la fièvre, trouvent à redire et cherchent confirmation auprès des grosses moustaches de Flaubert à côté d'un Du Camp sans voix :

— Avez-vous apprécié, maître ?

— Oui, c'est très frais.

— « Frais » pour cette salauderie ? Le qualificatif est vraiment une trouvaille.

Dans l'attente d'une admiration publique autrement plus générale et du retour de la fortune revenant chez lui par escalade et effraction, Baudelaire se lève, s'apprêtant à partir. Dans un coin, Delacroix le regarde passer entre des filles qu'il effraie. Un homme classiquement bien mis vient s'interposer devant Charles. Front dégarni, cheveux lissés en arrière et barbiche, il voudrait savoir :

— Mon cher Baudelaire, accepteriez-vous que je vous publie ?

— Mais bien sûr que oui ! se précipite pour répondre Asselineau à qui personne n'a rien demandé.

— Par rapport aux régions éthérées de la poésie conventionnelle, un recueil de vous provoquerait des réactions. Auriez-vous un titre ?

— *Les Fleurs du Mal* ! renseigne l'autre Charles (bibliothécaire). Je vous apporterai moi-même où vous voulez ce qu'il en a déjà écrit.

— Descendant d'une famille d'imprimeurs à Alençon, avec mon beau-frère de Broise, nous avons décidé de nous lancer dans l'édition.

Toujours aussi charmant, Baudelaire lorgne son interlocuteur avec mépris :

— Éditeur à Alençon, c'est, passez-moi l'expression, éditer dans un tiroir de commode !

« Ne l'écoutez pas, il dit ça pour rire » minimise l'ami prévenant du poète alors que le monsieur à barbiche précise : « Nous imprimons en Normandie mais venons d'emménager un bureau dans la capitale » et c'est à Asselineau que, malicieusement, il tend une carte de visite.

PARIS
POULET-MALASSIS & DE BROISE
ÉDITEURS-IMPRIMEURS

4, rue de Buci

25

Jeanne va mieux, elle est redevenue casse-couilles !... et menteuse et voleuse et sournoise. Ils ont passé ses états d'âme existentiels qui l'avaient fait revenir vers Charles à l'hôtel de Dieppe. Fureteuse dans la chambre, de ses longs doigts noirs pareils à des pattes de mygale, elle visite les tiroirs, rafle les derniers sous dans les poches du paletot de Charles quand il a le dos tourné. Elle s'est réinstallée dans la vie de Baudelaire aussi comme un oiseau de proie. Elle trouve mille moyens de soutirer de l'argent à ce personnage qui en manque toujours et lui récite trop souvent des bouts de poèmes inintelligibles à ses oreilles même lorsqu'ils s'adressent à elle :

(...)
À te voir marcher en cadence,
Belle d'abandon,
On dirait un serpent qui danse
Au bout d'un bâton.

Sous le fardeau de ta paresse
Ta tête d'enfant
Se balance avec la mollesse
D'un jeune éléphant,
(...)

Elle bâille. Venant s'alanguir en déshabillé négligé sur la housse grise du petit canapé, la dépensière débauchée demande :

— Ça va encore durer longtemps ?

L'autre, devant elle à sa table à écrire, s'écrie : « Ah, mais tais-toi donc ! » en lui jetant une pièce de cinq francs qu'elle ramasse aussitôt. « Je sais bien que tu n'es qu'une oie mais j'ai besoin de lire mes vers à voix haute et je tiens à ce qu'on les entende ! Et puis rhabille-toi donc, le porteur d'eau va arriver ! » D'ailleurs, c'est fait. Tandis que ça cogne à la porte, on reconnaît un fort accent auvergnat qui prévient :

— J'apporte la flotte !

Charles va ouvrir à un homme trapu et sombre qui, pour quelques liards et collier de bois sur les épaules, monte deux seaux dans tous les étages des immeubles du coin. Jeanne, suivant la revendication de Baudelaire, s'habille. Du moins, assise et jambes trop dénudées indécemment écartées, elle se chausse sans pudeur. Elle enfile à travers des œillets le lacet d'un brodequin sans songer au jupon qu'il faudrait rabattre devant le porteur d'eau qui lui contemple l'entrejambe. Elle agit d'une lenteur mutine et charmante alors que Charles ne la trouve pas assez rapide. Il remue toute cette créature qui a allumé, à l'orifice de sa bouche, un cigare disproportionné. Agacé par son vampire enchanteur, le poète boutonne un habit noir et, se coiffant du haut-de-forme, il annonce :

— Je descends chercher mes habits propres à la blanchisserie !

Dans la boutique où, sur un comptoir, il récupère une pile de chemises et de pantalons repassés, sans le moindre remerciement de politesse, il s'apprête à quitter l'établissement tandis que la patronne grogne :

— Dites donc, monsieur Baudelaire, il faudrait quand même penser à nous régler un jour !

— Ce sera fait, la prochaine fois.

— Sans faute, hein ?!

— Évidemment.

Au moment de traverser la rue, Charles voit passer devant lui un gros véhicule hippomobile aux armes du Sénat à l'intérieur duquel il reconnaît Aupick. Debout et se retenant à l'arrière de la voiture, un laquais vêtu d'une tunique galonnée d'or et à perruque à poudre blanche, qui, tressautant sur les pavés, s'envole en nuage dans le sillage du luxueux attelage composé de quatre chevaux uniquement pour le beau-père sénateur alors que le beau-fils n'a pas les moyens de payer le nettoyage de ses vêtements. Parvenu au dernier étage de l'hôtel de Dieppe, Jeanne lui fait « Chut !... » en désignant le corps nu, couché sur le ventre, du porteur d'eau qui roupille. Baudelaire est sidéré par ça aussi :

— Je ne vais pas devoir chuchoter parce que l'amant de ma femme dort dans mon lit quand même !

— Si tu étais arrivé avant qu'il s'endorme, ce que tu l'aurais vu faire ne t'aurait pas satisfait non plus.

26

À une passante

La rue assourdissante autour de moi hurlait.
Longue, mince, en grand deuil, douleur majestueuse,
Une femme passa, d'une main fastueuse
Soulevant, balançant le feston et l'ourlet ;

Agile et noble, avec sa jambe de statue.
Moi, je buvais, crispé comme un extravagant,
Dans son œil, ciel livide où germe l'ouragan,
La douceur qui fascine et le plaisir qui tue.

Un éclair… puis la nuit ! – Fugitive beauté
Dont le regard m'a fait soudainement renaître,
Ne te verrai-je plus que dans l'éternité ?

Ailleurs, bien loin d'ici ! trop tard ! jamais *peut-être !*
Car j'ignore où tu fuis, tu ne sais où je vais,
Ô toi que j'eusse aimée, ô toi qui le savais !

Installé en terrasse d'un bar d'hôtel au bord d'une voie bruyant des rires des piétons et du choc des fers de chevaux allant au trot, Charles contracte d'un pli horizontal sa bouche amère et ses yeux s'embrument d'une mélancolie au-dessus de narines soufflant un regret à la surface de son verre de bordeaux blanc qu'il vide. Il ramasse au sol un plat creux qu'il dépose au bord de sa table ronde puis se lève. Après avoir plié et rangé un papier dans une de ses poches, d'un mouvement de bras comme pour lancer une écharpe autour d'un cou, ce qui est en fait un très long boa en plumes d'autruche fuchsia serpente et s'accroche au saladier et au verre, envoyant tout par terre. Alors que se précipitent deux serveurs, portant pelles et balayettes afin de ramasser les débris, Baudelaire, sans mot d'excuse pour le dérangement en préambule, les prévient d'un air supérieur :

— Il vous faudra mettre mon ballon de picrate ainsi que sa laitue à lui sur ma note car j'ai encore oublié mon porte-monnaie !

Et puis il part, tenant en laisse un mouton à l'épaisse toison teinte en rose.

— C'est qui ce gars-là ? demande le plus jeune des serveurs à son collègue.

— Il paraît que c'est un poète de tavernes.

4, rue de Buci, Charles pénètre dans un immeuble et toise une demoiselle :

— Je viens voir Coco Mal-Perché !

La fille pousse une porte et annonce :

— Monsieur Poulet-Malassis, votre rendez-vous est arrivé.

L'éditeur, derrière son bureau, s'étonne de la tête de sa secrétaire :

— Eh bien, que vous arrive-t-il, Madeleine ?

— Il a les cheveux verts.

Le poète entre, impérieux, alors que l'aussi imprimeur provincial s'exclame :

— Ah, vous tombez bien, mon cher Baudelaire ! J'étais justement en train d'essayer d'expliquer à mon beau-frère les intentions des *Fleurs du Mal*.

— Ce sera comme une explosion de gaz chez un vitrier !

Debout, près du frangin de sa femme qui est assis, Eugène de Broise semble s'en décrocher la mâchoire à la découverte du poète au boa en plumes qui l'entoure, cheveux verts hérissés sur le crâne, et tenant en laisse un mouton rose qui se met à brouter le tapis – Charles Baudelaire, premier punk sur terre ! Auguste Poulet-Malassis, lui, n'y prête pas attention. Léger sourire entre moustache et barbiche, yeux plaisamment sarcastiques, au niveau du caractère très différent de son associé (petit nerveux pelliculaire paraissant bourré de préjugés scolaires), il aimerait seulement savoir :

— Êtes-vous plus gai que la dernière fois et l'écriture de votre ouvrage prend-elle tournure ?

— Je travaille sur sa construction et viens, pour la cinquième fois, de faire un squelette-arbre du livre mais ce n'est pas encore ça ! Pour le moment, ce ne sont que des squelettes bossus que je devrais envoyer à l'École de médecine. Tout d'un coup me vient une idée de sonnet : un squelette qui chierait au coin d'un bois serait peut-être d'un goût nouveau… Me coiffant d'une calotte grecque et au bras d'une belle courtisane, je le surprendrais se torchant le cul. Quelques Fleurs du Mal piqueraient les fesses du squelette en train d'obéir aux lois de la nature.

De Broise se penche et chuchote à l'oreille de Poulet-Malassis : « Tu es certain que c'est un poète ?... », pendant que Charles, s'asseyant face au bureau, poursuit en tirant sur la laisse du mouton :

— L'éloge principal que je sollicite pour ce livre est qu'on reconnaisse qu'il n'est pas un simple ramassis de poésies mises bout à bout dans n'importe quel ordre mais qu'il y a un début et une fin. Tenez, ajoute-t-il en sortant de sa poche un papier plié. Je viens d'écrire ça à une terrasse, je ne sais pas encore si je le glisserai dans mon bouquet.

Auguste Poulet-Malassis s'empare de la feuille à en-tête de l'hôtel de Normandie puis découvre *À une passante*. Il tend le papier à Eugène de Broise afin qu'il comprenne l'importance d'éditer Charles. Le debout, du haut de son statut d'imprimeur du *Journal d'Alençon*, se trouve pris de doutes et prétend que là peut-être il y aurait des trucs qui... Devant le nez du poète, il pointe du doigt les endroits à améliorer selon lui :

— Ne trouvez-vous pas, monsieur, que ce vers est un peu faible ?

— Oui, monsieur, répond Baudelaire en se mordant une lèvre, et le vers suivant aussi est un peu faible mais ils sont là pour amener celui d'après qui n'est pas faible du tout.

— Je ne dis pas non, monsieur, mais il vaudrait bien mieux qu'ils fussent tous les trois d'égale force.

— Non, monsieur, répond le poète que l'autre commence à bien gonfler, car où serait la gradation ? C'est un art, monsieur, un art dont vous ne savez rien ! Ce que j'écris est bon et irréfutable !

— Vous voilà très susceptible ! estime le pelliculaire.

— Monsieur, j'écoute peu la critique et je m'enfonce opiniâtrement dans mon indécrottabilité. Quant à vous, de Broise, si la bêtise faisait souffrir on vous entendrait bien souvent crier.

Ambiance dans la maison d'édition entre l'un des deux associés et l'auteur... Préférant changer de sujet, Poulet-Malassis intervient :

— Mon cher Baudelaire, pour un tirage de mille exemplaires des *Fleurs du Mal*, vous recevrez trois cents francs payables moitié à la livraison du manuscrit, moitié après que vous aurez vérifié et corrigé les épreuves de l'atelier de composition puis signé le bon à tirer. Madeleine vous fera parvenir le contrat. Où logez-vous ces temps-ci ?

— Dans un petit hôtel borgne et introuvable.

— Ah, ça va être pratique pour vous joindre...

— Je suis absolument las de la vie de gargotes et d'hôtels garnis depuis celui de Dieppe. Cela me tue et m'empoisonne. Il me semble toujours que je serais bien là où je ne suis pas et cette question de destin de nomade dans Paris en est une que je discute sans cesse avec mon âme.

— Ben oui, pourquoi changer si souvent d'adresse ? demande de Broise.

— Je fausse compagnie à mes créanciers en déménageant souvent à la lueur des torches et à la cloche de bois, à la ficelle.

— À la ficelle ? s'étonne Auguste qui ne connaît pas l'expression.

— Je découpe mes draps en longues bandes que je noue les unes après les autres et m'échappe par la fenêtre donnant sur l'arrière-cour pour éviter les propriétaires ou la concierge… Cent cinquante francs à la remise du manuscrit, avez-vous dit, Coco Mal-Perché ? Sur les cent poèmes que je prévois, il ne m'en reste plus tant que ça à inventer. Si je trouve un nouveau sujet qui m'embarque vraiment, annonce-t-il d'un air un peu snob, vous aurez sous peu toutes mes paperasses.

— Avez-vous cependant déjà d'autres idées ?

— Oui, un cauchemar qui deviendrait une poésie de fou, la vision hallucinée d'un amant voyant passer toute une armée sur sa maîtresse : les soldats, les généraux, et même les chevaux avec tous les détails scabreux…

« Bon, j'en ai assez entendu ! » s'exclame de Broise qui quitte le bureau de son beau-frère pour rejoindre le sien, à côté, pendant qu'Auguste, quoique se mettant à sourire, prend le parti de son associé : « De cette œuvre-là on pourrait s'en passer. Prenez la mesure du risque. » Charles ne voit pas le danger mais Poulet-Malassis oui :

— Pour l'éditeur, il y a au bout d'un tel poème cinq cents francs d'amende et trois mois de prison. J'aimerais beaucoup payer chacun de vos sonnets un peu moins cher, mon cher Baudelaire.

— Je crains que mes *Fleurs* n'aient que trop peu de pages, redevient technique le poète. Il faudra mettre beaucoup de blanc au-dessus des titres pour que le livre paraisse plus épais. Quant à l'avance prévue le jour de livraison du manuscrit, pourrais-je la recevoir maintenant ?

Auguste Poulet-Malassis glisse une main dans la poche intérieure de sa veste d'où il sort trois billets de cinquante francs :

— Je savais que vous alliez me le demander alors voilà.

Ignorant comment on dit merci, Charles propose :

— Ne trouveriez-vous pas agréable, cher ami, de prendre un bain en ma compagnie ?

— Une autre fois, peut-être, mon cher Baudelaire.

Sitôt en allé le punk à mouton venu faire ici la manche, de Broise se précipite dans le bureau d'Auguste après avoir sans doute écouté, oreille collée contre la porte :

— Tu as donné de notre argent en échange de rien à un voyou satanique !

— Eugène, épargne-moi ta vertu qui a bien dîné et ta morale qui paie à l'échéance. Là, on parle de poésie exceptionnelle !

Dissension dans la famille. De Broise, homme prudent et conservateur, ne parvient pas à suivre Poulet-Malassis, bien trop audacieux pour lui :

— Où va nous mener la publication d'un tel recueil dont même le titre n'est pas français ? *Les Fleurs du Mal* !... Je défie qui que ce soit de le comprendre ! Veux-tu nous conduire à la ruine ?!

— Ah, ce bouquet d'horreurs aura-t-il du succès ? C'est ce que moi-même je n'oserais pas affirmer, se doit de reconnaître calmement Auguste. Il est difficile de porter un jugement bien équitable sur la production singulière d'un esprit inquiet, chercheur, fébrile, nerveux. C'est un mets pour rêveurs, pour blasés, pour ceux à qui la nature ne suffit plus et qui cherchent au-delà une sensation plus âpre, plus bizarre. Y aura-t-il un jour un public pour ça ? Je n'en sais rien mais ça vaut le coup d'essayer, poursuit Coco Bien-Perché en feuilletant le tas de poèmes déjà apportés par Asselineau. Par exemple, regarde là. Ces dix lignes, en apparence innocentes, brûlent comme un fer chauffé à blanc. Jamais lu ça !

— Cela ne va nous valoir que des emmerdements ! Je le sens..., panique de Broise.

« Mais non... » promet le toujours tranquille Poulet-Malassis alors que son beau-frère s'emporte : « Sans compter qu'on ignore quand nous recevrons le manuscrit dont tu lui as déjà soldé la remise puisqu'il faut que monsieur l'artiste bohème trouve d'abord *un su-ujet qui l'emba-a-a-arque vraiment*... Et ce sera quoi et ça arrivera quand, cette illumination-là ? *Jamais peut-être !* comme il l'écrit lui-même dans son poème sur la bonne femme qui passe ! » Eugène continue de gueuler à l'intérieur du bureau lambrissé : « Quand l'aurons-nous, ce livre ? Quand ?! Tu le sais, toi ?! » De sa chevelure brun fauve qu'il secoue, un nuage de pellicules enneige autour de lui. Auguste s'époussette les manches puis se lève paisiblement et va ouvrir une fenêtre en tranchant d'une voix posée mais sur le ton de « et ce n'est pas à discuter » :

— *Les Fleurs du Mal* paraîtront quand il plaira à Dieu et à Baudelaire…

27

Ça frappe à la porte d'un taudis perdu dans les étages d'un immeuble abject. De l'autre côté de l'huis, une voix féminine et exotique s'exclame :

— Je ne peux pas venir ouvrir de suite. Qui est-ce ?

— C'est moi, une fameuse canaille !

Pendant que des gonds tournent, les avant-bras à l'horizontale tellement chargés qu'il a eu du mal à faire pivoter la poignée, Baudelaire apparaît. Face à lui, Duval accroupie et nue savonne sa large toison pubienne au-dessus d'une bassine. Le poète attentif découvre qu'en dessous, des filets translucides pareils à des larmes de lait s'étirent et flottent à la surface de l'eau. Planté devant sa belle et parvenant, d'une main, à s'ouvrir la braguette, il lui pisse dessus.

— Salope !

— Pervers...

Bon, là, ça va. Aujourd'hui, leurs rapports sont redevenus normaux, d'autant que Charles a une bonne nouvelle à annoncer à Jeanne :

— Je ne t'avais pas dit qu'il y a quelques jours, un éditeur que j'espère riche, en tout cas aimable, s'est entiché de moi alors je t'ai acheté un châle en madras, indique-t-il du menton.

La métisse ultra-volage se lève et, beaucoup plus grande que le « de type européen », s'enveloppe dans l'étoffe de soie aux couleurs vives qui l'enchante :

— Tu es un bijou !

— Alors pends-moi à ton cou…

Après avoir couvert de quelques paquets le manteau de cheminée, le poète dépose sur la table, parmi ses sonnets, un grand plat fumant enveloppé de papier journal qu'il présente à celle qui se précipite pour s'asseoir devant :

— Notre repas…

— Il est bon ce mouton !

— Entièrement nourri à la laitue !

Dans le reflet du miroir vénitien accroché au mur, on les voit tous deux face à face. Ils forment ensemble le sujet d'un tableau : lui, crâne et sourcils rasés mais barbu, elle en sa tenue indienne qui glisse par endroits sur son anatomie. Le temps du dîner, celle à la fidélité plus que douteuse et celui aux rimes considérées démoniaques paraissent convenables mais ensuite… Après que Charles s'est levé pour aller déballer sur la cheminée une pipe à opium et cueillir, parmi d'autres dans une boîte marquetée, une boulette visqueuse qu'il mêlera à du tabac, il s'allonge sur le lit où le rejoint Jeanne. Elle le regarde préparer cette mirifique pipe à opium de cinquante centimètres en ivoire ciselé, bambou, et au fourneau en céramique décoré de dragons peints (merci à l'argent versé par Poulet-Malassis ! Ah, si de Broise savait...). Bien bourrer le mélange et l'allumer, tout comme la poésie c'est un art délicat aussi. Baudelaire aspire un premier nuage puis recrache un brouillard. Il ressent l'effet quasiment immédiat de la drogue pendant que Duval demande :

— Tu arrêtes le laudanum pour... ?

Elle ne finit pas sa phrase. Cette paire de contaminés, entre eux, ne prononcent jamais le mot « syphilis ». Même par sous-entendus, ils l'évoquent peu. Ils savent tous deux ce qui finira par arriver lorsqu'ils en seront à la phase tertiaire alors Charles soupire :

— Finalement, dans tout ça, ce n'est pas le traitement que j'ai préféré mais ce qui soigne les effets indésirables du traitement ! Tu en veux ?

Jeanne, qui était allongée à plat dos, se tourne de côté vers le poète en grimaçant et se tient le haut de la cuisse gauche.

— Tu as mal à cette jambe ? s'inquiète celui qu'elle inspire.

— Ça va passer...

En sa luxuriante soie de Madras très colorée qui la déshabille largement, elle inhale et le pavot, aux vertus aphrodisiaques dans cette configuration, étend son influence en elle qui s'approche un peu plus de Baudelaire fumant à son tour. Un parfum fortement aromatisé flotte sous forme de vapeurs vivement opiacées et bleutées qui dessinent parmi l'air de la chambrette de grandes silhouettes de dragons mouvants ressemblant à ceux qui décorent la céramique du fourneau de la pipe à opium. Une main de Jeanne s'égare également au-dessus du lit et Charles l'incite :

— Oui, vas-y, toi qui connais la caresse qui ferait revivre les morts !...

Sous l'emprise d'une ivresse nouvelle, les deux se réjouissent à l'intérieur du logement délabré aux cloisons fines comme du papier – cage ouverte à tous les bruits. Ils entendent les conversations des voisins et eux, de même, doivent percevoir que l'artiste et sa muse baisent pendant que les effluves d'opium se diffusent dans le sordide bouge où bientôt on n'y voit plus rien tellement c'est enfumé. Baudelaire étend un bras pour aérer, ouvrir la fenêtre, puis les combats excités reprennent. Le couple mixte use ses deux corps en de secrets complots et puis soudain ça gueule de douleurs au sang et de plaisirs mêlés de coups reçus et donnés, de mobilier renversé, faisant remuer la fumée d'opium qui s'échappe à l'extérieur pour longer la façade vers les vitres également ouvertes des voisins excédés :

— Mais quel bordel ils foutent ces deux-là ! Et puis alors, je ne sais pas ce qu'ils fument mais ça tourne la tête !... Fermez votre fenêtre, putain !

28

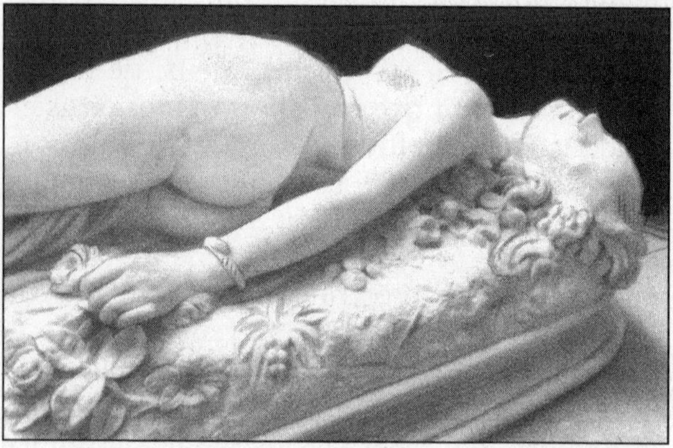

— Quel cul, cette Apollonie Sabatier ! Et puis, Charles, regarde ses seins dressés, la beauté de sa tête renversée qui jouit !

— Le sculpteur a dû l'idéaliser...

— Non, conteste le gros barbu Théophile Gautier, échevelé désinvolte en ses accoutrements de tréteaux – vêtements bariolés flottants, burnous, babouches aux pieds. Avant de la tailler dans le marbre, Clésinger a procédé à un moulage en plâtre sur nature pour donner plus de réalisme à son œuvre d'où même la reproduction d'un peu de cellulite autour des fesses, d'un pli à la taille, ce que l'on n'a jamais vu en la sérénité convenue d'une statue de la Grèce antique.

Sous son haut-de-forme impeccable, Baudelaire tourne autour de la statue exposée lors du Salon annuel de peinture et de sculpture qui se tient au Louvre, permettant de contempler les meilleures productions artistiques de l'année. À la découverte de la magnifique nue allongée semblant en état d'extase, il peine à y croire.

— Cette femme existe vraiment ?...

— C'est son amant, le comte Alfred Mosselman, propriétaire des plus importantes mines de charbon en Belgique, qui en a passé commande afin que les gens l'envient d'avoir compagne si belle et la Sabatier a consenti à prendre dans le plâtre l'attitude éloquente. Pas mal, non ?

— Ah, évidemment, ça c'est tapé !

Devant la tête éberluée du maigre poète, le grassouillet romancier, aux joues de hamster et lèvre inférieure libidineuse, se marre :

— Avant l'ouverture du Salon, il fut conseillé à Clésinger d'ajouter un petit aspic en bronze autour du poignet d'Apollonie. Cela l'habille toujours un peu et tente d'effacer l'apparence scabreuse, d'où le titre imposé par les organisateurs : *Femme piquée par un serpent* mais personne n'est dupe ni ne croit que si elle se trouve ainsi cambrée, reins creusés, orteils crispés, c'est à cause du venin du reptile. Chacun comprend bien qu'en fait elle se pâme à l'instant où quelque rêve charmant la tord. Charles, dis-lui un seul de tes vers et elle va faire palpiter sa bouche et rouvrir ses paupières.

Quantité de visiteurs se bousculent devant le corps féminin exhibé, presque effigie obscène. Sa pose convulsive captive. Un monsieur à lorgnette mate de très près la représentation d'Apollonie Sabatier mais son épouse à moustache l'entraîne par la manche en levant les yeux au ciel :

— Cette statue adresse un goût sensuel plutôt qu'un goût pur et c'est une mauvaise tendance qu'il ne faut pas encourager !

Baudelaire accompagné de Gautier, ainsi que deux planètes vis-à-vis d'un astre, tracent des révolutions autour de celle prise dans le plâtre comme en ébullition et bras à l'abandon.

— Eh bien, dis donc, plisse de la bouche le dandy venu ici pour rédiger une analyse de l'exposition à paraître aux éditions Jules Labitte afin de gagner trois francs six sous.

— Ça te plaît d'écrire ça ? lui demande Théophile.

— Non. Aucun poète n'est aussi critique d'art par envie mais donc, toi, tu la connais cette créature ?

— Très bien. Tu voudrais la voir en vrai, Charles ? Elle reçoit chez elle des artistes tous les dimanches après-midi.

29

Près de la Seine, Charles Baudelaire pénètre à l'intérieur d'un omnibus tracté par trois chevaux alors une sonnerie tinte comme pour tout nouveau passager montant à bord. Sur la ligne Saint-Michel-Montmartre le cocher criera le nom des stations. Quand la pente deviendra raide, il adjoindra au trio de canassons un quatrième cheval nommé « le côtier » qui sera dételé en haut de la rue. La montée sera lente. Front contre une vitre, le poète regarde les rues et les boulevards qui sont son théâtre. Il observe les marchands de marrons et les cireurs de chaussures le long d'étroites venelles sinueuses où l'omnibus peine à s'immiscer. Sur une placette, près d'une fontaine, un marchand ambulant de paniers, qui en porte un tas d'une hauteur vertigineuse sur son dos, appelle : « Brins d'osier, brins d'osier, courbez-vous, assouplis sous les doigts du vannier ! » Çà et là se trouvent des chalets de nécessité afin que les gens ne chient plus trop dans les rues. Pour cinq centimes on peut entrer en ces endroits dont les puanteurs sont adoucies par les va-et-vient du balai de lavande passé par l'employée qui récupère la monnaie. L'omnibus est stoppé à cause d'un encombrement de fiacres et charrettes à bras alors qu'un voyageur s'impatiente : « Ça n'avance plus dans Paris ! Il faudra bien un jour faire quelque chose !... » Face à un raccommodeur de porcelaine, Baudelaire descend au pied de la butte Montmartre. Devant l'immeuble du 4, rue Frochot, le grivois Théophile Gautier l'attend :

— Ah, Charles, je viens de voir une gaupe de la pire espèce qui, en sortant d'un cabriolet et avec une insouciance de catin, m'a laissé voir sa jambe jusqu'au nombril !

Et, en montrant impunément ses dents gâtées, il s'esclaffe d'un énorme rire :

— Allez, montons voir la Présidente !...

— Présidente ?

— Puisqu'elle préside cette réunion hebdomadaire, c'est ainsi qu'on s'amuse tous à la nommer.

Au premier étage, il n'existe qu'une porte à deux battants, près de laquelle Théophile tire le cordon d'une clochette. Apollonie Sabatier, elle-même, vient ouvrir. Charles reconnaît son visage (à défaut de son cul).

— Bonjour madame la Présidente ! s'enthousiasme Gautier devant la belle tout sourire. Je me suis permis de venir accompagné d'un poète du nom de Charles Baudelaire et m'expose seul à votre colère si, agissant ainsi, j'ai fait une sottise.

— Aucun souci, plus on est de fous... Vous connaissez la suite, mon toujours aussi pittoresque fripon, dit-elle au gros romancier à la moustache gauloise roussie par les cigares, cheveux longs, regard malicieux derrière un monocle d'or, gilet à rayures et cravate molle toujours prête à se dénouer devant les dames. Oh, mais qui voilà également ? Bébé, viens voir ! C'est Flaubert avec son ami Maxime !

Alors accourt une jeune fille de vingt-deux ans (Adèle-Irma, la petite sœur d'Apollonie, surnommée « Bébé ») ayant une coiffure à l'enfant – bouclée, répandue dans le dos. Paupières et lèvres maquillées, du rouge apparaît à ses pommettes quand elle vient enlacer l'écrivain aux gros yeux de poisson qui était en train de dire à Gautier :

— Je commence à piocher ma *Bovary*... En six semaines, les vingt-cinq premières pages ont été dures à rouler !

À la gauche de l'antichambre, devant une fenêtre donnant sur un jardin, des perruches crient et battent des ailes à l'intérieur d'une volière. Ce joyeux boucan accueille les invités avant même qu'ils pénètrent dans le spacieux salon s'ouvrant en face de la porte d'entrée. Parce que quelqu'un vient d'en sortir, on aperçoit tout au fond un cabinet de toilette capitonné, ouaté, semblant confortable et frais. Devant les hautes fenêtres du côté de la rue Frochot, les feuillages peints des rideaux fermés offrent à l'endroit l'apparence d'une serre garnie de divans, bons fauteuils, poufs et coussins. Le jour commence à baisser alors quelqu'un allume des lumières aux girandoles Louis XVI appliquées contre les murs. En cette réception luxueuse où beaucoup d'artistes à citer parmi les plus grands actuels sont déjà là, Baudelaire ne se lance pas dans de grandes envolées de pognes tel Gautier allant chaleureusement de l'un à l'autre. Charles se refuse de tendre des poignées de main parce qu'il n'a pas pris la précaution d'enfiler ses gants. En chemise blanche émergeant de son paletot-sac, il observe de nouveaux arrivants qui offrent chacun un petit présent à la maîtresse de maison ou à sa sœur comme ça semble être la tradition. Là, pour la Présidente et de la part de Gustave Doré ce sont des friandises de Berthelemot, le célèbre confiseur de la galerie Montpensier au Palais-Royal. Ici, Alfred de Musset arrive avec une marionnette articulée en carton coloré provenant du magasin universel de Giroux destinée à Bébé, éclipsée par la magnificence de son aînée mais qui fait rire tout le monde par tant de facéties que beaucoup l'appellent « le Petit monstre » ou « la Petite folle ». Et ça s'embrasse et se cajole ! Tant de bonheur et de tendresses commencent à emmerder Baudelaire (pourtant pas le dernier pour la déconne !). Le boute-en-train à face de rat au bord du gaz n'apprécie guère la joie de Sabatier qui insulte sa détresse. Apollonie, pleine de gaieté, de beauté, de santé, est si différente de lui, empli d'angoisses, de fièvres, de rides et de haine. En chair et pas du tout éthérée, front entouré d'une couronne de glaïeuls dont les longues tiges retombent jusque sur ses bras, elle se montre également affectueuse pour chacun et n'accorde sa préférence à personne. Une bonne fait le service. Apollonie a su choisir sa cuisinière. La belle amante du propriétaire minier – jamais rue Frochot le dimanche car conformément aux usages on ne se montre pas en public avec sa maîtresse –, de l'œil et du sourire encourage les tournois de paroles. Elle s'amuse à entendre ses invités rivaliser de verve. De profondes vérités sont jetées là, dans le bruit des voix :

— Quant au roman de Bidule, on peut adresser à ses compositeurs des compliments pour l'exécution typographique et féliciter l'imprimeur pour la qualité du papier, sinon…

— Pourquoi le peintre Machin ne fait-il plus d'art ?

— Parce qu'il gagne mieux sa vie en faisant du commerce.

Hector Berlioz avoue détester Richard Wagner.

— Que pensez-vous de cet avis, Baudelaire ?

— Je ne veux rien en dire, cela m'écorcherait la gorge, répond celui qui prend plaisir à agacer les gens.

Ça bavarde, ça rit, tout le monde dit des mots drôles sauf Charles, trop solitaire, trop dédaigneux, que ces deux langues de pute de frères Goncourt abordent :

— Vous n'êtes pas venu avec votre sombre Jeanne ?… On nous a dit qu'elle ne se borne pas à votre seule société, qu'on l'a vue danser dans un bal public avec le premier venu et quitter ledit bal au bras d'un autre premier venu aussi.

Baudelaire se débarrasse de la saloperie d'un :

— Pauvre fille, c'est son métier. Il faut bien qu'elle vive et ce n'est pas avec ce que je rapporte que...

Ça colporte encore des potins, distribue d'autres palmes, coups de griffes, et parfois, de derrière une plante verte, jaillit le rire d'Apollonie. À trente ans – un an de moins que Charles –, elle a toujours l'art d'arrondir les angles. Son air triomphant diffuse de la lumière. Ses formes si bien proportionnées captivent infailliblement les artistes qui l'entourent en la frôlant, mais elle ne s'en offusque pas. Seul, Baudelaire reste à l'écart. La beauté de la Présidente le paralyse alors il ne va jamais lui bafouiller un seul mot bien que ce petit diable de Bébé l'attire par le bras en lui disant :

— Mais approchez-vous donc aussi de ma sœur, monsieur. Vous n'aimez pas les dames ?

— Moi, les femmes, je les gâche !

La demoiselle, vivant avec son aînée, pouffe impertinemment au nez de Charles puis rejoint Apollonie qui va vers un piano devant lequel s'est installé Berlioz pour improviser en duo avec la Présidente des tyroliennes. La Sabatier vocalise d'une voix de soprano aiguë. Alors que beaucoup, dont Barbey d'Aurevilly, remuent leur cul en pivotant sur eux-mêmes, quelqu'un s'étonne que Charles Baudelaire n'en fasse pas autant.

— D'habitude la vue d'une piste de danse m'égaie, répond le poète, mais aujourd'hui il me semble que j'ai la jaunisse, que le gaz ne brille pas et que le musicien joue faux.

Gérard de Nerval et Musset sont en train de se torcher près d'une table aux pieds courbés servant de bar d'où ils ne décollent pas. L'un dit : « Alfred, j'ai encore passé cette semaine à perdre mon temps et je n'avance plus à rien. C'est à se foutre en l'air » alors que l'autre cherche à le consoler : « Quand Trucmuche écrit, il ne fait que ramasser tes bouts de cigare. Reprends un verre. » Longeant les roseaux peints sur les murs, Baudelaire suit un chat venu de la cuisine pour sauter sur le manteau d'une cheminée auquel Du Camp est accoudé face à un homme en redingote boutonnée jusqu'au menton :

— Alors je sais bien, Delacroix, qu'on vous oppose souvent à lui mais quand même, Ingres !...

— Ingres, vient commenter Charles, ne fait que des saints de brique, des odalisques en carton, des dieux de pain d'épices. Il amoindrit le modelé jusqu'à l'invisible. Ses visages sont gonflés d'une matière non vivante, étrangère à l'organisme humain. Quand il peint un cheval, celui-ci semble poli et solide comme celui de bois qui a pris la ville de Troie.

Tout d'abord longuement silencieux, Eugène Delacroix prend, sur la cheminée et à côté d'un petit bronze florentin, des écheveaux de laine épars dans une corbeille dont s'approche le chat.

Le peintre les entrecroise, les divise selon leurs teintes puis en rassemble, déclarant que certains tapis de Perse sont les plus beaux tableaux qu'il ait jamais vus. Charles, ultrasensible aux couleurs et le voyant faire, grommelle : « Moi, quand je m'ennuie, je regarde de l'écarlate » pendant que le chat s'enroule dans la corbeille et que Delacroix dit au poète en reposant ses bouts de laine :

— Passons maintenant à la trame de votre style, Baudelaire…

— Comment la connaissez-vous ?

— Je vous ai entendu réciter dans des cafés et j'ai un jour croisé Asselineau allant apporter un tas de vos poésies à un éditeur. Il m'a permis d'en lire juste sept ou huit avant que d'aller rue de Buci. Ne lui en voulez pas. Il vous aime beaucoup celui-là. Donc, dans la trame de ce que vous rimez, vous mêlez des fils de soie et d'or à des fils de chanvre rudes et forts comme en ces étoffes d'Orient à la fois splendides et grossières où les plus délicats ornements courent avec de charmants caprices sur un poil de chameau ou sur une toile âpre au toucher comme la voile d'une barque.

— Cela aura-t-il du succès ? demande Maxime Du Camp.

— Enfin ! s'exclameront les uns. Hélas… soupireront les autres, prédit Eugène Delacroix. Mais Baudelaire, Dante dégénéré, vous ferez parler de vous.

Charles, troublé par ce que le peintre qu'il admire vient de lui dire, tourne la tête dans un grognement peut-être dû aussi à tous les éclats de rire aux larmes de la maîtresse de maison, virevoltante, entourée d'admirateurs qu'elle quitte. Vers la cheminée, en son anatomie parfaite elle approche, trop pleine d'exubérances joyeuses qui exaspèrent Baudelaire. Ce n'est pas ainsi, selon lui, que doit se comporter LA beauté, qui devrait plutôt trôner immobile et muette ainsi que la matière en sanctifiant avec de grands airs de sphinx :

Je hais le mouvement qui déplace les lignes,
Et jamais je ne pleure et jamais je ne ris.

Mais Apollonie si mutine enlace chaleureusement le peintre et l'écrivain qui en ont les paupières qui s'écarquillent alors que Charles ne la regarde pas dans les yeux. Il paraît les chercher dans la corbeille autour du chat en faisant semblant de ne s'intéresser qu'à lui.

30

À l'intérieur du taudis de Baudelaire, la Duval vautrée et nue semble être une statue de bronze prostrée dans une attitude d'ennui sur la blancheur des draps. Son amant, elle le voit de trois quarts, assis au bord de la table qui sert d'appui, cheveux coupés très ras formant des pointes irrégulières sur son front au-dessus de ses yeux noirs et vifs, de son nez droit. Il dispose une feuille de papier et commence à calligraphier, difficilement, avec application. La plume de fer grince férocement. Il y a en Charles du prêtre et quelque chose d'étrange que remarque Jeanne :

— Tu écris de la main gauche, toi, maintenant ?

En face d'une cheminée sans flamme ni braise, souillée de crachats, le long des vitres des deux battants de la fenêtre ouverte, une pluie a tracé quelques sillons dans la poussière. Parmi ses manuscrits raturés ou incomplets, à côté de l'encrier de cuivre cabossé parce que, quoique visant Jeanne, tant de fois jeté contre les murs, un seul objet sourit continuellement à Baudelaire, la fiole de laudanum : sa maintenant vieille et terrible amie qui, comme hélas toutes ses amies, est féconde en caresses et traîtrises. Le tic-tac de la pendule stridule au poète de sa voix mécanique de grillon : « Je suis ta vie, l'insupportable, l'implacable vie ! » Et le droitier, bien qu'il lui soit compliqué de rédiger en gaucher, s'encourage :

— Eh hue donc, bourrique ! Sue donc, esclave ! Vis donc, damné !

Il travaille beaucoup et cherche des sonorités parfaites. En sa tête, il remanie plusieurs fois ses vers avant que de les inscrire avec la plume métallique qui écorche le papier non loin de sa mante religieuse cumulant tous les vices. Jeanne au vrai corps de prostituée insatiable, de bête de luxure ayant tout connu, tout osé, a une face indolente et rusée sous sa chevelure crépue aujourd'hui rétive aux tranchées du démêloir. Son regard qui paraît profond est en fait vide. Ô, enchantement d'un néant follement attifé. Ses énormes seins, il y a encore sept ou huit ans dressés en l'air, bravent moins les lois de la gravité. Sa personne s'avachit et sa voix s'avine à force de s'enquiller des bouteilles de rhum. Tout imprégnée d'odeurs, cette amoureuse de haut vol part souvent louer ce qu'il lui reste de charmes, en ville, aussi pour fuir son poète qui n'est pas drôle tous les jours. Hier encore ça s'est mal passé ! Pourtant au départ, afin d'être gentille comme aux pays du sucre et des mangues en zézayant de lentes paroles, la métisse s'était lancée dans la confection d'un plat tropical, espérant régaler Charles. Mais elle avait ressenti la nécessité d'appeler au secours de sa cuisine tellement de piments, poudres safraniques, parfums d'Arabie et autres substances coloniales qu'après la première bouchée, Baudelaire avait plongé pendant une demi-heure sa tête en nage dans une bassine d'eau froide. Et comme ensuite, revenu s'asseoir en reprenant son souffle, il avait boudé le dîner, la Duval s'était énervée. Le petit poète maigrelet, encore stupéfait par la vision des éléments culinaires presque inflammables, reçut soudain un violent coup de poing dans le dos en entendant la voix hystérique, comme enrouée par des liqueurs exotiques, de sa géante bien-aimée qui lui disait :

— Vas-tu enfin manger ton ragoût, salope de pute de marchand de nuages ?!

Charles s'était levé d'un bond en promettant :

— Allons, un grand coup de bâton pour te calmer !

Ah, le bâton saisi ne fut pas un bâton de comédie ! Il avait résonné contre la chair de Jeanne :

— Un jour, je te jetterai par la fenêtre comme une bouteille vide !

Ils en étaient venus à se frapper sur le crâne avec leurs chaises ce qui témoignait des ardeurs de la discussion. Fi des baisers qui ne finissent en morsures ! Et Jeanne était partie passer la nuit on ne sait où ni avec qui avant de revenir seulement aujourd'hui en début d'après-midi. Charles Baudelaire à sa table se trouve maintenant brutalement en panne d'inspiration alors, dans un verre, il fait tomber un grand nombre de gouttes d'opium liquide qu'il compte par séries de dix.

— N'en as-tu pas déjà pris ce matin ainsi que de la confiture verte ? demande la redevenue nonchalante qui l'observe.

— Autant me demander si j'ai respiré depuis le réveil, si mon cœur a battu. Comme ces deux fonctions-là, plus d'abstinence, l'opium surtout fait partie de ma vie sinon je meurs.

Cerveau asservi par la dope, impossible de s'arracher à ce supplice pour Charles.

— Essaie de diminuer les doses..., conseille Jeanne qui n'est qu'alcoolique.

— Tu ne connais pas l'opium.

— Tente de diminuer seulement d'une goutte par jour.

— Tous les buveurs d'opium savent que, passé un certain stade, la moindre diminution cause des douleurs intestinales insupportables et qu'il t'en faut davantage, que tu arracherais le foie de ta mère à mains nues, que tu trahirais n'importe qui pour avoir ta dose. Quand ce poison t'a bien pris dans ses mailles, tu fonces tête baissée vers ta destinée. Je vais en fumer aussi.

Ce n'est pas Baudelaire qui tire sur le bambou, c'est sa pipe qui l'aspire puis le souffle dans l'azur. Alors que les taches du plafond prennent des formes effrayantes, son esprit d'artiste s'en trouve illuminé et il se remet à écrire près de la statue de bronze aux yeux nostalgiques qui semble regretter des cocotiers absents. Les choses de la terre n'existent plus que bien peu pour Charles. La réalité ne se trouve plus que dans ses rêves tandis qu'il essuie son front baigné de sueur lors d'orgies d'imagination, unique moyen de fuir le vrai. Les mouvantes architectures que dessine la fumée d'opium filent par la fenêtre ouverte jusqu'à celle du voisin, accoudé à sa rambarde, qui inhale et s'interroge près de sa femme stone également :

— Je ne connais pas la marque de leur tabac mais alors, ça fait de l'effet…

31

Au 4 de la rue Frochot, la voix de Bébé s'écrie :

— Apollonie, il y a du courrier pour toi !

La Présidente apparaît dans l'antichambre en un éclair d'or et de soie. Ses cheveux blonds bouclés, son regard pétillant, sa bouche écarlate témoignent d'une santé à la Rubens permettant une vie prolongée au-delà des bornes ordinaires. Le grain de beauté qui orne sa lèvre inférieure apporte à son sourire une expression qu'on aurait appelée *friponne* du temps de la Pompadour. Mosselman est parti pour Amsterdam en voyage d'affaires. Devant les perruches battant des ailes dans leur volière et alors qu'à gauche on voit la cuisinière nettoyer une batterie de cuisine, Mme Sabatier ouvre l'enveloppe reçue par la poste et découvre dedans un poème accompagné d'une lettre manuscrite dont elle ne reconnaît pas l'écriture, d'ailleurs assez maladroite. Après les derniers mots, aucune signature, c'est une lettre anonyme.

La personne pour qui ces vers ont été faits, qu'ils lui plaisent ou qu'ils lui déplaisent, quand même ils lui paraîtraient tout à fait ridicules, est bien humblement priée de ne les montrer à personne.

— Bébé, regarde ce que j'ai reçu !

Celui qui a fait ces vers dans un état de rêverie où le jette souvent l'image de celle qui en est l'objet l'aime bien vivement sans avoir osé le lui dire.

Et puis sur l'autre papier il y a le madrigal titré.

À celle qui est trop gaie

« C'est moi qui suis trop gaie ? » demande Apollonie à sa petite sœur qui lit en même temps qu'elle la première moitié de la poésie puis découvre la seconde partie.

(...)

Ainsi je voudrais, une nuit,
Quand l'heure des voluptés sonne,
Vers les trésors de ta personne,
Comme un lâche, ramper sans bruit,

Pour châtier ta chair joyeuse,
Pour meurtrir ton sein pardonné,
Et faire à ton flanc étonné
Une blessure large et creuse,

Et, vertigineuse douceur !
À travers ces lèvres nouvelles,
Plus éclatantes et plus belles,
T'infuser mon venin, ma sœur !

Bébé n'en revient pas :

— Il t'écrit qu'il rêve de te poignarder et de t'éjaculer son… dans la plaie ? Apollonie, c'est qui ce dingue ?!

La destinataire en reste bouche bée avec le poème du sadique dans une main.

32

En milieu d'après-midi du 3 décembre 1851, tandis que le long des rues, sur les places et aux terrasses des cafés, tout le monde ne parle que du coup d'État qui s'est déroulé la veille, accompagné de sa muse noire sans orthographe, Baudelaire se promène sur le boulevard d'Enfer en n'étant au courant de rien. Embarqués par un grand reflux de peuple qui les entraîne, lui chic avec son mouchoir et ses gants, elle tantôt courbée dans une attitude d'esclave et tantôt redressée en reine, saisissent des bouts de phrases gueulées pour informer les autres :

— Louis-Napoléon Bonaparte, président de la République française depuis trois ans, conserve le pouvoir à l'approche de la fin de son mandat alors que la Constitution de la Seconde République lui interdisait de se représenter !

— Ce neveu du mort à Sainte-Hélène s'est autoproclamé empereur des Français sous le nom de Napoléon III !

C'est ainsi que Charles apprend les nouvelles mais il s'en branle.

— Ça ne t'intéresse vraiment pas ? s'étonne Jeanne.

— J'ai eu une brève période d'engagement politique devant l'École polytechnique en 1848 et puis ça m'est passé...

Il préfère s'intéresser à ces danseuses belles comme des fées qui sautent, cabriolent malgré les événements, sous les feux de lanternes qui remplissent leurs jupes d'étincelles tandis que la pluie commence à tomber. Pendant que quelqu'un prévient les gens – « Il paraît que sur ordre du nouvel empereur, quiconque sera vu construisant ou défendant une barricade ou un fusil à la main sera abattu sur-le-champ ! » –, Baudelaire s'empare d'une carabine à un stand de tir permettant de gagner des petites poupées alignées. Il charge son arme plusieurs fois et tire au hasard dans l'emplacement aménagé pour viser des cibles alors que l'employé s'indigne :

— Mais où tirez-vous ? Vous avez failli m'atteindre et avez même percé le plafond !

— Je voulais tuer le temps.

Jeanne rit mais son amant, réarmant, lui dit :

— Observe cette poupée là-bas à droite qui porte son nez en l'air et semble si hautaine. Eh bien, cher ange, je me figure que c'est toi.

Il ferme ses deux yeux et lâche la détente. La poupée se trouve nettement décapitée !... puis Charles, tandis que le jour baisse, offre galamment un bras à son immense délicieuse et exécrable femme, celle à qui il doit tant de plaisirs et de souffrances, tout en se devant de reconnaître :

— Parfois je n'arrive plus à me suivre. Je devrais me mettre une laisse !

Il ne va pas jusqu'au rire franc et sonore après cette saillie mais ses lèvres se plissent d'une amorce de sourire assez en rapport avec la nature de son talent et de ses extravagances. Jeanne traîne, dans les flaques d'eau, sa jambe gauche qui paraît lui faire mal mais Baudelaire propose :

— Allons plus loin encore, à l'extrême bout de la Baltique, encore plus loin si c'est possible. Allons nous installer au pôle. Les aurores boréales nous enverront de temps en temps leurs gerbes roses comme des reflets d'un feu d'artifice de l'Enfer ! Je dis ça, ce n'est qu'une idée, quelque chose d'infiniment vague...

Entouré d'une foule mouvante qui bruisse d'informations et de rumeurs non vérifiées – « Les députés ont été arrêtés au saut du lit et incarcérés ! », « Les imprimeries sont occupées ainsi que les rédactions des journaux républicains pour les empêcher de paraître ! », « Les écuries où l'on pourrait louer des chevaux afin de fuir Paris sont fermées ! », « On dit que Victor Hugo s'est déjà enfui pour un long exil ! » –, Charles embrasse sa Jeanne en souhaitant :

— Garde-moi avec toi et de nos deux misères nous finirons peut-être par faire une sorte de bonheur...

Ces deux êtres déchus s'enlaçant spontanément confondent la pluie de leurs larmes avec celle du ciel, les tristesses de leur passé avec des espérances d'avenir bien incertaines. Il est présumable que jamais entre eux la volupté n'aura été si douce que sous l'averse de cette nuit de coup d'État et de mélancolie.

— Entends, ma chère, entends la douce nuit qui marche...

33

— Maman, je suis perdu !

— Mais que t'arrive-t-il encore, Charles ? Regarde comme ce ciel de fin janvier est haut et léger !

— Maman, le ciel bas et lourd pèse sur moi comme un couvercle, se plaint le fils en donnant le bras à sa mère et croisant un enfant qui va avec sa tasse chez la laitière. Je voulais te voir pour te demander si tu pouvais m'aider sans que cela te gêne bien sûr.

Caroline Aupick, à cinquante-huit ans et enveloppée d'un manteau de cachemire jaune, marche le long des grilles d'un square auprès de son dandy trentenaire en regrettant, tandis qu'une femme sort d'un immeuble pour jeter de l'eau sale :

— Désolée de n'avoir pu te donner rendez-vous devant le 91 de la rue du Cherche-Midi mais mon sénateur d'Empire ne veut plus que je te rencontre, de crainte qu'ensuite cela me rende malade. Tu m'obliges à le faire à son insu, loin de chez nous, et je ne peux plus te sourire.

— Ma chère mère, vous ignorez tellement ce qu'est une existence de poète... Allons près de cette pharmacie, au *Chien-Caillou*. Ils ont une salle à l'étage où nous serons tranquilles pour parler.

En haut des marches, abordant le palier de la taverne, Caroline dénoue une écharpe autour de son cou en regardant la ville surencombrée à travers les petits carreaux colorés d'une vieille fenêtre :

— Nous allons être témoins de la plus grande métamorphose de Paris qui deviendra peu à peu complètement éclairé au gaz. De nouveaux quartiers vont sortir de terre, plus aérés, plus confortables. Tout va changer pour cause d'utilité publique. Il n'y a que toi, mon fils, qui ne changes pas. Alors, que se passe-t-il ?

— Je vais bientôt avoir fini de constituer tout mon bouquet de *Fleurs du Mal* mais mes affaires ne prennent pas tournure à me rendre millionnaire ! J'ai absolument besoin d'argent pour régler mon terme sinon on me mettra encore à la porte.

— Revoilà tes yeux que je reconnais à leur effrayante malice. Si ça se trouve, cet argent n'est que pour payer tes folies, tes maîtresses peut-être, tes sottises en un mot. Tu causes de vifs chagrins à ta mère et rends son existence bien malheureuse !

Caroline s'installe le long d'une banquette face à Charles qui s'assied sur une chaise pour se pencher vers elle en promettant : « Sans ton aide, à la fin du mois j'aurai une rude avanie. » Puis, songeant à son beau-père, il ajoute : « Maman, tu ne veux pas me faire une nouvelle blessure, n'est-ce pas ? » Un serveur dépose sur leur table les commandes qu'ils ont passées au rez-de-chaussée – un verre de bordeaux blanc pour lui et un thé pour elle qui ne sait comment résister aux supplications et aux pièges de son fils décidé à mettre le doigt où ça fait mal :

— J'ai eu dans mon enfance une époque d'amour passionné pour toi. J'étais toujours vivant en toi, tu étais uniquement à moi. Tu étais à la fois mon idole et ma seule camarade.

— Ne parlons plus de ça, dit-elle, j'ai trop peur de laisser tomber des larmes dans ma tasse.

Cette vipère de Baudelaire, supposant les poches de sa mère pleines d'or et de napoléons jaunets, ne la ménage pas, alternant les plaintes et des brutalités lorsqu'il frappe d'un petit poing blanc sur la table en gueulant :

— Et je t'en prie, ne me dis pas des phrases comme celles-ci : « En vérité, Charles, tu me désoles, etc. » ou bien : « Quand on est un homme d'ordre on a toujours chez soi de quoi payer son loyer. » Refuse-moi net ou prête-moi l'argent !

Le serveur se précipite à l'étage pour demander au poète de se calmer alors il baisse le ton :

— Je ne pourrai pas te rembourser le mois prochain mais celui d'après c'est sûr. Risquez sur l'inconnu, chère mère.

— Que tu es singulier…

— Maman, me permettez-vous maintenant de rire un peu, rien qu'un peu, de ce désir que vous exprimez sans cesse de me voir semblable à tout le monde ? Hélas, vous savez bien que je n'en suis pas là et que ma destinée se fait autrement. Il me faut soixante francs !

Caroline sort de son manteau un porte-monnaie en cuir rouge qu'elle vide sur la nappe devant sa déplorable progéniture :

— Je veux bien ouvrir ma bourse pour t'empêcher de dormir sous les ponts mais plus mon cœur que tu as trop souvent meurtri. Voilà !

Comptant l'argent dont il s'est emparé, Charles escamote une pièce de dix francs qu'il fait tomber dans une poche de son paletot de bure :

— Il n'y a que cinquante mais je prends, c'est déjà ça. Pour le reste, voilà comment tu vas t'organiser. Tu vas aller à la poste, tu vas demander un mandat de dix francs sur lequel tu écriras : *De la part de Mme Aupick, 91, rue du Cherche-Midi pour M. Charles Baudelaire chez son éditeur, 4, rue de Buci*. On te donnera deux papiers. Tu garderas le petit, tu mettras le grand plié dans une enveloppe et grâce à ce moyen j'irai prendre mon argent dans le premier bureau de poste venu. Pendant que tu y es, si tu peux mettre davantage ce sera encore mieux. C'est probablement ta vue très basse qui t'a fait prendre pour soixante francs deux napoléons et une pièce de dix francs.

La mère a les larmes aux yeux face à ce fils voleur qui la tient sans cesse en haleine et désarroi, cet objet constant de préoccupation qui dit s'en trouver navré :

— Oui, maman, je sais ce que je te fais endurer. En récompense de tes complaisances, je voudrais te donner une bonne fois une immense satisfaction mais pour le moment ce n'est guère possible. Qui sait ? Peut-être qu'un jour...

Caroline se lève :

— Avec Jacques, nous serons absents de Paris pendant quelques semaines car on va se retirer à Honfleur dans la petite maison qu'il a fait bâtir sur une falaise. À bientôt, mon fils ! Fais ton métier honorablement et pense bien à moi, ajoute-t-elle en se penchant pour l'embrasser.

Ô, les souvenirs secrets qui se réveillent à l'intérieur de cette maternelle chevelure bouclée effleurant les joues de Charles... Mme Aupick part dans un élégant coupé de louage. Baudelaire lance un juron et frappe sur la table son verre encore plein qui éclate en débris. Le vin inonde la nappe et le poète prend la fuite en lançant un regard chargé d'éclairs au serveur. Aussi sec, il fonce dans la pharmacie d'à côté :

— Je veux pour soixante francs de laudanum et d'opium à fumer !

— Soixante francs ?! s'étonne l'apothicaire. C'est pour une armée ?...

Poches remplies, Charles sort de l'officine vers quelque chose de crépusculaire, de bleuâtre et de rosâtre. Il retourne en direction de son infâme garni avec encore, aux narines, la mémoire tenace d'une senteur d'enfance entêtante, soûlante...

Ce promeneur sombre et solitaire plongé dans son destin d'opiomane, amoureux de sensations fortes fussent-elles dangereuses, longe des palissades de chantier puis s'arrête. De l'autre côté des planches, une mer de brouillard baigne la base d'édifices qui seront détruits peut-être demain à coups d'explosifs. Baudelaire, sous la clarté d'un réverbère, allume un cigare à côté d'un tonneau de poudre pour voir, pour savoir, pour risquer sa peau, pour faire le joueur, pour connaître les plaisirs de l'anxiété, pour rien, par caprice, par désœuvrement, puis il part afin d'écrire d'une calligraphie qu'il déguisera en la traçant de sa main gauche.

34

4, rue Frochot au matin, à l'heure où le Travail s'éveille en ce vieux Paris qui bientôt ne sera plus parce que des architectes de féeries ont lancé des constructions modernes selon les nouvelles normes urbanistiques, Bébé est à l'intérieur du salon cossu. Peau nacrée et lèvres rouges comme des grenades sous sa chevelure fauve emmêlée, elle chante en jouant de la guitare dans un beau rayon de soleil d'hiver qui traverse l'une des fenêtres dont les rideaux décorés de feuillages peints ont été levés. Sur le palier, la concierge a tiré le cordon de la clochette pour apporter le courrier – une seule lettre, destinée à Apollonie qui reconnaît aussitôt l'écriture bizarroïde inscrite sur l'enveloppe :

— Tiens, mon poète mystérieux m'a encore écrit…

— Fais voir ! s'exclame Adèle-Irma, dite Bébé, en se précipitant, guitare à la main, vers sa grande sœur qui déplie une unique feuille de papier où se trouve un poème surmonté d'un court texte dont la cadette indiscrète, par-dessus une épaule de la Présidente, parvient à choper quelques mots :

Quant à cette lâcheté de l'anonyme, que vous dirai-je, quelle excuse alléguerai-je, si ce n'est que ma première faute commande toutes les autres et que le pli est pris.

Mme Sabatier commence maintenant à parcourir ce qui est rimé, tandis que son impatiente frangine voudrait savoir :

— Est-ce une poésie où il rêve de t'étrangler, de t'assommer peut-être, ou de te démembrer ?

— Non, c'est un poème ayant pour titre *Le Flambeau vivant* qui parle de mes yeux.

Ils marchent devant moi, ces Yeux pleins de lumières,
Qu'un Ange très savant a sans doute aimantés ;
Ils marchent, ces divins frères qui sont mes frères,
Secouant dans mes yeux leurs feux diamantés.

(...)

« Laisse-moi lire la suite ! Allez, laisse-moi lire la suite ! » supplie Bébé à son aînée, qui la repousse gentiment en lui rappelant les convenances :

— Il n'en est pas question, petite folle, ça m'est destiné !

Et toujours à l'intérieur de l'antichambre, la Présidente recule vers la volière où les perruches volettent sur un fond de feuillage semblant être une forêt tropicale. Devant les battements d'ailes colorées, Apollonie s'interroge :

— Quel sans doute convive des dimanches de la rue Frochot a-t-il été capable de composer ces vers ?

Comme une gravure de mode douée de vie, elle paraît essayer des poses en lisant et relisant la poésie d'un air vague et rêveur. Sa chipie de petite sœur, restée à l'entrée du salon, d'un brutal balancement des doigts sur les cordes de sa guitare déclenche un son désaccordé en constatant :

— Dis donc, tu parais drôlement émue, eh, le Flambeau vivant…

35

Changement radical de décor !... En fin d'après-midi, au deuxième étage du petit hôtel borgne où se trouve la chambre de Baudelaire, on respire le ranci de la désolation mêlé à une nauséabonde moisissure. Sur la cheminée dépourvue de bois de chauffage quoique ce soit l'hiver, la flamme d'une chandelle crépite parmi l'humidité nageant en cette atmosphère. Le coucou morne de la pendule accrochée à un mur est sans mouvement. On a perdu la clé pour le remonter et le ménage qui loge là va de la sorte, plus souvent triste que gai. Ah, nous ne sommes plus rue Frochot ! Ici, aucun air désinvolte de guitare. Seul le vent, venu de l'escalier, siffle en longues plaintes sa musique sous la porte. Le poète chuchote à sa compagne :

— Discernes-tu les araignées qui chantent ?...

Deux taies, vidées d'oreiller mais réemplies d'habits et de livres, jonchent le plancher derrière Jeanne et Charles maniant des ciseaux (lui, un ciseau à ongles). Ils découpent en longs lambeaux les draps du lit, creusé par des scènes, des souvenirs de cris, et portant les traces suspectes de divertissements ayant viré en conflits corporels qui ont dû être tumultueux mais là, ils ne disent plus rien. Ils nouent en douce, les unes aux autres, les extrémités des bandes de draps ainsi que celles des deux autres de rechange plus toutes leurs serviettes également tranchées en larges lanières pour ajouter de la longueur. C'est l'odeur de l'opium qu'ils ont encore fumé qui les a trahis (comme quoi on n'évoquera jamais assez les inconvénients de la drogue !). Tout à l'heure, Charles Baudelaire, pris d'un farfelu désir fellationesque devant sa géante, avait parlé en poète obscur de *sceptre des voluptés* si elle voyait ce qu'il voulait dire. Jeanne, quoique inculte mais s'agenouillant, avait compris :

— Ton sceptre des voluptés, je le connais pour l'avoir souvent empoigné, manié, et englouti jusqu'à l'entrée de ma gorge…

C'est alors qu'un bruit terrible, lourd, avait retenti contre la porte et, comme dans ses cauchemars infernaux, Charles avait eu l'impression de recevoir un coup de pioche à l'estomac en percevant aussi les termes officiels d'un huissier déclamant sur le palier :

— J'apporte un papier timbré qui est une invitation à payer immédiatement les termes arriérés et beaucoup d'autres dettes sauf à se voir contraindre par toutes les voies de droit de se retrouver au poste. Êtes-vous là ?!

L'huissier avait dû ensuite tendre l'oreille pour savoir s'il ouïrait des bruits de plancher, si la pie voleuse se trouvait au nid. Un orage était apparu sur la figure de Baudelaire, orage qui s'était manifesté par un frissonnement presque imperceptible des ailes du nez. Toute sa magie érotique avait disparu au coup brutal frappé par l'homme de loi et cela l'avait, comme qui dirait, empêché de rendre un hommage profond à Jeanne. Des décisions étaient alors à prendre aussi grandes que pour une fuite de la Bastille. Les deux retranchés s'étaient à nouveau passé et avaient fumé la pipe à opium dont la saveur et le parfum incomparables donnent l'illusion de pays lointains aux bonheurs inconnus. Les voisins avaient tapé à la cloison :

— Eh, vous pourriez ouvrir la fenêtre pour qu'on en profite ! Ne soyez pas égoïstes !

Puis Jeanne et Charles avaient entendu l'huissier ordonner à son assistant d'aller requérir les forces de l'ordre. Baudelaire avait grommelé : « Ça sent la destruction ! » Il s'était mis à chercher la clé de cette situation inextricable et un seul nom lui était venu au bord des lèvres : Asselineau. Il avait donc pris le parti d'aller avec Jeanne demander l'hospitalité à l'employé de la bibliothèque Mazarine mais comment ? En passant par la fenêtre !

— Jeanne, aide-moi d'abord à jeter le matelas dans l'arrière-cour car, chez mon bon camarade, il n'y en pas pour des invités. Ensuite, nous prendrons le même chemin.

La Duval traînasse, semble hésiter à tenter l'exploit car toutes les articulations du côté gauche de son corps la font souffrir tandis que le Baudelaire s'agace :

— Non, dépêche-toi, il n'est plus de minutes. Il n'est plus de secondes ! Le temps a disparu. J'irai en premier !

Après la chute du matelas et des deux taies d'oreillers remplies, nouée solidement à la rambarde, la literie blanche découpée en lambeaux successifs pleut abondamment de la fenêtre. Elle s'épanche en une cascade neigeuse sous le regard des voisins accoudés, respirant des effluves opiacés que les bourrasques de vent leur portent aux narines et pressentant qu'ils seront en manque de ce voisinage déménageant à la ficelle mais auquel ils s'étaient finalement attachés. Après que le poète soit arrivé en bas sur les pavés de l'arrière-cour puant l'urine, il siffle pour que sa compagne noire, cette aussi inspiratrice, agisse comme lui. Baudelaire, prêtre bizarre qui sert deux autels à la fois, qui pratique deux religions en même temps si on compte la blonde de la rue Frochot, regarde la plus exotique des deux franchir la fenêtre du deuxième étage :

— Que tu viennes du Ciel ou de l'Enfer, qu'importe, toi aussi m'ouvres la porte d'un infini que j'aime.

Là-haut, elle n'est encore qu'une vague silhouette maladroite. Les innombrables pensées qu'elle fait naître en Charles qui la regarde :

— Et si je la tuais ?

Cette infâme concubine qui crie misère et ajoute les trivialités de sa vie de traînée des rues aux douleurs du poète, si c'en était fini d'elle ?

— Je pourrais enflammer le bas de la corde et le feu monterait le long des draps jusqu'à elle qui s'en trouverait incendiée parce que ne parvenant pas à regrimper jusqu'à la chambre…

Mais bon, les idées ça va ça vient et en fait les amants rejoignent la rue pile au moment où apparaissent là-bas les cognes, ce qui excède le troubadour :

— Diable, dit-il, voilà la patrouille grise qui arrive déjà du côté par où le matelas se sauve !

Ils se planquent sous un porche, derrière une charrette, d'autant plus aisément que la nuit tombe. Le fils de famille sous tutelle écoute les pas lourds des gardes municipaux venant dans le but de défoncer sa porte afin de le menotter. Charles repart en portant une taie pleine d'habits et, sous le bras, son miroir vénitien alors que c'est Jeanne qui, trimbalant l'autre taie, se fade également le matelas sur son dos très penché lui donnant une tournure gauche. Son aspect ferait pleuvoir des aumônes et, se faufilant au coin d'une rue égarée vers chez Asselineau, le couple s'emmitoufle d'ombre.

36

— Glissez-vous un peu dans la lumière de ce début d'été venant de la fenêtre, Jeanne, afin que je vous voie mieux pour peindre les traits de votre visage… Voilà, ça va. Debout, tournez maintenant le buste vers la gauche et votre tête à droite, en la penchant puisque vous êtes grande, pour regarder votre amant qui, de profil en train de lire, sera assis négligemment au bord de cette petite table. Venez aussi prendre la pose, Baudelaire. Comme je vous l'avais demandé, avez-vous pensé à apporter un livre ?

— *Tales of the Grotesque and Arabesque* d'Edgar Poe.

— Vous lisez l'anglais ?

— On m'a proposé de traduire ce frère de Baltimore, hélas récemment disparu d'une crise de *delirium tremens*. Que j'aurais aimé le connaître, lui…, regrette Charles alors qu'il s'installe sur le meuble en laissant pendre une jambe dans le vide.

— Avez-vous appris pour Gérard de Nerval, retrouvé un matin accroché par le cou à une grille de la rue de la Vieille-Lanterne ?

— Il est allé délier son âme dans la voie la plus noire qu'il pût trouver. Haussmann, l'Attila des expulsions, aurait mieux fait d'abord de raser celle-là plutôt que ma maison natale qui se trouvait vers le bout de votre rue mais détruite par le percement perpendiculaire du futur boulevard Saint-Germain.

Au 32 de la rue Hautefeuille, alors que Baudelaire a passé sa prime enfance au 13, l'atelier de Courbet est une vaste pièce unique très haute sous plafond et ça tombe bien parce que le tableau en cours d'exécution qui s'y trouve mesure une taille considérable.

— Oh, que c'est grand ! n'en revient pas Jeanne.

— Un peu plus de trois mètres cinquante de hauteur sur presque six de longueur et, avec son cadre, il devrait peser dans les trois cents kilos. On y verra trente et un personnages répartis sur une vingtaine de mètres carrés.

— Bien davantage que la surface de notre nouvelle chambre d'hôtel de la rue de Babylone..., soupire Charles en ouvrant son livre.

Le peintre ventru à l'épaisse barbe poudreuse, pantalon large et manches d'une chemise écrue roulées jusqu'aux coudes, observe en professionnel ses deux modèles mis en place :

— Vous serez représentés à l'écart, en bas à droite du tableau...

— Au milieu, demande Jeanne qui pivote momentanément ses yeux vers la toile monumentale, c'est bien vous, Gustave, qu'on aperçoit déjà, face à un chevalet, en train de peindre un paysage ?

— Il s'agit d'une vue d'Ornans pour me rappeler la Franche-Comté. À ma gauche, on découvrira des individus vivant de la mort, de la misère : des huissiers, des gens comme ça... À ma droite se trouveront mes élus : des collectionneurs et des artistes. Baudelaire, au premier plan, vous symboliserez la poésie bien que je désespère de voir un jour enfin publiées vos *Fleurs du Mal*.

— Ça viendra...

Gustave Courbet aux airs bonhommes, en tirant d'une blague à tabac de quoi emplir sa pipe, se prépare mentalement :

— Bon, allez, on y va ! La séance de pose ne devrait pas trop durer car, ne faisant presque jamais d'esquisses préliminaires, je me lance d'emblée sur la toile.

Pots de peinture à l'huile ouverts à même un tabouret près de lui et palette aux angles arrondis retenue par son pouce gauche, de la main droite le peintre manœuvre une brosse qui ébauche le profil du ténébreux replié sur lui-même puis le peintre annonce :

— Je passe à vous, Jeanne...

Celle-ci, aux cheveux crêpelés très étirés à plat sur le crâne pour être rassemblés en un chignon serré derrière la tête au-dessus de la nuque, selon les désirs de Courbet, remercie l'artiste de...

— ... l'offre obligeante que vous me faites d'exécuter aussi mon portrait.

— C'est bien normal de ne pas omettre la muse de notre facétieux trouvère guilleret, sourit Courbet en peignant la robe estivale sagement boutonnée devant la gorge.

Gustave lui-même, au centre de son allégorique tableau hors normes promettant un boulot de titan, s'est peint accompagné de sa propre muse – modèle debout et nue coiffée également d'un chignon. Pleine de santé et derrière le peintre qu'elle regarde travailler, elle retient à deux mains entre ses seins une draperie traînant le long de son corps plantureux. Jeanne, elle, n'a jamais été aussi maigre. La vérolique manifeste des faiblesses, des manques de souplesse dans les genoux qui la font passer un peu d'une jambe sur l'autre. Les articulations du coude lui tirent des plaintes lointaines de tambour voilé presque imperceptibles mais, comme en écho, un chat blanc, se pâmant sur le piano de l'atelier, gémit d'une voix de femme rauque et douce. Charles lève les paupières sur le félin qui tourne la tête et scrute le poète, de ses yeux verts. Les deux se fixent dans les pupilles tandis que la famélique muse malade se conforme à son rôle en contemplant celui qu'elle sait inspirer. Courbet, peignant son regard et sa bouche qui s'entrouvre, en est ravi :

— J'aime la façon dont vous l'observez, Jeanne, avec tant de tendresse, de compassion. Devant le mur gris clair où vous tranchez vivement entre la fenêtre et la porte, sous mon pinceau vous resterez pour l'éternité miraculeusement animée, vivante, amoureuse…

37

Face au miroir vénitien suspendu, ganté et cravaté, Charles peigne avec application ses cheveux devenus longs. Il admire la perfection de son accoutrement de dandy dans la glace située entre la cheminée vide et la fenêtre d'une minuscule mansarde de la rue de Babylone ayant un mur incliné et basse de plafond. Jeanne doit s'y pencher pour s'habiller également d'une de ses tenues exotiques, pailletées et qui font du bruit comme les apprécie Charles qui la préfère provocante et insolente, surprenante. Devant la petite table de travail du poète, tout en se tordant pour enfiler une manche de sa robe, elle parcourt machinalement le manuscrit en cours laissé là et, déchiffrant l'un des quatrains griffonné d'une écriture qu'elle sait contrefaite, elle tombe en arrêt :

Ta Robe, ce sera mon Désir, frémissant,
Onduleux, mon Désir qui monte et qui descend,
Aux pointes se balance, aux vallons se repose,
Et revêt d'un baiser tout ton corps blanc et rose.

— Corps blanc et rose ?... Quel corps blanc et rose ?! Pour qui écris-tu ça, fumier ? Le nom de cette pute ?!

Jeanne roule des yeux féroces et grince des dents derrière l'amant dans le reflet du miroir qui se retourne, bien emmerdé :

— Mais depuis quand tu lis mes vers, toi ?

— Ordure ! Tu as une maîtresse... au *corps blanc et rose* ! Raciste !

— Moi ?... Oh, et puis tu me fatigues. Arrière, la muse trop académique ! Je n'ai plus que faire de toi, bégueule !

Jeanne lui dit qu'il a des yeux perfides et que c'est elle qui ne veut plus le retrouver :

— Je m'en vais ! déclare-t-elle en jetant l'encrier plein et ouvert à la tronche du poète qui s'en trouve aspergée.

La porte claque (c'est souvent chez les Baudelaire). La pauvre grande fille de pitié descend douloureusement les marches de la cage d'escalier sentant le bois moisi. Charles, lui, se tournant à nouveau devant la glace, contemple son visage dégoulinant d'encre noire qu'il étale, gants ôtés, sur ses joues, son front, son nez, ses paupières, ses oreilles, et tout autour de son cou. Il s'en frotte également les mains alors que Jeanne revient (c'est souvent chez les Baudelaire) en s'écriant :

— S'il faut maintenant devenir blanche pour t'inspirer !... Dégage du miroir, cabot ! À force de t'y trouver beau, tu vas l'user !

Et c'est à son tour de se peinturlurer la figure et les doigts d'un fard couvrant blanc, comme celui d'un clown, qu'elle écrase à paquets pour pâlir sa tête :

— J'ai promis au droguiste que tu passerais régler la note.

Elle se maquille à pleines paumes en revendiquant « De l'audace, de l'audace, de l'audace et tout de suite ! », ce qui plaît à Charles qu'elle embarque ensuite par le bras. Ils quittent les combles où ils vivent dans le plâtre, dorment dans les puces, pour se retrouver ainsi rue de Babylone. Allant le long du flot mouvant des multitudes s'affairant sur les chantiers, ils surprennent.

— Quoi, s'énerve la Duval, vous voulez aussi voir mon cul blanc et rose ?!

Un chapelier, sur son pas-de-porte, déplore :

— Monsieur Baudelaire est artificiel en tout. Il se poudrait et maintenant il se peint...

Dans une esthétique de l'étonnement et comme d'une pigmentation différente de l'épiderme, ils vont dans Paris qui change aussi ! Blocs de pierre, échafaudages, palais neufs en construction, la capitale empoigne ses outils en se frottant les yeux tout comme Nadar et Asselineau qui croisent le couple de l'autre côté d'une rue. « Bon, ça ne va pas mieux eux deux ! » constate le photographe tandis que le bibliothécaire suggère : « Laissons-les, c'est leur délire. » La muse entraîne son artiste jusqu'au *Bal Bullier*. Pendant qu'il scrute tout d'abord à travers une fenêtre de l'établissement l'étincelante fournaise intérieure, les pieds de Baudelaire refusent de l'y conduire. Pas ceux de Jeanne, usée peut-être mais jamais fatiguée pour ça et toujours fervente :

— Allez, on y entre !

Les deux, la Blanche et le Noir, se faufilent entre des buveurs et des valseuses. Charles toise une farandole macabre de viveurs aux yeux troubles et de jolies filles aux pommettes rosées par la phtisie en provoquant la surprise du tenancier du *Bal Bullier* qui s'approche de lui :

— Que faites-vous là, Baudelaire, mais est-ce bien vous ?

— Mon cher ami, je regarde passer les têtes de morts.

Également éberlué par son apparence, un autre homme vient demander à Charles :

— Ne seriez-vous pas le farfelu dont on parle dans Paris ?

Baudelaire cligne alors de la paupière comme un pigeon puis se penche à l'oreille de l'importun :

— Monsieur, quand j'avais la gale...

« Êtes-vous guéri ?! » panique le curieux en s'enfuyant sans attendre la réponse pendant qu'une dame prie le poète original d'aspect de bien vouloir la faire danser. Il répond que ce divertissement n'entre pas dans ses habitudes mais Jeanne ne lui laisse pas le choix. Ah, c'est sûr qu'elle n'est plus malade quand c'est pour aller remuer son cul, celle-là !... Baudelaire entraîné vers la piste est bien différent de la

Duval qui, frappant ses paumes en rythme, préfère faire la nique à l'avenir plutôt que de s'en inquiéter :

— Allez, Charles, il n'y a pas que la mort dans la vie ! On peut danser au bord du précipice en attendant !

Malgré des aphtes, des gonflements douloureux à la gorge au point de parfois ne plus pouvoir manger sans souffrance, elle se trémousse cet après-midi, entourée de femmes du monde et de femmes à tout le monde, en faisant pirouetter son artiste. Ça danse là en souliers fins, ça danse en godillots, ça danse aux fracas des trompettes, ça danse en scandant des bourrées, en sautant à l'anglaise ! Et le riche et le pauvre, et l'artisan et l'ouvrier et la bonne compagnie et la mauvaise, tous se démènent du meilleur de leurs jambes dans cette bacchanale épidémique et ça y transpire à grosses gouttes. Alors qu'il gigote sans beaucoup de grâce, des perles de sueur pointent au front de Baudelaire et délayent un peu l'encre vers les joues en faisant réapparaître la teinte naturelle de sa peau de type européen. Jeanne, dansant autrement mieux mais couverte d'une matière plus lourde, sent le fard glisser à paquets jusque par-dessus sa bouche qu'elle essuie largement d'un glissement de manche de sa tenue exotique qui s'en trouve blanchie d'une longue traînée alors qu'aux alentours de ses lèvres elle redevient foncée. On se tape sur les cuisses, on pose les doigts sur les hanches lorsqu'on pivote. À chaque tour sur lui-même, le couple, de nouveau face à face, assiste à la métamorphose évolutive du partenaire.

— Yeap !... applaudit Jeanne. Allez, Charles, tu as perçu ce matin ta pension de juillet alors paie ta tournée. Buvons aussi ! Plus les cochers sont ivres, plus ils fouettent leurs chevaux et on n'est jamais mieux menés que quand ils sont bourrés ! Garçon, un rhum !

— Un cognac ! la suit Baudelaire.

— Double, le rhum !...

— Double, le cognac !...

— Un autre !

— Un autre !

Biftons jetés sur le cuivre du comptoir de bar et y délaissant la monnaie, les deux rejoignent la piste où le poète torché interpelle les danseurs en leur recommandant de s'enivrer. Aux oreilles d'une petite blanchisseuse provinciale montée à Paris et qui complète son maigre salaire en se faisant au gré des bals marchande de plaisir, aux tympans d'une vieille duchesse venue s'encanailler, parmi des poils poussés aux lobes de bourgeois rêvant d'affaires mirifiques, à quelques voyous sournois à l'écart reluquant des sacs, Baudelaire, s'époumonant, clame à tous sa doctrine :

Enivrez-vous

Il faut être toujours ivre. Tout est là : c'est l'unique question. Pour ne pas sentir l'horrible fardeau du Temps qui brise vos épaules et vous penche vers la terre, il faut vous enivrer sans trêve.

Mais de quoi ? De vin, de poésie ou de vertu, à votre guise. Mais enivrez-vous.

Et si quelquefois, sur les marches d'un palais, sur l'herbe verte d'un fossé, dans la solitude morne de votre chambre, vous vous réveillez, l'ivresse déjà diminuée ou disparue, demandez au vent, à la vague, à l'étoile, à l'oiseau, à l'horloge, à tout ce qui fuit, à tout ce qui gémit, à tout ce qui roule, à tout ce qui chante, à tout ce qui parle, demandez quelle heure il est ; et le vent, la vague, l'étoile, l'oiseau, l'horloge, vous répondront : « Il est l'heure de s'enivrer ! Pour n'être pas les esclaves martyrisés du Temps, enivrez-vous ; enivrez-vous sans cesse ! De vin, de poésie ou de vertu, à votre guise. »

La muse plus qu'au-delà enthousiasmée par ce qu'elle vient d'entendre se jette dans les bras du poète. Chacun frotte son visage contre celui de l'autre, mêlant encre et fard. Devant tout le monde le couple mixte s'embrasse à pleine bouche, croyant bientôt être sur Mars. Leurs langues s'emmêlent ainsi que les fils du canevas de leur piteux destin puis ils quittent le *Bal Bullier*, tous deux… gris.

38

Ce matin, Baudelaire aux cheveux devenus trop longs se les fait légèrement couper dans la boutique du barbier de la rue de Babylone. Le aussi coiffeur lui présente ensuite un miroir pour savoir si c'est suffisant comme ça.

— Non, plus courts, répond Charles.

Le gros figaro, portant un bonnet en toile fine et dans le dos du poète, se remet à l'ouvrage, fait claquer ses lames de ciseaux, laisse chuter des mèches autour du fauteuil puis représente le miroir.

— Finalement, plus longs, réclame Charles.

— Ah, c'est trop tard, monsieur Baudelaire.

— Alors je les veux ondulés.

Après l'avoir glissé quelques minutes dans un petit réchaud spécial, le coiffeur, s'emparant de son fer à friser aux manches ouvragés, boucle un peu partout la chevelure du client.

— Et à votre barbe particulièrement fournie, je fais quelque chose ?

— Non, elle, ça va ou plutôt si, taillez-la en un étroit collier mais en laissant, abondantes, les rouflaquettes.

Plat à barbe métallique contenant de l'eau et du savon sous le menton de Charles, le merlan docile y agite un blaireau puis étale la mousse avant que de se servir de sa tondeuse lors d'une opération délicate :

— Il me semble que là c'est bien, non ?

— En fait, virez les favoris.

Sitôt rasés, le poète revient sur ses idées précédentes :

— J'ai réfléchi. Je ne vais garder que les moustaches mais étirées et travaillées à la cire pour obtenir des courbes aux finitions parfaites vers les pommettes.

S'essuyant bientôt les doigts à une serviette, le barbier commente :

— Vous vous cherchez beaucoup, monsieur Baudelaire…

— Essayez-moi la moustache en brosse et sous la lèvre inférieure laissez le timbre. C'est joli une petite touffe de poils, là.

Enfin levé et revêtant son paletot aux poches qu'il découvre vides, Charles annonce pendant que l'autre aiguise la lame de son rasoir le long d'un affiloir :

— Ma compagne viendra vous régler sans faute.

Jeanne, il la croise alors qu'il gravit les marches menant à leur mansarde et qu'elle descend péniblement avec un panier pour aller au marché. Elle rit de surprise en le voyant :

— Mais c'est quoi, ces bouclettes ? J'ai cru que tu étais ta mère ! Et pourquoi ne pas avoir été rasé au-dessus du menton ?

— Je monte travailler. C'est toi qui m'as encore fait les poches ? Il faudrait que tu passes chez le barbier.

— D'accord.

Près d'ébauches de manuscrits raturés ou chiffonnés en boule sur sa table et se rappelant le commentaire de Jeanne, il s'évalue dans le reflet du miroir vénitien :

— Comment ça, on dirait ma mère ?...

Il pose à l'horizontale l'extrémité d'un index sous sa lèvre inférieure, se regarde à nouveau et choisit un parti pris :

— Je vais tout faire enlever et même épiler les sourcils, les poils du nez.

Il redescend, muni de sa décision radicale, puis peu de temps après pousse la porte du barbier. Elle paraît coincée. Il insiste, force, et elle s'ouvre brutalement en grand sur Jeanne, dans sa robe pailletée, chevauchant le gros figaro assis sur son fauteuil, froc au bas des pieds. Un maçon aurait pu tomber du haut du toit sur la tête de Charles que celui-ci n'en aurait pas été autrement décontenancé :

— Comment ?

Ah, c'est sûr qu'elle n'est plus malade quand c'est pour aller remuer son cul, celle-là ! Mais cette muse... la situation fournit au poète quelques mobiles pour ne l'aimer dorénavant qu'avec réserve. En habit noir, la tête basse, il part et file à toute allure sur les trottoirs en construction où il manque de renverser des gens qui le prennent pour un dingue mais qui se gardent bien de lui réclamer des excuses. Il court le long du quai de la rive gauche, se tenant maintenant à lui-même des monologues sans fin. Il fait des déclarations aux platanes, prépare des réponses à des questions qui n'existent pas puis, tournant vers le nouveau labyrinthe pierreux de la capitale, il entre dans une épicerie pour y demander des gants ce qui prouve le désordre total de ses idées. Longeant l'étal d'une boucherie, il passe devant les sanguinolentes carcasses bovines pendues à des crochets en les saluant :

— Bonjour mesdames !

Rue Hautefeuille, il toque à la porte de Gustave Courbet. Celui-ci vient ouvrir, vêtu d'un pantalon à carreaux et d'un veston au col rayé, puis remarque aussitôt l'air déconfit du visiteur bouclé :

— Eh bien, d'où vous vient cette étrange tristesse qui paraît tellement vous accabler, Baudelaire ?

— Avec Jeanne nous voilà un peu brouillés, répond Charles en pénétrant à l'intérieur de l'atelier, et bien qu'elle soit issue d'un pinceau très vanté elle doit disparaître de votre tableau.

— Ah bon ?...

Face à l'œuvre colossale qui, depuis plusieurs mois, progresse en des tons dominants ocre, or et marron réveillés par des tonicités blanches, Charles confie :

— Je l'ai surprise avec mon barbier dans une posture qui m'a obligé à me retirer discrètement pour ne pas les faire rougir. Avec tout autre cela m'eût été bien égal mais en flagrant délit avec un merlan ! Je ne la veux donc plus près de moi ni dans la vie ni sur ce tableau. En dépit de toute l'agitation interne de notre longue relation tumultueuse, l'idée d'une rupture irréparable ne m'avait jamais clairement traversé l'esprit mais aujourd'hui, Courbet, effacez-la, devant mes yeux, s'il vous plaît !

Le peintre, saisi d'un frisson fraternel, y consent. Pendant qu'il s'empare de pinceaux mis à tremper dans de l'essence de térébenthine pour aller les rincer à une fontaine dominée par une Vénus en plâtre, le poète s'assied sur une chaise paillée et continue de déblatérer :

— Jeanne est devenue un obstacle non seulement à mon bonheur, ceci serait peu de chose, mais encore au perfectionnement de mon esprit, à l'acquisition de ma célébrité. Jadis elle avait quelques qualités mais elle les a perdues et moi j'ai gagné en clairvoyance ! prétend-il, agitant un index en l'air. Vivre avec un être qui ne vous sait aucun gré de vos efforts, qui les contrarie par une méchanceté permanente, qui ne vous considère que comme son domestique et sa propriété, avec qui il est impossible d'échanger une parole artistique, une créature qui ne veut rien apprendre quoique vous lui ayez proposé de lui donner des leçons, une créature qui NE M'ADMIRE PAS et qui ne s'intéresse même pas à mes vers, qui jetterait mes manuscrits au feu si elle ne se disait qu'un jour peut-être...

Alors que Gustave, revenu devant sa toile, mélange des couleurs sur une palette, Charles se souvient :

— Je n'ai aimé que sa chair qui appelait les morsures mais maintenant, que la métisse disparaisse sous une couche de peinture.

Courbet commence à procéder au retrait pictural. Étalant méthodiquement un repeint assorti au mur, peu à peu il recouvre la muse de Charles qui affirme :

— Elle fut le vampire de mon existence. Ma muse, ce que ça aura été en réalité, une sotte et une salope, la plus grande imbécillité unie à la plus grande dépravation. Je me débrouillerai sans elle. À cette fille, je préfère les « filles ». D'ailleurs, c'est avec elles que j'irai passer mes prochaines nuits. Rue des Deux-Portes-Saint-Sauveur appelée rue Gratte-Con allez savoir pourquoi, j'ai fréquenté un bordel, l'un des moins recommandables de Paris, où j'ai laissé des souvenirs. J'y emmènerais bien Asselineau mais il craindra tout danger pour son pucelage.

N'apercevant plus Jeanne masquée dans un repentir, Charles demande :

— Ouf, est-ce bien fini ?

— Oui, au revoir la muse qui ne se retrouvera jamais au Louvre. Sa destinée est faite.

Le poète à bouclettes se lève :

— Je vous remercie d'y avoir mis grande diligence, Courbet. J'ai l'honneur de vous saluer.

— Adieu, cher Baudelaire. Je vous serre les mains.

39

La nuit tombée, en un entrelacs de venelles encore épargnées, de nombreux bordels continuent à pulluler dans ce quartier. Fort entier et d'humeur irascible, Baudelaire – pauvre garçon qui devient jaloux dès que sa grisette le trompe – entre à *La Feuille de Rose*, pénétré d'un sentiment d'impunité. Il en pousse la porte, grommelant.

De la nécessité de battre les femmes.

Dans ce lupanar aux allures de maison turque et alors que des pensionnaires le découvrent, la Lyonnaise Denise, la si jolie Anna, les deux sœurs : Georgette et la grande Pauline, Sapho, s'écrient ensemble :

— Baudelaire comme client ? Ah non, par exemple ! Plus jamais celui-là !

« Je ne serai point ingrat ni trop malfaisant », leur promet Charles tandis que le tenancier du claque, un grand blond au visage couvert de tatouages, vient l'accueillir :

— Vous revoilà, cher ami ! Depuis le temps, vous avez su retrouver notre adresse malgré les travaux d'Haussmann. Dans cette ville bousculée, même avec un plan, les gens ne s'y repèrent plus. Adieu, la gaieté de nos places… Paris aura la nostalgie du pittoresque. Et puis vous, les filles, calmez-vous. Monsieur a la réputation d'être un grand poète.

— Poète ? s'exclame Georgette. Ce n'est pas toi qui te le prends, déchaîné, sur le dos à croire que tu es à l'équarrissage, qu'il va te désosser, le taré ! Rappelle-toi Madeleine, elle a fini à l'hôpital…

— Ah oui, curieux faiseur de vers ! surenchérit la grande Pauline. Avec ma sœur, un jour au café *Tabourey*, nous l'avons entendu déclamer de ses rimes maladives où il promettait à son amour des mouches bourdonnant sur son ventre d'où sortiraient des larves, une horrible infection mêlée à de la vermine…

Charles Baudelaire s'offusque de ce qu'il entend :

— Il m'est pénible, mesdames, de passer pour le Prince des charognes. Vous n'avez pas encore découvert de moi une foule de choses qui ne sont que musc et que roses, ajoute-t-il en descendant des marches au milieu de miroirs sans tain.

Au sous-sol équipé d'un soupirail à la verticale d'un unique fauteuil défoncé, le plafond scintille d'étoiles percées qui diffusent des particules d'eau parfumée. Les gouttelettes aux senteurs orientales tombent sur un tapis turc parsemé de pétales et entouré d'un carrelage. Les murs, peints à fresque, ne sont illustrés que de membres virils. Quelques fins voilages qui furent blancs ondoient à des tringles. Une Minerve affamée de force idéale et ardente à la tâche – Améline la Grosse qui pourtant n'incite guère à la bagatelle – se trouve en tête-à-queue avec un fort laid qu'on n'appellerait pas Apollon. Près de cet enchevêtrement rose et gris remuant, la voix d'un autre client dit à une bohémienne beaucoup trop jeune :

— Aimable coquine, tu sembles prendre bien du plaisir quand je te brandouille la motte...

Charles, en ce théâtre de turpitudes, s'enivre de seins exhibés le long des banquettes, de regards, de filets de salive... et de sperme, des sonorités particulières de la volupté des sens. Deux glaces se faisant face sur des murs opposés répètent en abyme les sourires et les enlacements. Les bouches dans ce tourbillon s'ouvrent et fleurissent comme des roses au milieu des gazes et des gaz du nid à putains. Les dames passent d'un client à un autre, évitant Baudelaire qui finit par s'en plaindre au tenancier.

— J'ai reçu une nouvelle qui ne vous connaît pas encore donc... mais elle est anglaise, s'excuse le grand blond à gueule tatouée.

— Ce n'est pas grave. Entre les cris, nous pourrons faire la conversation.

— Maria ! *Come !*

Une rousse au visage grêlé, dans la lumière des chandelles, apparaît en étirant un voilage qui sert de porte à une minuscule chambre voûtée destinée aux demandes spéciales moyennant une rallonge tarifaire. Rideau maintenant tendu dans son dos, Charles trouve que Maria l'Anglaise, nue et en bottes de cuir de l'armée britannique, a des allures de jument. Dans la langue de Shakespeare, il lui avoue désirer tout d'abord souffrir par elle avant que ce ne soit le contraire. La British le regarde droit dans les yeux et lui colle aux joues un aller et retour comme deux coups de sabot (*made in London* ? putain, ça sonne !). Elle l'attrape après par la nuque et le jette au sol où elle le défonce à coups de pied. Sous ces talons qui le piétinent, le poète glisse son génie et son destin. Amante du carnage, Maria l'Anglaise joue un personnage qui la ravit tant qu'elle exempte Charles de la rémunération supplémentaire récompensant ce type de faveurs. Baudelaire se relève lentement en reprenant son souffle puis, se réajustant, il annonce :

— À ton tour ! *Your turn*...

Elle voit luire ses dents et s'allonge à plat dos sur le petit lit comme le lui a indiqué, d'un geste, Charles s'agenouillant entre ses cuisses qu'il écarte en grand. Et ce qu'il lui fait à Maria l'Anglaise, alors là...

Longtemps après, alors que les toutes premières lueurs du jour apparaissent au soupirail, Baudelaire en dessous, comme cloué dans le fauteuil défoncé de la grande salle, bleuit avec autant de vie qu'une momie pendant que, de l'autre côté du voilage face à lui, il perçoit des petits hennissements de douleur. Dans ce coin de l'antre où la baise grouille encore un peu en amas de vers, taciturne, il reste accoudé, froid et muet. Un titre étrange lui vient en tête : *L'Aube spirituelle*. Taches brunes séchées autour de la bouche tel un anthropophage repu, il retourne à pas las dans la minuscule chambre voûtée où Maria l'Anglaise, sur le dos et continuant de gémir, frémit en l'entendant revenir. Le monstre dandy, debout près d'elle, sort d'une de ses poches un bout de crayon ainsi qu'un morceau de papier vierge qu'il lui tend, réclamant aussi qu'elle se retourne à quatre pattes. Fataliste, elle s'exécute. En levrette, apparaît verticalement son sexe entouré de profondes empreintes de dents et totalement saccagé de morsures au sang. Cette vulve aux grandes lèvres déchiquetées avec des lambeaux blancs de chair étirés ressemble à une fleur carnivore et c'est un comble car c'est elle qui fut dévorée. Fesses en l'air mais posée sur ses deux coudes et crayon dans une main au-dessus du papier froissé, la pute chevaline sacrément débourrée attend en se disant qu'il y a quand même des clients vraiment spéciaux. Si un jour elle retourne sur son île elle n'y rapportera pas un souvenir ému de la poésie des Froggies. Baudelaire dit : « *After a night of pleasure and desolation, all my soul belongs to you* » comme si à travers celle qui rédige ce qu'elle entend il s'adressait à une autre. La suite il la veut en français mais tout d'abord, ménageant la chatte meurtrie de sa victime (c'est délicat de sa part), il l'encule tout doucement, disons avec poésie... tandis qu'épelant en anglais chaque lettre, il dicte des vers qu'il craint d'oublier.

L'Aube spirituelle

Quand chez les débauchés l'aube blanche et vermeille
Entre en société de l'Idéal rongeur,
Par l'opération d'un mystère vengeur
Dans la brute assoupie un ange se réveille.

(...)

40

— Bébé, viens voir ! J'ai reçu par la poste un autre poème anonyme : *L'Aube spirituelle*...

— Ah ? Et que dit en préambule ce zinzin dont te voilà vraiment devenue le tremplin de son inspiration, la muse involontaire ?

— Rien, pas un mot. Regarde, c'est juste un petit bout de papier froissé et maculé de taches douteuses. Une autre main a griffonné dessus au crayon, constate Apollonie Sabatier en regardant ensuite, à travers la fenêtre, passer le long de la rue Frochot un marchand d'encre ambulant avec sa mule aux flancs alourdis de bonbonnes pleines de liquides noir, bleu ou rouge qu'il verse dans les bouteilles que des gens lui apportent. Qui a pu me libeller ça ? On dirait une rédaction féminine...

— Ça ne vient peut-être pas de lui.

— Si. Sur l'enveloppe, notre adresse a été rédigée avec la calligraphie habituelle.

— Je n'y comprends rien, grande sœur...

— Moi non plus, Bébé. Et en plus, c'est précédé d'une ligne en anglais : « *After a night of pleasure and...* » Tu sais ce que ça veut dire, toi, petite folle ?

— Montre : « *Après une nuit de plaisir et de désolation, toute mon âme vous appartient.* » Je ne pige réellement que pouic à ce torche-cul sali.

Sous les corniches dorées du beau salon, les deux sœurs demeurent dans l'expectative mais bientôt la jeune prénommée Adèle promet :

— Je finirai par découvrir qui il est !

— C'est impossible, on ne connaît pas son, ses écritures...

— Qu'est-ce que tu paries, Apollonie ?

— Un chapeau de chez Lucie Hocquet !

— Et donc, cette poésie, encore un ragoût de galanteries pimentées à faire venir le sang au palais du moins novice ? demande la cadette voyeuse se penchant dessus et qui, bien que l'aînée le lui ait retiré des yeux, en a piqué à la dérobée un tercet :

(...)
Sur les débris fumeux des stupides orgies
Ton souvenir plus clair, plus rose, plus charmant,
À mes yeux agrandis voltige incessamment.
(...)

— Pourquoi te parle-t-il d'orgies, Apollonie ? C'est un malade ! Il ne va pas bien. Il faut le camisoler à l'asile psychiatrique de Charenton-les-Fous, ce cinglé !

Vêtue des plus belles étoffes provenant des meilleurs tailleurs de la capitale, Mme Sabatier toujours d'humeur égale, véritable oubli des soucis de la vie dont elle décharge chacun aimablement, s'interroge :

— Un si beau poème d'amour pur a-t-il pu naître dans un bordel ?

41

Visage rasé comme celui d'un prêtre ainsi que tout le crâne mais avec, pincées à ses lobes, d'énormes boucles d'oreilles ressemblant à des lustres, Baudelaire entre dans le bureau de son éditeur en s'exclamant :

— Ça y est, c'est fini, Coco Mal-Perché !... Après les quatre-vingt-dix-neuf premiers que vous a livrés Asselineau, je vous apporte moi-même le centième poème des *Fleurs du Mal* qu'il vous manquait ! Je l'ai copié tout à l'heure de mémoire sur cette feuille parce que l'original... De toute façon ce n'était pas ma main qui l'avait rédigé. Quoique je ne vous le donne que maintenant, il ne faudra pas le placer à la toute fin du recueil. Il devra se trouver en quatre-vingt-seizième position, intercalé entre *Confession* et *Harmonie du soir*.

— Vous êtes précis..., apprécie Poulet-Malassis, se reculant contre son dossier et qui sourit près du beau-frère, debout, levant les yeux au ciel à la découverte des clinquantes boucles d'oreilles de Charles.

Auguste, lisant *L'Aube spirituelle*, tend ensuite le papier à de Broise tandis qu'il dit au poète :

— Ah, vous comprenez l'embêtement de l'existence, vous !

— Vivre est un mal. C'est un secret connu de tous.

Puis, en manteau noir s'asseyant, Baudelaire poursuit :

— Mais pour la première fois de ma vie, je suis presque content. Sans compter que j'y mens comme un arracheur de dents, ces *Fleurs du Mal* sont presque bien et elles resteront comme témoignage de mon dégoût et de ma haine de toutes choses.

— Quand on s'ingénie à tout trop détester on est tenté de trop s'estimer soi-même, persifle Eugène, rendant l'ultime poème à son beau-frère qui le range en bonne place dans le dossier du bouquet vénéneux.

— C'est un ouvrage destiné à ruer dans les brancards, justifie Charles.

— Et avec en guise de préface comme une remontrance poétique que vous concluez en insultant même ceux qui se risqueraient à vous découvrir : *Hypocrite lecteur, mon semblable, mon frère !* Non mais, allons !

— Je m'avoue dénué de vertus, grommelle le poète. En tout cas, la recherche de la perfection de la forme et de la violence du propos m'aura coûté vingt années de soirs malsains et de nuits fiévreuses. En ce livre je me suis rendu fou moi-même.

— À quoi bon dépenser un art opiniâtre pour écrire des poésies aussi révoltantes, s'agace de Broise, contrairement à vos confrères qui célèbrent l'antique ?

— Où les ont-ils connus, les antiques ? réplique Baudelaire. Est-ce qu'ils voient dans les rues des gens porter des péplums sur le dos ? À quoi la forme grecque répond-elle dans notre temps ? N'avons-nous pas d'autres passions, d'autres mœurs, d'autres vices à rimer ? Une lettre de paysan sans orthographe est plus humaine que leurs faussetés !

Poulet-Malassis laisse les deux autres s'engueuler et quand le pelliculé Eugène le saupoudre pour lui demander son avis, l'éditeur à barbiche qu'il caresse répond, disant presque au hasard ce qu'il lit avec gourmandise en feuilletant les pages du manuscrit.

C'est le Diable qui tient les fils qui nous remuent !
Aux objets répugnants nous trouvons des appas ;
Chaque jour vers l'Enfer nous descendons d'un pas,
Sans horreur, à travers des ténèbres qui puent.

— Avec un bariolé tel que vous, s'emporte de Broise, il faut s'attendre à tout ! Heureusement que vous ne vous êtes pas encore reproduit !

— Si je me retrouvais affligé d'un fils qui me ressemble je le tuerais par horreur de moi-même.

On voit se développer au visage rasé du poète un air de maussaderie menaçante, son air des jours d'échéance, quand les huissiers le traquent partout. Le beau-frère debout poursuit sa querelle et ses méchants propos :

— Auteur d'un foutu livre, vous relevez de la pathologie !

— Avec mon talent désagréable je voudrais mettre l'espèce humaine tout entière contre moi. Je vois là une jouissance qui me consolerait de tout.

Auguste soulève l'une des feuilles de papier en articulant :

Je suis la plaie et le couteau !
Je suis le soufflet et la joue !
Je suis les membres et la roue,
Et la victime et le bourreau !

— Ce livre sinistre et froid ne fera pas son chemin dans la mémoire du public, jure l'éditeur debout.

Baudelaire reste coi face à cette prédiction, met une minute à s'en remettre. L'autre regarde le poète qu'il considère comme un faux galeux, lui trouvant une tête de comédien, alors qu'il marmonne en secouant autour de sa personne des pellicules et traînant la voix :

— Il y a en vous du curé, de la vieille femme et du cabotin. Vous êtes surtout un cabotin !

Charles, levant la tête pour dévisager de Broise droit dans les pupilles, se décide :

— Je vous propose demain un combat sérieux à l'aube : le duel à quatre pas !

— Holà !... intervient quand même Poulet-Malassis, rappelant une règle essentielle. Mon cher Baudelaire, on ne provoque pas en duel l'un de ses deux éditeurs lorsqu'ils s'apprêtent à démarrer la fabrication de votre livre. Nous enverrons dès aujourd'hui ce manuscrit à l'atelier de composition de notre imprimerie d'Alençon. Lucienne et Denis qui s'en occuperont vous retourneront, feuille à feuille, les épreuves sur lesquelles vous repérerez d'éventuelles coquilles et dernières corrections que vous jugerez nécessaires. Cela ne prendra que quelques jours. Nous sommes le 30 décembre 1856. J'envisage une publication vers fin janvier 1857.

Charles Baudelaire se relève, très digne, et s'en va avec ses pendants d'oreilles qui cliquettent. De Jeanne, jamais revenue dans la mansarde de la rue de Babylone depuis l'affaire du barbier, pour l'accompagner il n'a plus que le bruit de ses bijoux.

42

À l'intérieur de l'imprimerie située au bord de la place d'Armes d'Alençon, dans l'atelier de composition parmi tant de collègues, Lucienne et Denis, côte à côte en blouse grise, viennent de recevoir les premiers retours d'épreuves corrigées de quelques pages des *Fleurs du Mal*. Denis les feuillette et s'arrête sur la fin d'un poème en dessous duquel il a l'impression de se faire engueuler par l'auteur.

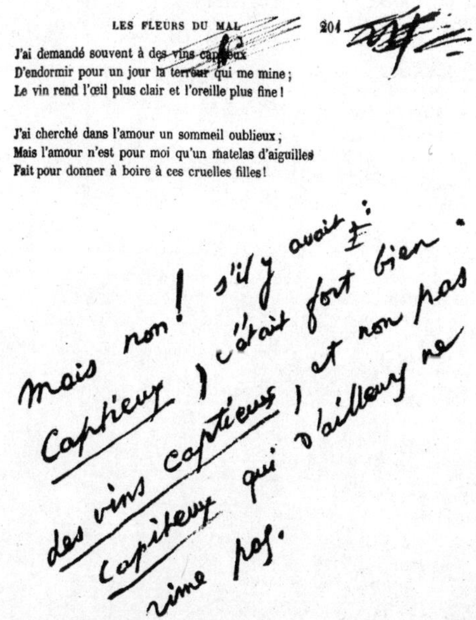
LES FLEURS DU MAL 201

J'ai demandé souvent à des vins capiteux
D'endormir pour un jour la terreur qui me mine ;
Le vin rend l'œil plus clair et l'oreille plus fine !

J'ai cherché dans l'amour un sommeil oublieux ;
Mais l'amour n'est pour moi qu'un matelas d'aiguilles
Fait pour donner à boire à ces cruelles filles !

Mais non ! s'il y avait :
Captieux, c'était fort bien.
des vins captieux, et non pas
capiteux qui d'ailleurs ne
rime pas.

Le compositeur vérifie sur le manuscrit. Effectivement, il y est écrit *captieux* et non *capiteux*. Denis reconnaît l'erreur :

— Oui, bon, mais il y a des façons de le dire ! Il raye le mot qui ne convient pas, il écrit le bon dans la marge, et puis ça va, j'ai compris. Il n'est pas obligé de m'en coller une tartine ni de saloper le haut de la feuille avec des gribouillis. Lucienne, j'ai l'impression qu'il va nous faire chier, celui-là…

43

Très tôt en ce matin d'hiver au 4 de la rue Frochot, alors que dans la cheminée du salon le chêne flamboie déjà, les perruches de la volière de l'antichambre traînaillent et dorment encore, côte à côte, cachant leur tête sous une aile. À côté du grillage et des oiseaux comme empaillés, la jeune sœur d'Apollonie, seulement couverte d'une mer de foulards, est assise en tailleur sur un fauteuil de rotin garni de satin cerise. Du coffret placé entre ses cuisses, elle sort des lettres dont elle consulte, compare avec méthode chaque écriture très attentivement. Front penché, ses cheveux bouclés lui cachent les yeux et les joues. La porte d'entrée du domicile s'ouvre sur la Présidente qui y pénètre, soufflant :

— Brrr... Un brouillard sale et jaune inonde déjà tout l'espace. Le faubourg d'à côté, en chantier, se trouve dès cette heure secoué par les lourds tombereaux chargés de pierres tirés par des chevaux. Accompagnant Alfred à la gare, j'ai cru qu'il allait rater son train pour Bruxelles mais ça s'est bien passé. Qu'est-ce que tu fais, petite folle ? ajoute

Mme Sabatier, s'amusant à jeter son manchon trempé de pluie sur ce que lit sa cadette.

Les perruches, soudain, se mettent à chanter dans la volière dont s'approche Apollonie, dégrafant le fermoir de sa cape pour la lancer négligemment par-dessus le crâne de Bébé qui s'en débarrasse en avertissant son aînée :

— Parmi tous les mots courtois conservés que tu as reçus de la part d'invités te prévenant qu'ils ne pourront pas venir le dimanche suivant, je veux enfin identifier l'auteur des bizarres vers non signés t'arrivant par la poste.

— Toi, la parieuse, tu as envie de gagner un chapeau de chez Lucie Hocquet !...

Grâce naturelle et jolie voix, la Présidente dominicale sourit délicieusement tandis qu'elle agace d'un doigt les perruches qui battent des ailes :

— Et alors, la aussi enquêtrice, vas-tu découvrir le coupable ?

— Je cherche...

Vêtue d'une belle robe de velours bleu brodée, Apollonie part dans le salon se frotter les paumes au bord de l'âtre pendant qu'elle entend sa sœur marmonner dans l'antichambre après chaque mot d'excuse qu'elle lit.

Chère Présidente,

Ne m'attendez pas dimanche ; j'ai un tableau à terminer que je dois livrer lundi pour le prochain Salon. Plaignez-moi un peu.

Édouard Manet

Bébé tient dans une main un poème de l'inconnu et dans l'autre la lettre du peintre.

— Ce n'est pas lui, voyons la suivante.

Belle Présidente,

Les dimanches chez vous sont les bonnes fortunes de mes semaines et j'en suis avare mais je ne serai pas des vôtres dans trois jours, hélas...

Hector

— Ce n'est pas Berlioz.

Chère amie,

Ci-joint deux lapins chassés ce matin qui deviendront, entre les mains de votre cuisinière, une de ses délicieuses terrines à déguster dimanche prochain mais malheureusement sans moi. J'espère que vous me regretterez.

Alexandre Dumas

— Ça ne peut pas être ce romancier toujours très carré. Il est net comme une pièce de vingt francs récemment frappée. Passons à un autre. Ah, bien sûr, ce n'est évidemment pas non plus ce pauvre Nerval...

Vendredi 9 janvier 1857

Chère Madame,

Je serai obligé après-demain de me priver du plaisir d'aller chez vous. Me voilà accablé d'une affaire empiétant même sur ce dimanche mais peut-être que le prochain... De plus, une mésaventure, que je n'ai pas méritée, me met ces temps-ci assez de noir dans l'esprit pour faire de moi un piteux convive – plus piteux que d'ordinaire –, n'étant jamais bien gai.

Ch. Baudelaire

— C'est vrai qu'on ne l'imagine pas se lancer dans des blagues, ce protégé de Gautier qui fait toujours la gueule. Et notre auteur anonyme calligraphie de manière plus maladroite quoique fort appliquée. Non, ce ne peut être lui...

Chère Présidente,

Ne pouvant exceptionnellement dimanche à venir me trouver l'un des éléments formant la meute de vos soupirants, j'ai l'honneur de vous adresser deux bâtons de suc de pomme dont un adressé à Mademoiselle Bébé.

Votre très humble et dévoué serviteur

— Ce n'est pas Leconte de Lisle, ni celui-ci non plus ni celui-là...

Belle amie,

Pendant l'été, je me précipite chez vous tous les dimanches et puis je reste des mois, éloigné de Paris, sans savoir si vous vivez encore. Cela est absurde. Je viendrai vérifier non pas dimanche en huit mais celui d'après. Tenez bon !

Gustave

— Et ce n'est pas non plus mon chouchou de Flaubert alors... mais c'est qui ?

44

— Mais c'est quoi ce gars-là ? soupire Lucienne dans l'atelier de composition de l'imprimerie d'Alençon.

La quarantaine, rondelette et toute frisée, elle envie ses nombreux collègues s'occupant, tranquilles, du journal local alors qu'elle doit se fader *Les Fleurs du Mal* ainsi que Denis, à sa droite, qui soupire aussi. Les deux se sentent comme punis. Debout et devant leur pupitre commun incliné, ils rangent les caractères métalliques – lettres, espaces et signes de ponctuation – d'après le manuscrit puis les dérangent lorsque arrivent les corrections du poète… qui ne manquent pas. Il y en a tous les jours. Docile, Lucienne prend sur elle :

— Alors, qu'est-ce qu'il me dit aujourd'hui ?

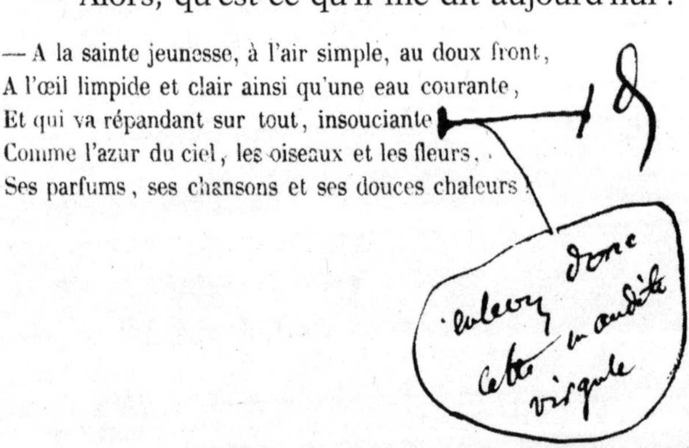
— A la sainte jeunesse, à l'air simple, au doux front,
A l'œil limpide et clair ainsi qu'une eau courante,
Et qui va répandant sur tout, insouciante
Comme l'azur du ciel, les oiseaux et les fleurs,
Ses parfums, ses chansons et ses douces chaleurs!

— Voilà, c'est fait. Et ensuite, c'est quoi le souci ?

Je tiens absolument à cette virgule

Mais parmi les chacals, les panthères, les lyces,
Les singes, les scorpions, les vautours, les serpents,
Les monstres glapissants, hurlants, grognants, rampants
Dans la ménagerie infâme de nos vices,

Il en est un plus laid, plus méchant, plus immonde !

— Voilà, c'est mis, mais, effectivement, il ne paraît pas aimable.

45

Le petit Baudelaire désagréable, portant des manchettes impeccables et chaussé de bottes vernies, entre chez Mme Sabatier en trottinant et se faufile comme un rat dans l'ombre du grand corpulent Théophile Gautier. Celui-là, aussitôt arrivé dans le salon déjà plein d'invités, justifie son retard en évoquant pour excuse les encombrements dus aux travaux pharaoniques du préfet de la Seine, ce qui le rend grandiloquent devant d'autres artistes de renom dont il capte l'attention :

— Ah, mais dans quelle capitale vivront nos descendants !...

D'un geste de la main, il salue Apollonie là-bas près du piano. Chevelure enlacée de perles, toute parfumée d'huile de rose et paupières avivées de khôl, elle chante une tyrolienne, accompagnée par Gustave Doré au clavier tandis que Théophile reprend son propos :

— Mes amis, Paris sera tiré au cordeau. Les immeubles bâtis symétriquement offriront une perspective enchanteresse bien digne de charmer les regards des utilitaires.

Charles, cet après-midi aux cheveux pommadés, lorgne en coin la Présidente, se disant que c'est peut-être son don musical qui lui permet d'éviter les fausses notes dans sa manière de recevoir pendant qu'avec faconde Gautier promet :

— On atteindra à une uniformité si complète que l'on ne pourra retrouver son logis qu'à l'aide du numéro au-dessus de la porte sans quoi l'on sera exposé à rentrer chez un voisin et à coucher dans son lit.

Quant à Bébé, elle furète entre les bavardages du salon, toujours en une chasse qui divertit cette petite folle. Elle dit à l'un :

— Eh bien, monsieur, vous n'envoyez plus de poèmes anonymes à ma sœur ? Elle a l'impression d'être en éclipse partielle depuis qu'elle ne reçoit plus de vos vers. L'auriez-vous oubliée ?

Voyant la face ahurie de l'interlocuteur, elle le délaisse en ronchonnant : « Ce n'est pas lui... » et traque encore, demandant à beaucoup de permanents bien sûr mais aussi aux occasionnels qui parfois les accompagnent : « Êtes-vous toujours amoureux de ma sœur ? » alors que Théophile Gautier, lui, poursuit son délire :

— Quant au métropolitain !... Les heureux habitants de cette Jérusalem progressive seront transportés d'un bout à l'autre de la ville avec la rapidité de la bombe.

Puis il écarte les bras près de Baudelaire qui s'en trouve bousculé :

— Un épais rideau de fumée dérobera continuellement la vue du ciel considérée comme inutile. On ne verra de tous côtés que des lignes coupées à angle droit. Il n'y aura plus de chevaux, plus de rossignols. Les immeubles nouveaux, que seront-ils vraiment ?... des coffres percés de petits trous par où sortiront et rentreront incessamment des fourmis humaines noires, affairées, inquiètes, enragées. Et puis s'éloignant ou s'approchant des gares, ce sera une infinité de marmites courant au galop en crachant une fumée infecte avec un bruit de ferraille et de vaisselles remuées aussi discordant qu'une ouverture d'opéra ! finit-il en apothéose. Qu'en penses-tu, Charles, toi qui es féru de poésie ?

— Il n'y a plus de poésie. C'est l'algèbre qu'il faut étudier ! Et le polonais.

— Pourquoi le polonais ?

Baudelaire quitte ces gens-là. Le fait est qu'il ne les estime guère plus que des mannequins à ressorts. Aujourd'hui réfractaire à tout contact et en horreur des attroupements, il s'éloigne d'eux qui bavassent dans son dos :

— Il se laisse glisser peu à peu sur la pente bien savonnée de la bizarrerie en s'abandonnant à l'exagération.

— Il tire parfois devant les autres, mal à l'aise, de véritables feux d'artifice où l'esprit ne manque pas mais trop souvent la mesure.

— Il suffit de renverser les opinions de la multitude pour connaître celles de Baudelaire.

— *L'excès en tout !* Telle est sa devise.

Dehors, la nuit s'épaissit ainsi qu'une cloison. S'approchant d'une table avec déjà des airs de vieux à la pharmacie alors qu'il n'aura que trente-six ans dans un peu plus de deux mois (la dope fait vieillir), Charles regarde, sérieux comme un pontife, les victuailles et les boissons proposées par la cuisinière qui lui sourit. Près de petits feuilletés à la viande, tartelettes au miel, il s'empare d'une prune noire de Syrie lorsqu'il entend à sa gauche la voix de Bébé dire tout bas :

— C'est vous ! Je suis la seule à avoir eu le privilège de lire vos poèmes anonymes que j'ai trouvés très beaux.

Baudelaire demeure la main figée avant de s'apercevoir qu'elle parle à son autre voisin : Musset, éméché, qui se sert encore un verre puis la fixe, les yeux très dans le vague.

— Ce n'est pas non plus Alfred de Musset... bougonne la petite folle qui part.

L'auteur des *Fleurs du Mal* file aussi. Il quitte subrepticement l'appartement plein de discussions et des éclats de rire de la Présidente pour se retrouver dans la rue Frochot où des peupliers dégarnis de feuilles froissent leurs cimes, exhalant des plaintes lamentables. Charles longe les travaux nocturnes des constructions d'une avenue. Aux quatre coins des chantiers, d'énormes lanternes sont fixées au sommet de tours en bois pour éclairer les ouvriers qui se relaient nuit et jour même les dimanches. Sur les pavés de la rue de Babylone, le poète demeure debout et immobile à regarder là-haut la fenêtre de sa mansarde éteinte. Jeanne n'y est pas revenue.

— C'en est fini, se dit Baudelaire, tu ne la reverras plus...

Un soupçonneux sergent de police au loin, coiffé d'un bicorne et mains dans le dos de son caban au bas duquel brille le fourreau d'une épée, marche gravement en direction de Charles qui entend miauler près de lui. Il découvre une chatte avec ses deux petits, l'un blanc, l'autre noir. La mère joue avec le blanc mais paraît ne s'intéresser que modérément au noir jetant de mélancoliques regards vers Baudelaire qui le ramasse et pénètre dans son immeuble. Tout est devenu triste et silencieux autour du poète dans la mansarde pleine d'ennui. Sa paresseuse crapuleuse lui manque tel un alcoolique accro à sa bouteille. Elle était son idéal. Il se trouve pris de conscience d'une vie sans issue en son absence alors que les flammes d'un charbon de terre qu'il a allumé envoient des lueurs rouges sur les murs. De temps à autre, le félin recueilli ouvre les yeux pour regarder flamboyer la cheminée puis daigne sauter sur les genoux de son nouveau maître qui, assis, se trouve aussi en manque de confiture verte, de laudanum et d'opium à fumer. Il va falloir qu'il revoie sa mère !... Le chat s'enroule maintenant sur la table afin d'observer les pattes de mouche qui s'écoulent de la plume de Charles signalant de nouvelles corrections sur des feuilles de papier venues d'Alençon.

46

La sottise, l'erreur, le péché, la lésine
Occupent nos esprits et travaillent nos corps,
Et nous alimentons nos aimables remords,
Comme les mendiants nourrissent leur vermine.

Nos péchés sont têtus, nos repentirs sont lâches ;
Nous nous faisons payer grassement nos aveux,
Et nous rentrons gaîment dans le chemin bourbeux,
Croyant par de vils pleurs laver toutes nos taches.

+ il me semble qu'entre ces deux vers-ci
× et ces deux là l'interligne n'est pas égal

— Il me semble qu'il me casse les couilles ! commente comme en écho Denis, près de Lucienne qui transpire devant d'autres pages.

47

Arrivant sous une averse par la rue des Canettes, Baudelaire roule dans son imagination les projets les plus féroces mais ne sait pas encore comment il va s'y prendre pour abuser de sa mère. Il croise d'autres génitrices jeunes, donnant la main à leur tout-petit, alors des souvenirs lui pleuvent aussi sur la tête tandis qu'il aperçoit Caroline Aupick sortant de l'église Saint-Sulpice. Abritée par le péristyle que soutiennent des colonnes doriques, elle se couvre d'un chapeau dont elle noue les rubans sous son menton en regardant monter les marches celui qui fait ses malheurs mais qu'elle continue de rencontrer à l'insu de Jacques Aupick.

— Bonjour Charles. Tu devrais pénétrer parfois à l'intérieur de cet édifice pour vérifier que, contrairement à ce que tu crois, les anges n'ont pas des faces de catin ni d'ailes de chauve-souris. Le curé, pendant confesse, m'a demandé si tu avais des nouvelles de Dieu te concernant et si, t'égarant peut-être dans une autre église, tu l'avais vu récemment ?

— On se salue quand on se croise, répond Baudelaire, mais comme deux qui ne sauraient éteindre tout à fait le souvenir d'anciennes rancunes… Maman, il me faudrait aujourd'hui une somme assez forte, cent francs par exemple, car je compte quitter ma mansarde où il m'est pénible de vivre encore depuis que Jeanne n'est plus…

Le poète n'a pas le temps d'ajouter « dedans » que déjà sa mère l'interrompt :

— Ta compagne n'est plus ?! Elle est morte ? s'exclame Caroline, prenant ses désirs, prières peut-être, pour des réalités.

Machiavélique, Baudelaire saisit immédiatement l'opportunité présentée et, comédien, il surjoue alors d'un ton d'oraison funèbre :

— Oui. Ah, je ne te l'avais pas dit ? Juste avant, elle m'a donné ses dernières ressources sans murmurer, sans soupirer, et surtout sans conseils ! Il faut que j'écrive avant ce soir à un maire puis au préfet de police. La tombe me coûtera quatre-vingt-six francs. Il est évident qu'il y aura également quelques pourboires, quelque escroquerie de fossoyeurs mais c'est un devoir pour moi de m'occuper de la dépouille pour qu'elle ne se retrouve pas au fond d'une fosse commune qui s'emplit de pluie.

Quoique la mère ait longtemps souffert de se considérer, dans l'affection de son fils, comme la rivale d'une traînée, qu'il ait troqué les douces senteurs maternelles ayant charmé sa petite enfance contre l'odeur forte d'une prostituée extravagante, elle n'en reste pas moins femme de sentiment. Elle sort d'un sac à main l'argent demandé et en même temps doute devant son fils qui, s'emparant des billets, lit en elle :

— Mère, je suis convaincu que vous prenez ma triste nouvelle pour une invention, un prétexte, peut-être une exagération.

Caroline lève la tête et soudain écarquille les yeux :

— Là-bas, de l'autre côté de la place, Charles, la grande femme presque noire qui marche, ce n'est pas ta Duval ?

— Ma pauvre maman, à soixante-quatre ans, il faudrait décidément que tu t'achètes des lunettes. Allez, maintenant je dois partir. Adieu, chère mère, je baise vos mains avec dévotion. En deux mots, tout ce que vous aurez fait pour les restes de ma compagne, j'en mettrai le souvenir dans mon cœur.

Puis Baudelaire part en courant de l'autre côté de la place. À l'angle avec la rue Madame en chantier, il va droit sur Jeanne et devant tous les ouvriers, les passants, il l'apostrophe vivement, l'engueule durement. Le poète l'enlace ensuite par la taille et la reconduit rue de Babylone.

48

— Bonjour Courbet ! Je voudrais que ce matin vous repeigniez Jeanne à mes côtés sur votre colossal tableau..., annonce directement Charles en pénétrant dans l'atelier du 13, rue Hautefeuille où il ôte, de ses petites mains manucurées, des gants neufs en peau de Suède puis il précise : ... car hier après-midi nous nous sommes tous deux remis en ménage !

Le peintre écoute le poète avec, aux lèvres, une grosse pipe flamande d'où sortent des flots de fumée pendant que Baudelaire, face à lui, tousse :

— Durant l'absence de Jeanne j'avais des nausées et une telle faiblesse, accompagnée de vertiges, que souvent je ne pouvais plus monter une marche de mon escalier sans croire que j'allais m'évanouir..., avoue Charles qui déboutonne ensuite son manteau en allant chercher, sur le rebord de l'évier de l'atelier, la palette du peintre qu'il rapporte près de la toile de vingt-deux mètres carrés. Je la pose sur ce tabouret, la palette ? Là-bas, dans le vase empli d'essence de térébenthine, ce sont les pinceaux que vous utiliserez ? Je vais les rincer !

L'imposant artiste franc-comtois, de ses prunelles pâles, contemple fixement le dos de Baudelaire pendant que celui-ci fait couler l'eau de la fontaine tout en poursuivant :

— Dans les rues je me surprenais à penser, devant un objet d'art en vitrine ou un beau paysage ou toute chose agréable, pourquoi n'est-elle plus là pour l'admirer avec moi ?... Quand j'ai supposé que la rupture serait irréparable, j'étais dans un malheur indescriptible... Je n'ai pas dormi pendant dix jours. Je vomissais et devais me cacher parce que je pleurais, mais elle est revenue dans ma vie alors il faut qu'elle revienne sur votre tableau ! déclare Charles en se retournant, pinceaux rincés dans ses mains. Vous savez, Courbet, il y a des femmes qui inspirent l'envie de jouir d'elles mais celle-ci donne le désir de mourir lentement sous son regard... et donc, dans votre chef-d'œuvre, je veux redevenir couvé pour l'éternité par ses yeux et son sourire. Cette bizarre déesse au parfum mélangé de musc et de havane, je la préfère finalement à la confiture verte quand vers elle mes désirs partent en caravane.

Le peintre hoche lentement sa tête au menton et aux joues envahis d'une épaisse barbe :

— Voilà un surprenant éloge concernant votre muse après les injures et les qualificatifs méprisants dont vous l'avez accablée la dernière fois tandis que je l'effaçais à votre demande.

— Il est vrai que je ne renonce jamais au plaisir de me contredire, reconnaît Baudelaire. J'approche aussi les pots de peinture qui sont là ?

— Non, laissez, je vais m'en occuper, répond Gustave – décidément bon bougre –, remontant le long de ses avant-bras les manches de sa chemise. Vous risqueriez de tacher votre tenue de dandy. Charles, vous venez me réclamer de la repeindre de suite mais sans être accompagné d'elle pour reprendre la pose.

— Je ne lui ai pas dit qu'elle avait été effacée…

— Ce n'est pas grave. J'ai une très bonne mémoire visuelle. Et quant à la tendresse de son regard, la palpitation de ses lèvres pendant qu'elle vous observe, je pourrais peindre cela les yeux fermés, prétend Courbet, commençant à barbouiller la portion de mur gris derrière la représentation de Charles.

Le poète, presque dans le dos du peintre, s'assoit sur la chaise paillée de l'atelier et regarde, au creux de l'un de ses poignets, son sang filer sous l'épiderme tandis que Gustave croit se rappeler en brossant les motifs de la robe de Jeanne :

— Ne m'aviez-vous pas dit que vous l'aviez trouvée avec un barbier en train de…

— Peu assidu, moi-même, auprès de ma prêtresse du Mal, est-il surprenant qu'elle ait couru après des distractions… un peu lucratives ? l'excuse Baudelaire. Je pense aussi aux cas où il m'était impossible d'obéir à la raison et à une terrible nuit où je lui ai ouvert le crâne avec notre console.

Je l'ai assommée plusieurs fois, l'ai entraînée dans ma débauche et ma vie errante. N'y a-t-il pas matière à remords ? Et ne suis-je pas coupable de ce côté comme de tous les côtés ? Vous voyez que je ne déguise pas mes plaies, Courbet, mais repeignez le visage de celle qui est une...

Explosion de chaleur
Dans ma noire Sibérie !

— C'est joli... apprécie le peintre qui aborde, d'un pinceau réparateur, les traits de la figure de Jeanne alors que Charles se met à scander un poème à paraître dans *Les Fleurs du Mal*.

L'Irréparable

Pouvons-nous étouffer le vieux, le long Remords,
Qui vit, s'agite et se tortille,
Et se nourrit de nous comme le ver des morts,
Comme du chêne la chenille ?
Pouvons-nous étouffer l'implacable Remords ?

Dans quel philtre, dans quel vin, dans quelle tisane,
Noierons-nous ce vieil ennemi,
Destructeur et gourmand comme la courtisane,
Patient comme la fourmi ?
Dans quel philtre ? – dans quel vin ? – dans quelle tisane ?
(...)

Courbet écoute en bleuissant de reflets la chevelure étirée de Jeanne. Il ajoute, fignole d'un éclat de rouge la lèvre inférieure. D'un frottement de brosse plate presque sèche il ombre d'un voile de mélancolie les paupières puis enfin redresse sa main alors que le poète en arrive à...

(...)

L'Irréparable ronge avec sa dent maudite
Notre âme, piteux monument,
Et souvent il attaque, ainsi que le termite,
Par la base le bâtiment.
L'Irréparable ronge avec sa dent maudite !

(...)

« Mais heureusement vous êtes là, Courbet ! » s'étire Baudelaire qui se lève tandis que le peintre manifeste une impatience :

— Ça donne envie de lire la suite... Votre fameux recueil sera-t-il terminé un jour ?

— Je ne peux interrompre un torticolisant travail de corrections semblable à celui de l'araignée industrieuse au coin d'un plafond.

49

Debout dans l'atelier de composition de l'imprimerie d'Alençon, la joufflue Lucienne aux yeux cernés aimerait savoir :

— Denis, tu le trouves comment, toi, ce petit « d » ?

— Ben, c'est un « d ».

— Je te demande ça parce que l'Autre, il le trouve affreux.

Ce soir, la lune rêve avec plus de paresse ;
Ainsi qu'une beauté, sur de nombreux coussins,
Qui d'une main distraite et légère caresse,
Avant de s'endormir, le contour de ses seins,

quel affreux petit d !

/d

— Oui mais bon, l'Autre...

50

Fin avril, dans un estaminet du passage des Beaux-Arts où Baudelaire a ses habitudes, le photographe Félix Nadar le rejoint, tenant une enveloppe, et s'étonne que le poète lui ait donné rendez-vous ici, aujourd'hui et à cette heure-là :

— Eh bien, Charles, onze heures ?... Tu ne devrais pas être en train de soutenir ta mère devant un caveau de famille au cimetière Montparnasse pour les obsèques du sénateur Aupick ? J'ai lu dans le journal que c'était ce matin.

— Fais voir la photo que tu m'as apportée, réclame Baudelaire alors qu'une mère et son petit enfant viennent s'installer à une table voisine mais de l'autre côté d'un étroit chariot surmonté de gâteaux secs empilés dans des coupelles de verre pour tenter la clientèle.

Charles scrute le tirage de la prise de vue datant de la semaine dernière, chez Félix, au 113, rue Saint-Lazare. Buste à peine tourné et mains dans les poches mais visage de face aux lèvres pincées et regard perçant de rapace dirigé vers l'objectif, il y paraît hautain et d'ailleurs s'en inquiète :

— Je fais poseur, non ?

— Bien sûr, sourit Nadar. Je t'ai demandé d'être naturel alors tu fais poseur...

Table d'à côté, devant sa mère, le gamin est assis à droite de Félix et donc en diagonale avec Baudelaire. Ce mioche qui semble avoir cinq ans tend une menotte vers les gâteaux du chariot. Charles en chope un qu'il présente à distance au petit, lui ordonnant :

— Dis : « Je suis un gourmand ! »

L'enfant s'y soumet :

— Je suis un gourmand.

Et la main potelée du chérubin s'avance davantage mais le poète recule la sienne :

— Pas encore ! Dis : « Je suis un misérable gourmand ! »

— Je suis un misérable gourmand.

La mère ne paraît pas du tout apprécier ce jeu, ni Nadar qui saisit un autre gâteau qu'il donne au petit avant que Baudelaire ait eu le temps d'arrêter le bras du photographe à qui il reproche d'un ton très grave :

— Mais pourquoi, Nadar ? J'aurais pu obtenir de lui bien davantage...

« C'est odieux », dit le photographe, ce que confirme la mère : « Vous me permettrez de vous trouver une suffisance très déplacée, monsieur ! »

— Tout comme c'est mal, surenchérit Félix, de ne pas accompagner celle qui vit aujourd'hui une dure épreuve sans la présence de son fils.

— Je la verrai plus tard pour me préoccuper de ce que lui rapportera la vente des biens, chevaux, calèches du mari défunt et de la pension qu'elle recevra au titre de veuve de sénateur. Onze mille francs or par mois, c'est l'opulence, alors que moi je ne perçois que deux cents francs mensuels produits par les intérêts du reste de l'héritage de mon père.

Un peu plus loin dans l'estaminet deux clients, cigarette aux lèvres, assis face à face et ayant tout écouté, se contentent de s'envoyer alternativement des bouffées de fumée en guise de commentaires muets partagés. Et puis finalement Nadar s'en fout lui aussi de la mort de Jacques Aupick et se marre :

— Au moins, il aura échappé à la parution des *Fleurs du Mal*, c'est déjà ça... Leur lecture l'aurait tué.

— Comment tu le sais ?

— Asselineau, en allant livrer tes vers chez ton éditeur, est passé par chez moi pour me les faire lire.

— Ah, celui-là..., soupire Charles, quittant l'établissement où il a tout fait pour n'y être que moyennement apprécié.

Après être passé s'acheter un cigare qu'il a aussi fait allumer chez un marchand de tabac, Baudelaire longe des boutiques de la rue Bonaparte qui flamboient avec leurs grosses lampes à gaz. Sur le pont du Carrousel, cigare qui s'est éteint aux doigts et rien pour en enflammer à nouveau l'extrémité, Charles voit un monsieur bien mis arrivant en face, fumant le sien. Le poète demande fort courtoisement la permission de rallumer son havane au bout de celui du monsieur qui refuse.

— Ah bon, et pourquoi ? s'étonne Baudelaire.

— Parce que je tiens à conserver ma cendre.

Et il poursuit son chemin. Charles en reste ébahi puis le rattrape pour toucher légèrement une épaule de l'homme qui s'arrête et se retourne pendant que le poète pose une question :

— Veuillez m'excuser, monsieur, mais auriez-vous l'extrême obligeance de bien vouloir me dire votre nom ?

— Et pour quelle raison devrais-je vous répondre ?

— Parce que j'aimerais connaître le nom de l'homme qui tient à conserver sa cendre.

Puis sans attendre, Baudelaire repart, jetant son cigare à la Seine, tandis que le monsieur demeure à son tour estomaqué sur le pont.

51

CORRESPONDANCES /S

Cet S final n'a pas l'air de niveau

— Et lui, il est de niveau ?! s'agace la compositrice d'Alençon.

LES PHARES

Toujours le même S, à moins que je n'aie ~~[illegible]~~ la berlue.

— J'ignore si c'est la berlue qu'il a ou autre chose mais moi, de ce taré, je n'en peux plus, Denis ! Ça fait vingt-trois fois qu'il me renvoie cette page et il y a toujours quelque chose à modifier ! Je vais le faire savoir aux deux éditeurs. En plus du journal local, la composition et l'impression des formulaires de la préfecture nous suffisaient bien... Pourquoi on s'embête avec ça ?!

— Écoute ce qu'il m'écrit à moi, Lucienne, bégaie le collègue compositeur secoué de spasmes nerveux : « Trichez un peu, de manière que ces deux vers se trouvent d'aplomb l'un au milieu de l'autre ! » Tu y comprends quelque chose, toi ?

— Mais non !... tombe en larmes Lucienne.

52

Auguste Poulet-Malassis, installé derrière son bureau de la rue de Buci, se fâche :

— Mon cher Baudelaire, nous voilà début mai donc cela fait quatre mois que vous envoyez des corrections à Alençon pour *Les Fleurs du Mal*, dont vous n'avez toujours pas signé le bon à tirer afin qu'on puisse l'imprimer !… Une dizaine de jours auraient dû largement suffire si vous n'étiez pas à ce point assailli de scrupules.

Debout près de son beau-frère, de Broise en colle aussi une louche au poète :

— Vous couvrez les épreuves d'imprimerie de tant de rectifications et de rajouts que vous les expédiez, absolument incompréhensibles, aux compositeurs ! Je m'indigne de ces perpétuels changements faisant tourner en bourrique Lucienne et Denis qui refusent maintenant de travailler plus de deux heures par jour sur votre livre et personne dans l'atelier n'accepte de les remplacer.

Charles répond, cinglant, au pelliculaire :

— Vous ne comprenez donc pas, crâne neigeux, que tout dans cet ouvrage doit être irréprochable : les mots, leur musique, la ponctuation, la forme des lettres, l'interligne, la mise en page, tout ! Ce n'est que par un soin appliqué, minutieux, opiniâtre, qu'on arrive à donner aux œuvres une valeur définitive !

Des lueurs pourprées s'étalent aux joues de De Broise. Sa gorge se gonfle et l'on voit se tendre les artères de son cou :

— Regardez, par exemple sur cette page devant Auguste ! Je me suis aperçu que les corrections et remaniements à faire sont si considérables qu'il vaut mieux défaire entièrement et recomposer à neuf ! Tout ça parce que, là, monsieur du poète...

« Je suis désolé de vous faire observer qu'on ne touche pas MES vers ! » l'interrompt Baudelaire dans le bureau se remplissant d'éclats de voix et de tapage tandis que Poulet-Malassis déplore : « Vous nous faites retarder et reporter sans cesse la parution par tant de souci de perfection... » puis il pose ensuite la vraie question :

— Mon cher Baudelaire, voulez-vous vraiment que ce livre sorte un jour ? En avez-vous peur ?

— Coco Mal-Perché, la postérité concernera *Les Fleurs du Mal*. Elles laisseront une grande célébrité, je le sais ! On verra mon bouquet chez les portiers et chez les rois, dans les mansardes des grisettes et dans les chaumières, sur le siège des cochers de fiacre.

— Quand ?! s'époumone de Broise.

L'autre éditeur à barbiche et plis de sourire aux paupières, en expression de son amitié pour celui en faveur de qui il paraît prêt à se ruiner gaiement, reprend les pages étalées sur son bureau :

— Mon cher Baudelaire, pourquoi avoir entouré ce petit « *f* » ?

— Parce qu'il est trop penché.

— C'est normal qu'il soit incliné puisque c'est un « *f* » italique.

— Oui mais il est un peu trop penché.

— Et donc, que faudrait-il faire ?

— Le redresser… un peu.

— C'est important ?

— Oui, sinon ce défaut va grossir et se fixer dans mon esprit, me persécuter.

Auguste demande à Eugène :

— On peut redresser un « *f* » italique ?

— En limant en biais le bord du caractère et ajoutant comme une petite cale triangulaire de l'autre côté ça devrait être possible.

— Bon, ce sera fait, décide l'éditeur particulièrement engoué de son poète et qui passe à la page suivante : Dans *Le Poison*, ça va…

« Le poison, c'est lui ! » désigne de Broise d'un mouvement du menton vers Charles, alors que Poulet-Malassis aborde une autre page :

— Mon cher Baudelaire, ici dans le titre *Le Crépuscule du soir*, est-ce le « u » ou le « c » ou le trop d'espace avant le « p » qui va mal ?…

53

— Denis, il a dû apprendre que je l'ai dénoncé alors écoute ce qu'il m'écrit de sa main en haut d'une page : « Je te frapperai sans colère et sans haine, comme un boucher ! Comme Moïse le rocher, et je ferai de ta paupière… » Maintenant il menace de me cogner !

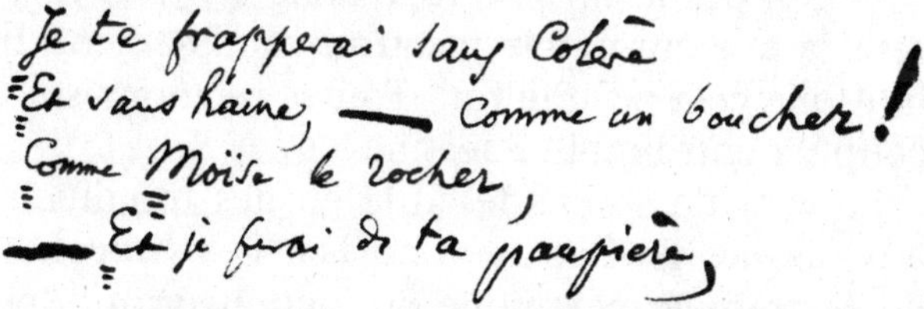
Je te frapperai sans Colère
Et sans haine, — comme un boucher!
Comme Moïse le rocher,
— Et je ferai de ta paupière,

— Mais non, Lucienne, c'est un quatrain qu'il ajoute dans un poème.

— *Je te frapperai…, je ferai de ta paupière*, j'imagine que c'est un coquard, c'est de la poésie, ça ?

— Bien, si tu veux, c'est du Baudelaire…

54

— Bonjour Courbet ! Je suis dans un état enflammé ! J'ai des maux de nerfs insupportables exactement comme les femmes !...

Le farouche Charles, vêtu à son ordinaire en seigneur, déboule, canne légère à la main, dans l'atelier du peintre :

— J'ai des larmes de rage dans les yeux et je sens la bile qui monte jusqu'au vomissement. Il faut que cela ait une fin ! Toutes relations sont coupées entre moi et Jeanne !

Le vent de sa canne siffle en des moulinets aux oreilles de Gustave Courbet. Les virevoltes de l'extrémité métallique du jonc, heurtant des murs, étincellent. Le peintre prudent s'interpose entre le poète et son immense tableau terminé... enfin pas tout à fait car Baudelaire donne l'injonction de retirer la Duval de l'œuvre :

— La féline s'est transformée en un échalas anguleux et ridé, à la peau sèche et à l'haleine désagréable ! Elle ne me charme plus, elle m'encombre et elle encombre aussi votre tableau ! Qu'elle le quitte pour aller où bon lui semble, en enfer si elle veut, cette gaupe qui fut belle à étonner Phidias mais toujours bête à manger de la paille ! Et méchante !...

Maudite, maudite sois-tu !

— Que s'est-il encore passé, Charles ? demande le peintre à celui qui, tel au fond d'un cauchemar énorme, paraît se débattre comme un nageur.

— J'avais récupéré dans une rue un joli chat noir avec de grands yeux verts méprisé par sa mère. Sur ma table, il ronronnait et frottait son crâne contre mes poèmes modifiés que je tenais à la main. La salope n'a jamais sympathisé avec lui qu'elle bousculait en faisant semblant de balayer. Elle laissait la porte ouverte pour qu'il se barre et finalement l'a empoisonné. J'en ai alors recueilli un autre qu'elle a jeté ce matin par la fenêtre ! Elle a ensuite aussitôt introduit au logis des chiens parce que la vue des chiens me fait mal, enfin est-ce possible cela ? Est-ce possible ?! En vérité, Courbet, je suis enchanté de n'avoir jamais eu d'arme ! Laissez-moi l'effacer à grands coups de pinceau !

— Oh là là ! s'y oppose catégoriquement Gustave. Je n'ai guère envie que vous repeigniez mon tableau, surtout dans l'état de nervosité où vous êtes !

— Juste une trace telle une rature quand je supprime un vers, insiste Charles.

— Bon… mais vous ferez attention de ne pas déborder ainsi que dans vos sonnets, hein ? Promettez-le !

— Promis, jure le poète, balayant d'une large brosse enduite de blanc, verticalement de haut en bas, une partie du visage de son ex à qui, ce faisant, il s'adresse : Jeanne, nous avons rêvé tous deux et nous voilà réveillés !

— Bon, ben ça suffit, s'impatiente Courbet. Je m'occuperai du reste mais en tout cas, quoi qu'il advienne de votre couple dans le futur, je ne la repeindrai plus jamais.

Baudelaire ne répond rien à cela. Il quitte précipitamment l'atelier dont il laisse la porte grande ouverte. Sur le seuil, le peintre vient le regarder aller et le voit croiser un petit chien. Charles l'attrape par la queue et le tire haut en l'air, lui arrache ses moustaches avec une joie qui tient du délire en poussant des cris d'hystérie. Les gens se retournent sur lui dans la rue Hautefeuille en disant : « Il est fou. »

55

— Alors, dès le début dans *Le Vin des chiffonniers*, Denis, que se passe-t-il ? demande la compositrice.

Dont le vent bat la flamme et tourmente le

Souvent, à la clarté rouge d'un réverbère
~~Que le vent de la nuit tourmente sous son~~ verre,
Au cœur d'un vieux faubourg, labyrinthe fangeux,
Où l'humanité grouille en ferments orageux ,

Son collègue lui explique :

— Il avait écrit…

Souvent, à la clarté rouge d'un réverbère
Que le vent de la nuit tourmente sous son verre,

— … mais il change le deuxième vers.

Souvent, à la clarté rouge d'un réverbère
Dont le vent bat la flamme et tourmente le verre,

— Et il a raison, Lucienne, c'est mieux.

— C'est ça, encourage-le, toi !

56

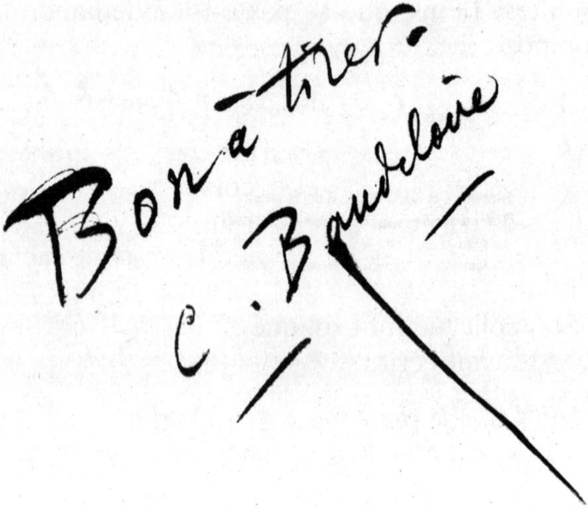

— Hou, c'est fait !... claquent en bouchons de champagne les cordes vocales d'Auguste Poulet-Malassis. Mon cher Baudelaire, je croyais que jamais je ne vous verrais nous signer l'autorisation d'imprimer ce livre !

Même Eugène de Broise, debout près du beau-frère, en paraît soulagé. Charles dépose un porte-plume sur le rebord de l'encrier de son éditeur et envisage déjà la suite :

— Bon, maintenant que tout est réglé concernant l'intérieur, parlons de la couverture des *Fleurs du Mal*. Voyez-vous, Coco Mal-Perché, j'aimerais que ce recueil soit relié en peau humaine, en peau de femme évidemment car c'est celle qui déchaîne les adulations…

Changement radical d'ambiance dans le bureau de la rue de Buci. De Broise verdit :

— Habiller des livres avec du derme humain, mais c'est horrible !

— Un tel livre sur l'âme humaine mériterait bien qu'on l'habille d'un costume humain, conteste le poète. Cette couverture en peau de gaupe (salope) connaîtrait aussi un certain engouement. Cela lui donnerait un petit cachet supplémentaire.

Auguste, assis dans son fauteuil, en demeure anéanti devant celui qu'il admire tant mais qui poursuit :

— Je me suis renseigné. Une fois tannée, la peau de femme offrirait, m'a-t-on dit, un cuir à grain d'une couleur variant entre le beige pâle et le gris.

« Bon, moi, Auguste, j'en ai assez entendu ! » s'ébroue de Broise qui file dans son propre bureau en laissant seul le beau-frère éberlué écouter Charles Baudelaire qui argumente encore :

— L'idéal, bien sûr, serait que ces peaux soient prélevées sur des donzelles vivantes mais... La peau du dos est plus épaisse. Celle des seins est peut-être trop fine et fragile.

— Arrêtez, mon cher Baudelaire, vous allez me faire vomir.

— Vous trouvez l'idée quelque peu excentrique ? Ne restons pas ligotés par la tradition. L'insolence renouvelle l'inspiration. Si on choisissait l'option des seins, on pourrait utiliser le mamelon comme médaillon central. Ce serait encore plus joli.

— N'insistez pas, Baudelaire.

— Non, vraiment ? De toute façon j'en ferai réaliser une... Je me fais fort de trouver quelques internes qui me procureront la peau d'une macchabée auprès des facultés de médecine, peut-être celle d'une condamnée à mort. Je leur demanderai de choisir une infanticide. Je sais à qui j'offrirai cet exemplaire des *Fleurs du Mal*. J'ai rencontré dans un bouge un petit interne de la Pitié joli comme un ange et qui est poli ! Et qui travaille, le pauvre garçon ! Pour quelques pièces d'argent et bien emballée, il me déposera une peau de femme que j'apporterai ensuite chez Albéric Poutouille, le tanneur-relieur de la rue du Bac. Quant à ce petit interne, eh bien, Coco Mal-Perché, croirez-vous que j'ai une autre envie que je n'ose lui dire ? Je voudrais qu'il vienne me livrer avec sa trousse à bistouris et son tablier taché d'un peu de sang.

Poulet-Malassis se lève pour faire comprendre qu'il considère la discussion comme close :

— Il y a des moments où je doute de votre état mental, mon cher Baudelaire. Il y en a où je n'en doute plus ; c'est la plupart du temps.

57

Au 4, rue Frochot, la porte de l'appartement de la Présidente s'ouvre en grand sur un cri de Bébé qui y déboule, courant :

— Apollonie ! Apollonie, j'ai gagné un chapeau de chez Lucie Hocquet !... Aujourd'hui, jeudi 25 juin, en visitant une librairie et feuilletant les nouveautés du jour, j'ai découvert le pot aux roses ! Je sais qui t'a écrit les poésies reçues par la poste ! C'est Charles Baudelaire, celui qui fait la gueule tous les dimanches !

« C'est lui ?! » s'étonne, étendue sur un canapé du salon, Mme Sabatier – plus belle femme de Paris, en bas de soie noire quand sa robe est noire, rose si la robe est claire, souliers très découverts, jarretières galantes apparentes. Les perruches se mettent à chanter à corps perdu dans la volière. La Présidente au cul nu moulé dans le plâtre qui fut exposé au Louvre s'assoit dessus plus convenablement, prenant le livre à couverture de papier que lui tend sa cadette. Elle chuchote tout d'abord le titre : « *Les Fleurs du Mal*... » alors que sa jeune sœur s'exclame :

— Je l'ai payé trois francs ! Ce qui n'est pas cher pour finalement obtenir un bibi de chez Lucie Hocquet ! Tous les poèmes entre la page 84 et la 105 ont été écrits pour toi, dont *À celle qui est trop gaie*. Tu te souviens de celui-là ? Il y rêvait de t'éventrer.

Bébé rit sous un éventail qu'elle agite en ce début d'été pendant que son aînée, plongée immédiatement dans l'ouvrage, parcourt des alexandrins au hasard des pages, qu'elle tourne avec gourmandise.

À la pâle clarté des lampes languissantes,

Mais Apollonie est constamment dérangée par la petite folle qui y va de ses commentaires :

— Toi, tellement abreuvée, saturée de flatteries, remarque, entre parenthèses, grande sœur, que dans ses vers te concernant il ne loue de toi que des vertus de pouliche à conduire à l'étalon : belle croupe, bel œil, beauté, santé florissante…

— Tais-toi, Bébé ! Je suis fatiguée de t'entendre tourbillonner à mes oreilles comme un hanneton exaspéré. Laisse-moi lire.

Et elle retourne aux poèmes à la tonalité cruelle, sadique, masochiste, magnifique, qui ressemblent à un baiser comme un flot grossi.

Que diras-tu ce soir, pauvre âme solitaire,

À partir de la page 84, la muse malgré elle se voit célébrée telle une divinité.

— L'idéalisation joue ici un rôle important, minimise en rigolant la cadette qui préfère parler des créations de Lucie Hocquet : la modiste la plus hors de prix et la plus courue du Tout-Paris, celle dont les chapeaux se reconnaissent à vingt pas. J'ai vu un de ses bibis qui est d'une beauté !... Ça va te coûter cher, ma vieille !

Tandis que Mme Sabatier murmure ce qu'elle lit, le chat de l'appartement arrive et saute sur sa robe pour écouter la suite avec une attention soutenue et elle lui gratte la gorge, constatant :

— En le temps où nous vivons, sous l'autorité de Napoléon III, c'est d'une hardiesse inouïe ! Pour ranger ce livre, je ferai faire un étui dans un reste du tissu mural de ma chambre. Il y sera bien à sa place, entouré d'une soierie Pompadour à bouquets et rayures sur fond bleu.

— Tu peux également faire la roue si cela te flatte tellement..., soupire la cadette, levant les yeux au ciel.

— Vous êtes bien aimable et bien charmante, ma chère.

— En tout cas, reprend Bébé, maintenant qu'ont paru *Les Fleurs du Mal*, toute fiction deviendra impossible et le jeu va cesser.

— Il cessera d'une façon que Baudelaire n'a peut-être pas prévue, promet la Présidente. Dès que Mosselman sera reparti vers je ne sais laquelle de ses mines de charbon belges, je vais m'offrir au poète. Je me livrerai en cadeau à l'adorateur, dit-elle encore, allant soulever le coin du rideau d'une des fenêtres donnant sur la rue Frochot.

Le long de la voie passe une loueuse de sangsues qui a d'abord, jupe relevée jusqu'à la taille, trempé ses jambes dans la Seine afin que les bestioles suceuses viennent se greffer à ses cuisses, mollets. Ensuite, titubante parce que les vers vampires la vident en partie de son sang, elle erre dans Paris pour les revendre trente sous à des pharmaciens qui s'en serviront dans le but de soigner les fièvres. Apollonie laisse retomber le rideau en annonçant : « Je vais prier Charles Baudelaire de me foutre comme une catin » puis, se retournant vers sa cadette stupéfaite, elle ajoute :

— Tu peux impunément serrer tes lèvres et rapprocher tes sourcils sans que j'en prenne souci.

— Les femmes attachent presque toutes, à l'abandon de leur personne, une importance inexplicable, n'en revient pas Bébé. Quand je pense que des deux sœurs c'est moi qu'on nomme « Petite folle »...

— Je veux pour le remercier devenir son obligée car son livre c'est... c'est... comment dire ?

58

(...) L'odieux y coudoie l'ignoble ; le repoussant s'y allie à l'infect. Jamais on ne vit mordre et même mâcher autant de seins en si peu de pages ; jamais on n'assista à une semblable revue de démons, de fœtus, de diables, de chloroses, de chats et de vermine. Ce livre est un hôpital ouvert à toutes les démences de l'esprit (...).

— Pas mal !... apprécie Charles dans le bureau de la maison d'édition de la rue de Buci. Il n'y a pas que du faux dans ce qu'il écrit...

— Comment ça « pas mal » ? s'étonne de Broise qui repose sur le bureau de son beau-frère un exemplaire du *Figaro* avec à sa Une la critique des *Fleurs du Mal* signée Gustave Bourdin. Attendez, j'en ai une autre à vous lire, rédigée par Jules Habans.

Toutes ces horreurs de charnier étalées à froid, ces abîmes d'immondices fouillés à deux mains et les manches retroussées, devaient moisir dans un tiroir maudit. Mais on croyait au génie de M. Baudelaire, il fallait exposer l'idole longtemps cachée à la vénération des fidèles. Et voilà qu'au grand jour l'aigle s'est transformé en mouche, l'idole est pourrie et les adorateurs fuient en se bouchant le nez.

— Très bien aussi ! sourit le poète (décidément de bonne humeur aujourd'hui). Il m'est agréable que ma vie et mon œuvre soient déplaisantes aux bourgeois français.

— Ah, mais ce n'est pas tout, reprend le pelliculaire, hors de nos frontières c'est pareil. Par exemple dans *Le Journal de Bruxelles*...

Tous les plus scandaleux livres écrits jusqu'ici sont une lecture de piété en comparaison des Fleurs du Mal. *Les citations même ne sont pas possibles à une plume honnête.*

« Vous rendez-vous compte que ce journaliste n'ose même pas retranscrire un seul de vos vers ? » vitupère Eugène en foudroyant du regard Charles, venu accompagné de son copain Asselineau qui se marre :

— Au moins on peut dire que la critique est unanime...

— Mais parle-lui, toi, à ton poète, Auguste ! s'énerve de Broise.

— Mon cher Baudelaire, s'y résout Poulet-Malassis, nous venons d'apprendre par Oscar de Watteville, responsable du service du dépôt légal au ministère de l'Intérieur, qu'une poursuite va être engagée et qu'il y a menace de saisie.

— Ah bon, pourquoi ? aimerait savoir Charles.

— Vous demandez pourquoi ? s'en étouffe Eugène. Relisez votre livre !... Et à l'avenir veillez un peu aux scandales qui se trouvent au fond de votre encrier. Si vous savez quelques autres malignités qu'il ne serait pas bon d'imprimer, n'en dites plus rien à votre plume ! Mais combien ça va nous coûter que vous ayez commis *Les Fleurs du Mal* ?!

— *Le Reniement de saint Pierre, Abel et Caïn, Les Litanies de Satan,* commence à énumérer calmement Auguste Poulet-Malassis, sont poursuivis pour blasphème qui met à néant les chères croyances du christianisme, explique-t-il en souriant. Et il y a aussi *Les Bijoux, Sed non satiata, Le Léthé, À celle qui est trop gaie, Le Beau Navire, À une mendiante rousse, Lesbos, Femmes damnées, Les Métamorphoses du vampire* qui sont considérés comme l'expression de la lubricité la plus révoltante, un délit d'outrage à la morale publique. Pour le ministère, le tout constitue un défi jeté aux lois de notre civilisation.

— Ce n'est pas inexact, admet le poète (calme mais calme cet après-midi... Il est drogué ou quoi ?).

— Ça en fait douze pour qui la machine judiciaire est en route, compte Auguste. Ah non, treize ! J'avais oublié *Le Vin de l'assassin*.

— Seulement treize poèmes sur cent... Mais que fait la justice ? plaisante Charles Asselineau devant Poulet-Malassis cherchant à se retenir de pouffer près de son beau-frère qui se rappelle comme d'un cauchemar la fin du *Vin de l'assassin*.

Je m'en moque comme de Dieu,
Du Diable ou de la Sainte Table !

— Non mais quand même ! s'en passe-t-il une main dans les cheveux d'où chute en bourrasque une avalanche de neige.

— Oh là là, se secoue Baudelaire qui ne voit pas où est le problème concernant son recueil. Tout se passera au mieux.

— C'est bien possible ! envisage quelqu'un de très jeune (vingt-cinq ans), debout au fond du bureau dans l'ombre près de la fenêtre et que Baudelaire n'avait même pas remarqué. Ces treize poésies ne pourront dans leur ensemble se retrouver interdites. En tout cas, je vais m'y employer.

Poulet-Malassis fait les présentations :

— L'avocat que nous avons engagé : Gustave Gaspard Chaix d'Est-Ange !

— Chères fesses d'ange ? a compris Charles en s'étonnant de ce patronyme à rallonge.

— Chaix d'Est-Ange ! articule toutes les syllabes plus clairement Auguste.

— Ah, je préfère ! Parce que je me disais, déjà que mon premier éditeur pour le compte rendu du Salon annuel de peinture et de sculpture s'appelait Jules Labitte... que mon second éditeur est Poulet-Malassis, que mes *Fleurs* sont distribuées par la librairie religieuse Cosnard & Cie...

Labitte, Poulet-Malassis, Cosnard... si mon défenseur s'était nommé Chères fesses d'ange...

— Le substitut du procureur chargé de votre réquisitoire, informe l'avocat, s'appelle Pinard.

« Oh, je suis maudit ! » s'exclame Charles (enfin catastrophé par quelque chose, il était temps), alors qu'Asselineau pleure de rire mais le poète se reprend :

— On ne craint rien. Ils ne vont pas tout faire détruire. Quant à brûler des livres, cela ne se fait plus excepté chez les fous qui veulent voir flamber du papier.

59

Quand même en fait bien secoué par tout ça, le jeudi 20 août au matin Charles Baudelaire arrive à son procès complètement stone. Côté opium liquide, avant de partir de chez lui il a dû charger la mule (moi, je dirais trois cents gouttes alors qu'il y a longtemps l'apothicaire près du Pont-Neuf l'avait averti : « Jamais plus de dix ! »). Heureusement que la fiole de laudanum est restée sur sa cheminée sinon il l'aurait sifflée au goulot devant le tribunal et ça l'aurait fiché mal. Sueurs abondantes, malaise général, il ressent un essoufflement et des palpitations. Tout près, le quartier du Châtelet se transforme. Les ruelles où se trouvaient les abattoirs ont disparu mais Charles va livrer les circonvolutions de sa cervelle au palais de justice. Poulet-Malassis n'y est pas venu. Le poète se présente à l'audience de la sixième chambre correctionnelle. Homme un peu gauche aujourd'hui, sous une originale longue redingote noire bien dans son style, sa chemise est immaculée et ses manchettes débordantes impeccables. Lorsqu'il s'avance dans l'allée centrale, beaucoup de spectateurs gémissent et grognent en le voyant passer :

— Il est bon de porter du linge blanc mais il ne faut pas en faire parade !

Là où prennent place habituellement les voleurs, les filles publiques, les souteneurs et les escrocs, il s'assoit sur un banc pour cause de vers nouveaux tout resplendissants d'acier et de gaz. Quelqu'un qu'il a trouvé long et maigre, à nez d'aigle, lui a demandé de décliner son identité puis lui a posé quelques questions d'usage mais il ne sait plus ce qu'il a répondu. Comme face à un grand trou tout plein d'une vague horreur menant on ne sait où, le voilà à fleur de peau alors que la justice du Second Empire déroule son cérémonial. Le substitut du procureur impérial, Ernest Pinard, à qui l'on a confié la tâche de requérir contre lui, se lève. Bon, il est vêtu d'une robe rouge à manches larges. Il a autour du cou de l'hermine qui descend devant aussi et son réquisitoire débute par :

— Poursuivre un livre pour offense à la morale publique est toujours chose délicate ! Si la poursuite n'aboutit pas on fait à l'auteur un succès, presque un piédestal et on a assumé, vis-à-vis de lui, l'apparence de la persécution !...

Une asthénie étonnante envahit Charles. Dans l'air plein de frissons de la salle d'audience, des choses s'enfuient de lui et le poète est las. La méthode de Pinard n'est pas compliquée. Il lit à voix haute les extraits isolés les plus outrageants pour convaincre les jurés. Une partie du public ne le laisse pas dire huit vers sans se mettre à siffler bruyamment tandis qu'une autre partie applaudit à tout rompre. Peu s'en faudrait que la jeunesse présente porte l'accusé en triomphe si le président à lunettes d'or n'y mettait bon ordre à coups de marteau sur son pupitre alors que le procureur déclare :

— Peut-on croire que certaines fleurs au parfum vertigineux soient bonnes à respirer ? Le poison qu'elles apportent n'éloigne pas d'elles ; il monte à la tête, il grise les nerfs, il donne le trouble, le vertige, et il peut tuer aussi. Il faut donc leur trancher les tiges !

« Rhôôh ! » fait Charles qui ensuite tente de se lever en bafouillant mais le juge lui ordonne :

— Monsieur Baudelaire, rasseyez-vous ! Vous n'avez pas la parole ici.

— Ouh !... Flwot ! Rôôh ! Fowt !... Fowt !

Et Ernest Pinard poursuit à l'adresse des jurés :

— Messieurs, je crois avoir cité assez de passages pour affirmer qu'il y a eu outrage à la morale publique en ce livre où le sens de la pudeur a été ignoré, où la limite respectable a été beaucoup trop audacieusement franchie !

— Rrrauwft !... Fowt, fowt !

Le président prend à témoin ses assesseurs :

— Ce poète est effrayant à la fin avec ses rauquements !

— Hou !... Flowt ! Rôôh !

— Je vous le répète, monsieur Baudelaire, vous n'avez pas le droit de rauquer ici !

Et le substitut du procureur conclut son réquisitoire en tendant haut un bras et sur un ton vibrant :

— Messieurs, je vous le réclame, condamnez au moins certains poèmes du livre ! Réagissez, par une sanction, contre l'indéniable fièvre malsaine de l'accusé...

— Flôôwt ?

— ... qui le porte à tout peindre, à tout décrire, à tout dire, comme si le délit d'offense à la morale publique et aux bonnes mœurs était abrogé et comme si cette morale n'existait pas !

C'est maintenant au tour de l'avocat de la partie adverse, il est nul. Baudelaire s'en fout de ce qu'il dit. Il ne loupe pas grand-chose. Maître Chaix d'Est-Ange, vingt-cinq ans, sans talent ni voix, ne prend suffisamment intelligemment la cause de son client qui bâille pendant qu'il le défend (mal). L'axe de sa plaidoirie est qu'il ne faudrait pas attribuer à Baudelaire les vices et les crimes qu'il dépeint :

— Le poète ne se réjouit pas devant le spectacle du mal. Il regarde le vice en face mais comme un ennemi qu'il connaît bien et affronte. Où est la faute et surtout où peut être le délit si c'est pour le flétrir qu'il exagère le mal, s'il peint le vice avec des tons vigoureux et saisissants parce qu'il veut vous en inspirer une haine plus profonde, si le pinceau du poète vous fait de tout ce qui est odieux une peinture horrible précisément pour vous en donner horreur ?... Baudelaire met en vers le vice mais en le montrant indigne pour le rendre détestable. Dans son livre, l'affirmation du mal n'en est pas la criminelle approbation ! Et d'abord le poète vous prévient dès son titre qui est là, comme en vedette, pour annoncer la nature et le genre de l'œuvre : c'est le Mal qu'il va vous montrer, la flore des lieux malsains, les fruits des végétaux vénéneux, son titre vous le dit. Il va vous montrer tout cela pour le flétrir, pour vous en donner l'horreur, pour vous en inspirer la haine et le dégoût. Baudelaire qui les a cueillies n'a jamais prétendu que ces *Fleurs du Mal* étaient belles, qu'elles sentaient bon, qu'il fallait en orner son front, en emplir ses mains, et que c'était là la sagesse. Au contraire, en les nommant il les a écrasées du talon.

« Ou fumées ou bues ! » se marre quelqu'un dans la salle, ce qui fait commenter à Baudelaire : « Rôôh ! Hou, flowt ! » alors que Chaix d'Est-Ange reprend pour conclure :

— Le poète terrible et terrifié a voulu nous faire respirer l'abomination de cette épouvantable corbeille qu'il porte sur sa tête hérissée de monstruosités et c'est là, réellement, un grand spectacle ! Messieurs les jurés, j'ai confiance que vous ne voudrez pas frapper ce galant homme et que vous renverrez purement et simplement la poursuite. Je m'arrête là car je ne veux pas abuser plus longtemps de vos moments (tant mieux !).

Tout cela est faux. Baudelaire aime les vices et puis c'est tout. Bien sûr qu'il faut aussi lui attribuer les crimes qu'il dépeint. L'art pour l'art !

La première direction de plaidoirie envisagée par l'avocat novice, et dont il avait parlé aux deux éditeurs, consistait à expliquer que puisque presque tous les sujets avaient déjà été pris dans le domaine de la poésie, Baudelaire s'était emparé de ce qu'il restait : le Mal. Son client y avait été comme obligé. Tous les autres genres au cours des siècles – nature, levers, couchers de soleil, héroïsme, amour de la patrie... – ayant été tellement triturés, usés, il n'en restait aucun qui fût plus vierge que... le Mal. De Broise l'avait dissuadé de cet argument de défense. Poulet-Malassis s'en était foutu :

— L'important, c'est que *Les Fleurs du Mal* existent ! Le reste... tout comme risquer de perdre ses droits civiques, alors là...

Ça tombe bien parce qu'il les a perdus. Après la plaidoirie foirée, le verdict est tombé comme une lame. Du bouquet, il faudra arracher six fleurs considérées trop vénéneuses par le tribunal : *Les Bijoux*, *Le Léthé*, *À celle qui est trop gaie*, celui commençant par « *À la pâle clarté des lampes languissantes* », *Lesbos* et *Les Métamorphoses du vampire*. En plus, Charles est condamné à trois cents francs or d'amende, les deux éditeurs à cent francs or chacun, et l'ensemble du trio perd ses droits civiques. Seul de Broise en sera malade. En descente de dope, Baudelaire descend aussi les marches du palais de justice, abasourdi. Asselineau le rejoint et lui demande :

— Tu ne t'attendais quand même pas à être acquitté ?

— Acquitté seulement ?... Je m'attendais à ce que le procureur m'invite à dîner !

— Tu ne feras pas changer le goût du public. Il forme une masse que rien n'éclaire et qui te regardera toujours comme un insensé.

Charles soupire :

— Mais dans mon misérable cerveau, toujours occupé à chercher midi à quatorze heures, de quelle fatigante faculté la nature m'a fait cadeau ?!

Et il laisse là l'autre Charles pour rentrer seul vers son gourbi. À un moment il voit au sol un mulot empoisonné depuis longtemps. Il pue. Des vers sortent de ses yeux. Ah, enfin un peu de poésie !...

60

Le vendredi 21 août, lendemain de son passage en correctionnelle, Baudelaire arrive dans le bureau de Poulet-Malassis pour y vivre un autre sale moment pire encore : le saccage de son œuvre dont on arrache des pages conformément à la décision de justice... Redécouvrir le taciturne maigre poète n'emballe pas beaucoup de Broise contrairement à son beau-frère qui lui sourit tendrement, au-dessus de sa barbiche, d'un pli de bouche fataliste :

— Nous ne ferons pas appel car on récolterait une majoration de l'amende.

De part et d'autre du bureau d'Auguste, les deux éditeurs, réglette métallique dans une main pour la glisser sous les pages concernées, font passer au-dessus le tranchant d'une lame de scalpel afin d'ôter de chaque exemplaire des *Fleurs du Mal* les poèmes interdits. Découvrant cette opération chirurgicale, Charles blêmit. C'est comme si c'était lui qu'on fendait. Son accumulation de souffrances et de malheurs vire au martyre tandis qu'il entend la secrétaire guider les deux éditeurs qui opèrent :

— Pages 52, 53, *Les Bijoux*...

On retire *Les Bijoux* du livre et c'est Baudelaire qui s'en trouve castré. Autre problème, les poèmes condamnés sont éparpillés dans le recueil alors, souvent, en virant une page on enlève du même coup, de l'autre côté du papier, la fin du poème précédent ou le début du suivant. En dégageant *Les Métamorphoses du vampire* on ne peut plus lire la fin de *La Béatrice* ni le début d'*Un voyage à Cythère*... La mutilation s'étend aux poésies mitoyennes. Baudelaire croit qu'il va en devenir fou, lui qui avait apporté un tel soin à l'agencement du bouquet !

— Mon livre défiguré...

La secrétaire, voulant aider, s'empare d'une paire de ciseaux pour trancher aussi des pages mais Charles attend autre chose d'elle en s'asseyant sur une chaise :

— Venez plutôt me couper les cheveux le plus court possible ainsi que tout le pourtour du col de ma chemise. Je veux aussi un bout du tissu de la ceinture noire de votre robe.

L'employée surprise et sourcils en l'air regarde Poulet-Malassis qui lui conseille :

— Faites, Madeleine. Nous vous en achèterons unc autre...

« Et allons-y, encore des dépenses !... » commente de Broise puis, alors que Baudelaire s'en va déjà sans le moindre au revoir à quiconque, il soupire, s'affairant recueil après recueil :

« Heureusement que onze cents exemplaires ne forment pas un tirage à la Victor Hugo parce qu'on ne serait pas couché... »

— Eugène, tu oublies ceux qui ont été vendus durant les presque deux mois avant le procès..., relativise Auguste.

— Oui, ben ce n'est pas tellement ! Pour le moment ce livre nous coûte beaucoup plus cher qu'il ne rapporte. J'ignore si avec ce bouquet pourri nous aurons de quoi payer un jour une ceinture à la secrétaire...

Après avoir longuement erré au hasard des rues dans son allure de guillotiné – crâne rasé, chemise écrue dépourvue de col –, Charles Baudelaire arrive à la *Brasserie des Fleurs*, en face du cimetière Montmartre, avec comme un crêpe noir (bout de ceinture de Madeleine) glissé à la boutonnière qui surprend Nadar, assis en terrasse :

— Jeanne est encore morte ? plaisante le photographe à qui Charles avait raconté l'entourloupe faite à sa mère pour lui soutirer cent francs devant l'église Saint-Sulpice.

— Pas de méprise, lui répond le poète d'une élocution pédantesque. Je porte le deuil des *Fleurs du Mal* que j'ai vues décapitées chez Coco Mal-Perché.

Baudelaire installé près de Félix, les autres clients en terrasse ainsi que ceux soupant à l'intérieur, à travers les vitres de la brasserie, se retournent sur lui. Le retentissement du procès l'a métamorphosé en homme public. Sa mise au ban agrandit sa légende. Édouard Manet qui mangeait avec des amis se lève pour seulement venir lui dire :

— Vous êtes neuf dans une poésie vieille.

Gustave Flaubert en fait de même :

— Vous êtes résistant comme le marbre et pénétrant comme un brouillard, vous êtes de la race de ces obstinés rêveurs pour qui la poésie demeure une foi et non un métier. Je vous salue, monsieur.

Face au cimetière, d'autres encore défilent comme pour lui présenter leurs condoléances affectueuses. Sortant de l'établissement, un vieux monsieur d'assez petite taille et peu soucieux de la mode, surtout des chapeaux, soulève le sien pour le plaindre :

— Vous vous êtes rongé à promener vos ennuis, vos cauchemars, vos tortures morales ; vous avez dû beaucoup souffrir, mon cher enfant.

Un ivrogne échevelé et grandiloquent titube jusqu'à Charles :

— Eh, Baudelaire, je te savais une sacrée vipère dégorgeant son venin sur les seins des gaupes dans les bordels... mais, à la découverte de ton livre, je me suis aperçu que des ailes ont poussé à la vipère et qu'elle monte de nuée en nuée, monstre superbe, pour darder son poison jusque dans les yeux du ciel... Hips ! ajoute-t-il en s'éloignant.

— Ça te fait quelle impression d'être devenu la femme à barbe ? s'en amuse Nadar, servant du bordeaux blanc à son ami.

— J'entends la stupéfaction que je suscite.

Chacun ici ne parle plus que de lui mais tous ne partagent pas le même avis.

— Je vous souhaite d'écrire un jour des livres que vous pourrez lire à vos enfants ! lui lance, en passant, quelqu'un à l'air hautain.

— Votre fascination pour la laideur, la pourriture, me désole, avoue un autre.

Aux yeux de plusieurs, Charles reste un étranger et l'étranger c'est l'ennemi. Derrière des joueurs de cartes s'exclamant en abattant des as, un journaliste littéraire de renom demande, levant le ton afin d'être entendu par le poète :

— Quelqu'un autour de cette table a-t-il lu les horreurs de Baudelaire ? Non ? Eh bien continuez ! Il souille la grâce, la beauté, l'amour, la jeunesse, la fraîcheur, le printemps, et il aurait des lecteurs ?... et on l'admirerait, le prônerait, et il faudrait le discuter comme un événement ?

Le poète à la réputation souvent douteuse et détestable porte le verre de vin blanc à ses lèvres mais se cabre et murmure à Félix son aversion :

— Ce critique, entouré d'une société de bâfreurs et de ricaneurs, me donne envie de tâter encore de la correctionnelle en lui caressant les côtes autrement qu'avec mes vers...

— Laisse tomber, conseille Nadar. Ce procès, pour toi, devient une bonne fortune. Jamais tu n'aurais espéré une telle réclame. Tout le monde va se jeter sur ton livre pour y découvrir ce qui ne s'y trouve pas. L'embêtant c'est l'amende.

Pour un poète impécunieux, comment s'acquitter d'une telle somme ?

— Ma mère est en visite à Paris pour quelques jours…

— Ce que tu auras abusé d'elle !

61

— Regarde, mon fils, dans ce journal d'aujourd'hui, on se moque de toi...

— Oh, mais qui a pu fourrer les *Fleurs du Mal* de cet affreux môsieu Baudelaire dans les mains de ma fille !...

— ... et à la Une de celui-ci, un lithographe a représenté ta chambre...

— Est-elle vraiment ainsi, Charles, avec un squelette pendu, une tête de mort sur une étagère, des cornues, des rats et un chat dont l'ombre ressemble à une silhouette de diable près de toi, écroulé dans un lit cassé à cause de quoi ? Dirait-on réellement le taudis d'un chiffonnier alchimiste ? Où habites-tu ?

« Je ne sais plus. Depuis début août j'ai été contraint de déménager six fois » répond Baudelaire, prenant par un bras la veuve Aupick qui jette les deux journaux dans une corbeille à papier en regrettant :

— Je souffre que tu sois devenu pour moi un objet de honte…

— Maman, je suis très fier d'avoir produit ces *Fleurs du Mal* parfumées de terreur, rétorque le poète qui traîne sa canne, portant aussi un petit paquet enveloppé et mâchonnant un cigare tandis qu'il conduit Caroline dans le bois de Boulogne parmi les équipages d'apparat faisant, au pas, le tour des lacs.

Il a voulu la voir mais c'est surtout elle qui parle :

— Charles, ton mépris souverain pour l'humanité : ne pas croire à la vertu, ne croire en rien, tout cela est effrayant et me bouleverse. Tout cela me donne à penser et me fait peur car il me semble que lorsqu'on ne croit à aucun sentiment honnête il n'y a qu'un pas de là à une mauvaise action et cette idée seule me fait frémir. Et moi qui me complaisais dans la pensée que mon fils, malgré son désordre et toutes ses idées extravagantes, était rempli d'honneur et que je n'aurais jamais à redouter aucune action vile… sans compter que je lui croyais un fond de religion, sans pratique certes mais ayant la foi. Vois dans quelles tortures je vis, à ton sujet, car je ne puis me dissimuler que ta position va en s'empirant. Elle empire par la raison qu'elle se prolonge et que les années marchent, Charles. Ce n'est pas faute cependant d'adresser les prières les plus ferventes au Ciel pour ton changement. Si un jour je me résigne à ne plus te voir, ce sera dû à tous les désordres où tu te jettes…

— Je sais, mère, que je touche aux dernières limites de votre patience mais qu'y faire ? Je suis égoïste comme les enfants et les malades, ajoute-t-il à celle envers qui il se sent lié comme le forçat à la chaîne, celle à qui il réclame souvent de l'argent pour régler ses soucis quotidiens, acheter sa drogue, mais également aujourd'hui afin de résoudre son problème juridique. Il me faut trois cents francs or sinon on me jettera sans doute en prison ! Ce livre qui devait me donner la place qui me revient dans la poésie m'en a donné une au casier judiciaire. Au lieu de m'enrichir je me trouve ruiné par l'amende à payer. File-moi l'argent !

Fatiguée de devoir sans cesse soulager les besoins continuels de son rejeton qu'elle considère comme un raté, croisant d'autres mères et des bonnes d'enfants, celle qui l'a mis au monde soupire :

— À ton propos, l'abbé d'Honfleur m'a dit que le Père éternel…

— Arrête, maman ! Est-il bête celui-là avec son Seigneur que lui seul peut apercevoir ! s'agace Baudelaire.

Charles, cet être terrible et incommunicable (comme Dieu ?), après que sa génitrice, s'asseyant sur un banc, ait encore cédé : « De retour sur la côte normande, à l'adresse de tes éditeurs, je mettrai trois cents francs à la poste », il se pose près d'elle pour lui tendre son petit paquet enveloppé :

— Tiens, bien emballé là-dedans tu trouveras mon ouvrage paré que j'ai fait revêtir chez un spécialiste de la rue du Bac avant le procès. Je ne voulais pas pour toi une reliure ordinaire mais quelque chose de beaucoup plus... spirituel, loin d'un demi-maroquin austère. Il ne te faudra pas le laisser traîner entre les mains de la fille de tes voisins avec qui tu es très liée sinon son paternel râlera comme sur le dessin du journal. Quant au curé, tu pourras le lui montrer. Il pensera que je suis damné et n'osera pas te le dire.

Caroline se lève :

— Non, Charles, je refuse un livre poursuivi et dont l'auteur a été condamné.

Il se lève aussi :

— Tu l'auras quand même un jour ou l'autre...

62

À l'aube du 30 août 1857, sur une île Anglo-Normande d'où l'on peut apercevoir la côte française par temps clair, un brouillard se lève. À l'étage de *Hauteville House* et devant une baie vitrée d'où l'on découvre la mer, un barbu écrit, debout face à son pupitre :

> *Vos* Fleurs du Mal *rayonnent et éblouissent comme des étoiles. Vous dotez le ciel de l'art d'on ne sait quel rayon macabre. Vous créez un frisson nouveau.*
>
> *Victor Hugo*

À Paris, dans un gourbi situé à une hauteur aérienne, Charles boit une dernière lampée de sa tasse de thé à la confiture verte qu'il dépose ensuite en grommelant : « L'exilé de Guernesey m'emmerde. Il m'inspire tant d'ennui que je pourrais devenir disposé à écrire un essai pour prouver que, par une loi fatale, le Génie est toujours bête. » Le poète, ne voulant plus rencontrer en ce moment cette chose désillusionnante qu'on nomme la race humaine, se trouve de mauvaise humeur. Ceci dit, souliers déjà impeccablement vernis, il retrousse ses manches et savonne, brosse, lime les ongles de ses petites mains blanches car il a rancard. Dans la rue un attelage l'attend en bas de chez lui. Il approche et tourne autour du véhicule dont une portière s'ouvre, depuis l'intérieur, poussée par la main d'une déesse vêtue d'une petite capote enguirlandée de myosotis, d'un mantelet rouge-brun et d'une jupe de même ton mais plus clair. « Montez et allons faire l'amour !... » lui propose la femme la plus bandante de Paris. Et il fait la gueule, l'autre ! On se demande ce qu'il lui faudrait ! La Présidente ne s'en étonne pas. Elle ne l'a jamais vu, rue Frochot le dimanche, étirer son visage d'un signe de gaieté mais pose des phalanges sur une cuisse de Baudelaire en lançant au cocher : « À la maison de rendez-vous de la rue Jean-Jacques-Rousseau ! » Puis Mme Sabatier ajoute d'un souffle à l'oreille du poète : « J'espère que c'est bien. Ce sont des endroits où je ne vais jamais... » Arrivés à destination, c'est elle qui règle les huit francs du fiacre et aussi, à la réception, la location de la chambre afin d'en épargner la dépense à Charles. Elle passe devant pour gravir l'escalier et que Baudelaire puisse contempler le balancement tellement prometteur de ses larges hanches alors qu'il préfère les maigres. Curieusement, la montée des marches se révèle pénible au poète tandis qu'elle est légère à Apollonie qui, au deuxième étage, pivote vers celui qu'elle veut remercier à sa façon pour les poésies la concernant et le consoler aussi de la persécution judiciaire. Charles se sent pris dans un traquenard. Clé tournée dans la serrure par la Présidente, il découvre l'intérieur de la chambre et, devant la fenêtre, un essaim de démons se met à nager entre les plis d'un rideau en ricanant. « Je suis prête à couronner votre flamme » lui annonce celle qui l'entraîne par la manche dans la souricière d'où il battrait bien en retraite. Sur le palier la porte se referme, restons derrière. De l'autre côté de l'huis, on perçoit des frôlements de tissu, des chutes de souliers sur le parquet, des frottements de vêtements étirés puis ôtés et jetés. Alors qu'on s'attend à entendre ensuite le clapotis de la bouche de l'un venant boire la salive de l'autre et réciproquement, que des organes glissant sur le drap s'approchent et se mêlent, c'est le silence ! La relation semble demeurer très platonique et bientôt la voix d'Apollonie s'en étonne :

— Ma surprise est bien légitime, Charles. Que dois-je m'imaginer quand je vous vois fuir mes caresses ? Est-ce qu'en ce moment vous pensez à quelqu'un d'autre ?

— Non.

— On m'a dit que vous fréquentiez une grande créature bizarre, sultane de bas lieu, que m'a dessinée Théophile Gautier pour me la montrer. Est-ce que son âme et sa face noire viennent se placer entre vous et moi, Charles ?

— Non, non.

— Alors que se passe-t-il ? Pourquoi cette défaillance ?

La voix de Baudelaire s'excuse du fiasco :

— Apollonie, pardonnez ce triste accident. Il vient sans doute de trop d'amour.

— Ah, ne m'aimez pas autant, Charles. Si ton trop d'amour cause ton impuissance, honore-moi de ton indifférence.

Elle le tutoie. Ça doit lui faire quelque chose à Baudelaire car elle apprécie : « Ah, ben voilà ! » avant que de déchanter : « Mais quoi, ton vit débande à nouveau et le lâche recule. Retire-toi d'ici. Laisse-moi, pousse-mol » puis elle ajoute : « Charles, je plaisante. Je suis ta catin ! » Alors des entrechocs et des grincements reprennent un cours plus normal des choses quoique... Longtemps plus tard, des jambes réapparaissent sur le palier du deuxième étage jusqu'au bord des marches. La descente de l'escalier est accablante. Leurs souliers passent la porte cochère. Les amants (?) sont sur le trottoir :

— Bonsoir.

— Bonsoir.

Les deux se séparent, fuyant l'épouvante du jour. Le poète retourne vers son gourbi pour s'y coucher à l'aube...

Et dormir dans l'oubli comme un requin dans l'onde.

63

Au 4 de la rue Frochot, en fin de matinée, traversant l'antichambre le long des perruches s'ébattant joyeusement derrière le grillage de leur volière, Bébé jabote également en se dirigeant vers la cuisine où la Présidente trempe délicatement des tartines à l'intérieur d'un bol de lait chaud.

— Apollonie, un porteur m'a remis cette lettre pour toi ! Au dos de l'enveloppe se trouve le nom de celui avec qui tu étais hier. Au fait, ce matin tu ne m'as pas encore raconté comment ça s'est...

— Charles ! s'élance la voix aux inflexions musicales de Mme Sabatier qui commence à parcourir la missive puis devient bientôt aussi pâle que son lait.

La cadette qui s'en aperçoit demande à l'aînée :

— Que viens-tu de lire, grande sœur ? Dis-moi.

Apollonie s'exécute en articulant et ne semblant pas y croire.

(...) *Bref, je n'ai pas la foi. Vous avez l'âme belle mais, en somme, c'est une âme féminine. Et enfin, enfin il y a quelques jours, tu étais une divinité, ce qui est si commode, ce qui est si beau, si inviolable. Te voilà femme maintenant.*

— Le salaud !... commente Bébé. Non mais, franchement... Après que tu te sois offerte à lui !

Les oiseaux cessent de chanter dans la volière et la splendide éconduite se lève, ahurie :

— *Bref, je n'ai pas la foi.* Cette phrase tellement explicite me glace le sang. L'amant de la veille m'envoie dès le lendemain une lettre de rupture assez peu courtoise. L'affront est cuisant. Quelle comédie joue-t-il encore ? Sa conduite est si étrange que je n'y comprends plus rien. C'est trop de subtilité pour une lourdaude de ma trempe. Éclaire-moi, Bébé, si tu y comprends quelque chose car je ne demande qu'à apprendre, supplie Apollonie allant vers la fenêtre de la cuisine donnant sur la cour. Quel mortel froid a soufflé la flamme des magnifiques vers qu'il m'a écrits ? s'interroge la Présidente, front à la vitre. Je me sens humiliée et abaissée. Sans le respect que j'ai pour moi je dirais des injures. Mais pourquoi me suis-je donnée à lui ? Je maudis ce poète cruel.

Bébé empathique s'assoit sur une chaise près de la table où le bol de lait refroidit tandis qu'elle redevient celle qui mérite le surnom de Petite folle :

— Il te voyait déesse et puis peut-être qu'à votre réveil – je n'en sais rien, tu ne m'as pas dit – tu as dû te retrouver avec une mauvaise haleine après avoir plusieurs fois pété au lit. Il a même sans doute, derrière le paravent, entendu le choc métallique du couvercle remis sur le seau hygiénique où tu étais allée chier alors... pour un rêveur d'absolu cinglé comme lui, quelle déconvenue, quelle descente... Elle s'en est pris un coup dans la gueule, la déesse !

— Ça ne s'est pas passé ainsi, conteste l'aînée se retournant vers la cadette assise qui lui bouffe ses tartines, mais c'est vrai qu'il avait du mal à...

— Forcément, mâche et déglutit Bébé en faisant des bruits, tu es tombée du piédestal sitôt qu'il a « fait ta connaissance » ! Il a découvert que tu étais une femme et cela ne fait pas rêver ni bander ce poète et je le comprends, confesse la petite sœur en buvant une gorgée de lait de celle debout qui la regarde. Le corps d'une femme est dégoûtant, les chairs qui s'écartent, l'humidité qu'il y a là-dedans... Et puis enchaîner des va-et-vient à l'intérieur, qu'est-ce que ça veut dire ? Faut faire jouir... Oh là là, c'est une complication énorme. Tu n'as plus été fascinante dans la chambre à coucher. La déesse s'est écroulée dans la maison de rendez-vous de la rue Jean-Jacques-Rousseau. *Le Flambeau vivant* s'y est éteint. Jusque-là, tu étais sa créature idéale parce qu'immatérielle et intouchable. Votre relation intime d'hier aura été la conséquence d'un malentendu. En tout cas, lui, maintenant, doit se trouver satisfait d'en avoir terminé avec son sacerdoce, son idolâtrie pour toi.

Décidément, quand ce n'est pas l'un c'est l'autre… Ce n'est pas sa journée à la Présidente ! D'un pas las elle quitte la cuisine, traverse l'antichambre aux perruches demeurées muettes, pour atteindre le salon. De son petit bureau marqueté, elle sort, d'un tiroir secret, le croquis à la plume fait par Théophile Gautier représentant l'étrange créature qui a plus d'emprise qu'elle sur les sens de Baudelaire. Elle se rend à l'évidence devant le portrait très noirci :

— Ce génie, auquel un commencement de calvitie donne un air de moine rongé, réserve son encens le plus mystique à une de ces femmes considérées comme les moins dignes d'égard : une débauchée alcoolique, ignorante et stupide.

Alors que Bébé, arrivée elle aussi dans le salon, se coiffe d'un chapeau de chez Lucie Hocquet (effectivement très beau) et que, face à un miroir, elle se contemple, tournant sa tête à gauche, à droite, Mme Sabatier s'affaire. Elle griffonne au crayon et de dépit en marge du portrait de Jeanne : « Son idéal ! » Elle place ce petit papier à l'intérieur de son exemplaire des *Fleurs du Mal* qu'elle glisse ensuite dans un étui entouré d'une soierie Pompadour à bouquets et rayures sur fond bleu qu'elle a fait confectionner grâce à un reste du tissu mural de sa chambre où elle va ranger le recueil. Lorsqu'elle en ressort, on voit qu'elle est triste, on le voit...

Aux humides brouillards qui nagent dans ses yeux ;

64

Charles a récupéré Jeanne. Comment l'a-t-il retrouvée, où et dans quelles conditions, alors là ?... Baudelaire est quand même un grand mystère ! On sait juste, pour l'avoir raconté à Asselineau, que lorsqu'il l'a à nouveau prise par le bras, elle lui a dit qu'elle venait de cravacher un sergent de police. Mais, maintenant, elle ne ferait plus de mal à une mouche car la voilà qui se paralyse chez le poète. La syphilis de Duval, passée en phase tertiaire, fait une explosion. Alitée, l'âme sœur géante – véritable égérie de Baudelaire – entre dans de violentes attaques de nerfs, étouffe, se trouve mal et demande de l'air. Ouvrant puis s'accoudant à la fenêtre de cet humide rez-de-chaussée de la rue Pigalle où il est venu s'installer dans le but, en cas de rétablissement de Jeanne, de lui éviter l'escalier pour sortir un peu, Charles tourne la tête vers sa brune idole aux fortes senteurs exotiques. Elle n'est plus la servante du vice, la vampire à la bouche de fraise. La voilà dorénavant malade usée et par quelle effrayante râpe !

Il fallait bien que ça arrive un jour ou l'autre en attendant que ce soit au tour du poète également syphilitique. Tout d'abord c'est donc elle qui se trouve souffrante, très amaigrie et grise, se débattant contre les paroxysmes. Parfois elle ne reconnaît plus son amant ou tient des discours sans suite à Baudelaire dont la pensée se teinte de peine. Des ganglions apparaissent autour des coudes de l'enlaidie puis viendront des tumeurs dans les attaches du cou. Elle en est navrée :

— Tu ne m'aimeras plus. Je vais devenir hideuse à faire peur.

C'est vrai que par exemple les dents de Jeanne ont jauni mais elles restent aux yeux de Charles aussi blanches que lorsqu'il l'a rencontrée et d'ailleurs il le dit en s'asseyant près d'elle, au bord du lit, pour la recoiffer aussi d'une main légère :

— Tes cheveux contiennent encore tout un rêve plein de voilures. Ils contiennent de grandes mers dont les moussons me portent vers de charmants climats. Dans l'océan de ta chevelure, je continue d'entrevoir un port fourmillant de chants mélancoliques, d'hommes vigoureux de toutes nations.

Jeanne, celle qui lui a empoisonné ou jeté par les fenêtres ses chats, s'étonne d'être à ce point adorée et de l'entendre espérer :

— Quelle joie ce serait de te voir manger un peu demain, peut-être un peu plus après-demain et, le jour d'après, tout à fait. Lorsque tu pourras à nouveau te déplacer je te mènerai au jardin du Luxembourg.

— Il est difficile de croire à la guérison... le sait la malade en dirigeant son regard vers le ciel – endroit dit des métamorphoses – qui la fait trembler d'appréhension. J'ai froid.

Charles se lève pour fermer la fenêtre puis se prépare une pipe d'opium lorsque ça toque aux vitres.

— Malédiction ! s'exclame tout d'abord Baudelaire qui s'est retourné pour découvrir sur le trottoir un huissier tapant encore contre le verre de la fenêtre et frottant le pouce de sa main droite contre l'index pour signifier qu'il va falloir payer. Ah, quelle idée aussi de s'être logé sur rue, au rez-de-chaussée, presque dans la gueule des créanciers ! regrette Charles après avoir tiré le rideau occultant pour régler le problème puis tourné la clé dans la serrure de l'huis où ça tambourine maintenant, jusqu'à ce que ça s'arrête et que soit glissé sous la porte le papier bleu d'une nouvelle mise en demeure.

À l'intérieur de la chambre devenue très sombre, le poète allume une bougie neuve dont on voit danser la flamme au reflet du miroir de Venise posé à même le sol, appuyé contre un mur, faisant aussi apparaître le squelettique corps nu de Jeanne tel celui d'un fantôme. Des journaux, des livres, des habits jonchent le plancher et Baudelaire, retourné s'asseoir au bord du sommier, tire de longues taffes à son narghilé. Le soir de mars arrive et du dehors on n'entend bientôt plus que le roulement de quelques fiacres attardés et éreintés lorsque la compagne du poète se met à s'agiter puis se crispe :

— Je brûle ! Je suis en feu !... À l'aide !

À l'aide ? Mais personne ne peut l'aider, Jeanne. Quand tu souffres tu es seul. Charles s'en trouve désarmé. Que faire ? Comment soulager l'infortunée ? panique le poète dérangé (et explosé par la came).

— C'est, c'est..., répète celle endurant les subits titanesques ravages de l'affection vérolique.

Elle veut dire qu'elle se consume d'un incendie intérieur, que si c'était extérieur elle pourrait faire couler sur elle de l'eau très froide pour atténuer mais là, à l'intérieur... elle a l'impression que rien n'est possible. Il lui faut juste supporter l'effroyable crise, attendre que ça s'arrête... Jusqu'à quand et est-ce que ça va s'arrêter ? L'auteur d'*Une Charogne* et de *Femmes damnées* lui lancerait bien des « Je t'aime ! » à la gueule pour déchirer sa solitude s'il n'avait, au fond de lui et depuis sa petite enfance, à ce point horreur de la passion parce qu'il la connaît avec toutes ses ignominies ! Mâchoires soudainement bloquées comme soudées, le corps de Jeanne se paralyse totalement – tétraplégique. Elle se rigidifie, pareille à un automate mécanique arrêté dont on vient de perdre la clé.

— Comment te remonter ?

Il lui promet qu'à ses frais il la fera entrer dans un hospice pour y être soignée, que d'ailleurs il connaît personnellement un jeune petit interne de la Pitié qui la fera admettre à l'hôpital Lourcine où elle sera bien mieux traitée que les autres syphilitiques entassés au fond des cellules du sous-sol. Il jure qu'en attendant, dès demain matin, il dévalisera les armoires des pharmacies renfermant de prétendus antidotes à la grande vérole, qu'il achètera même les médicaments miracles des charlatans sur les boulevards parce qu'il est temps de croire en tout, qu'il SAIT que trois mois d'iodure de potassium et des bains de vapeur lui feront le plus grand bien, affirme-t-il, moins qu'à demi sincère, puis à bout d'arguments il passe ses mains au-dessus d'elle, au ras de son corps, sans la frôler car elle hurlerait encore plus de douleur. Le débauché pervers se conduit comme l'amant le plus attentionné. Par tous les pores de ses paumes il veut aspirer son mal, qu'il sorte d'elle pour venir en lui, filer dans ses propres poignets, remonter ses bras et il se débrouillera avec. Très concentré et doigts si tendus qu'un peu relevés, il contourne les épaules de Jeanne pétrifiée, ses coudes, cherche à en comprendre les articulations, les vider d'une sorte de pus infect par imposition des mains. Celles-ci flottent à la verticale des côtes, y traînent, s'attardent au sternum entre deux seins trop maigres. Il survole les hanches en bloquant sa respiration.

— Viens, viens le mal en moi... Sors d'ici.

C'est au tour méthodique des genoux, chevilles, orteils puis il remonte, tout à cette affaire. Ça prend du temps. Parfois il sent effectivement quelque chose de bouillant venir en lui qui peut-être apaise tandis qu'il confie à sa complètement paralysée :

— Je veux partager ton mal, t'en prendre la moitié.

Pour elle, il rêve d'hémiplégie, voyez où il en est.

— Sois au moins mi-guérie. Choisis un côté, je prendrai l'autre ! On se partagera ce fardeau. À deux, il sera moins lourd.

Et, dans la chambre, la mèche de la bougie s'éteignant annonce la fin de la confidence.

65

— Mais enfin, madame, vous devez bien avoir, comme tout le monde, un petit nom oublié dans le coin de votre acte de naissance !

— Je ne sais pas.

— Vous ignorez comment vous vous appelez ?

— Oui.

À l'accueil d'un récent bâtiment hautain et haussmannien où s'accrochent les brumes de l'aube – nouvelle maison de santé municipale dite Maison Dubois au 200 de la rue du Faubourg-Saint-Denis –, Baudelaire est debout sur le carrelage du hall près d'une brouette dans laquelle se trouve la syphilitique étalée qui ne peut plus bouger. Le poète tente de faire accepter sa muse dans l'établissement mais ce n'est pas simple car elle n'y met pas du sien en ne répondant rien qui satisfasse l'employé administratif chargé des admissions. Penché par-dessus le comptoir, celui-ci aimerait également savoir :

— Patronymes des parents, lieu et date de votre naissance ?

D'en dessous, à même la brouette, elle lui répond :

— Aucune idée.

L'employé pointilleux s'en agace et l'engueule :

— Mais alors, à part la date d'aujourd'hui, 5 avril 1859, que puis-je écrire dans le registre des entrées ? Je vais être obligé de vous refuser.

— Il me plaît, intervient Charles, que ma compagne soit sans nom, ni âge, ni famille, ni lieu d'apparition sur terre connu d'elle. C'est original.

— Je n'ai jamais eu d'originalité, moi ! revendique le fonctionnaire.

— Monsieur, qu'en savez-vous ? doute le poète, prenant ensuite la défense de celle que *Les Fleurs du Mal* étreignent à tant de pages. Dans son malheureux cerveau abêti par la maladie elle doit ne plus se souvenir de rien.

— Jusqu'à son âge ? Mais enfin, tout le monde sait le sien. Par exemple, vous, je suppose que vous connaissez le vôtre !

— Dans quatre jours je prendrai trente-huit ans ou plutôt trente-huit ans m'auront pris ce qui me fait faire des réflexions philosophiques mais, ajoute-t-il près d'un bal tournoyant d'infirmières et de brancards, je refuse qu'on mette ma paralytique à la porte. Elle, peut-être en serait contente car elle se fiche de vivre encore mais moi je veux qu'on la garde jusqu'à épuisement de tous les moyens de guérison. Je me suis transformé en tuteur et sœur de charité.

Et se penchant vers la brouette pour essuyer le front baigné de sueur de sa passagère, rafraîchir des lèvres parcheminées par la fièvre, Baudelaire précise :

— Je paierai la pension ainsi que les soins.

— Dans ce cas..., admet le type de l'accueil.

Le poète abandonne la ruine humaine, d'une mélancolie si profonde, dans cet hôpital – caveau d'insondable tristesse où le destin l'a reléguée. De sa tête couronnée d'une chevelure crépue et rugueuse autour de laquelle rôde un parfum comme celui d'un encensoir, elle dit :

— Charles, ne reviens pas me voir, tout cela ne vaut pas...

Dehors, très tôt à l'heure où sous un ciel froid qui s'éclaircit un peu la voirie pousse un sombre ouragan dans l'air silencieux, Baudelaire longe la façade de la maison de santé. Il passe sous ses fenêtres qui laissent voir les vagues lueurs des veilleuses encore allumées au-dessus d'alignements de lits dans lesquels gémissent des gens tourmentés par des souffrances. Charles emporte de là un malaise moral en songeant que Jeanne peut mourir loin de lui. Il a aux paupières un réservoir de larmes dues aussi à sa dépression consécutive au procès des *Fleurs*. Il se sent sale, inutile et laid comme une chose usée. D'ailleurs, encore jeune il paraît déjà vieux et ses cheveux blanchissent. Avec ses sens aiguisés et vibrants, son esprit douloureusement subtil, son sang brûlé d'opium, il s'aperçoit que ses souliers ne brillent plus, qu'il porte le même chapeau depuis des années et qu'il marche sans savoir où il va. Il entend les premiers sons des métiers de la ville arriver dans l'ordre : les crissements d'un rémouleur, les coups de marteau du cordonnier bottier, le bruit de la machine à coudre d'un tailleur, le cri strident du vitrier ambulant :

— Vitriiiiier !...

Baudelaire, craignant de revoir apparaître des tronches grises de créanciers à sa fenêtre de la rue de Pigalle, se précipite sur lui :

— Je voudrais une vitre de couleur.

— Je n'en ai que des transparentes.

> — *Comment ? vous n'avez pas de verres de couleur ? des verres roses, rouges, bleus, des vitres magiques, des vitres de paradis ? Impudent que vous êtes ! vous osez vous promener dans des quartiers pauvres, et vous n'avez pas même de vitres qui fassent voir la vie en beau !*

Charles, qui méconnaît les rapports de courtoisie, attaque et maltraite aussitôt le vitrier surpris, lequel bascule en arrière. Toutes les plaques de verre de sa fragile marchandise ambulatoire sortent des crochets suspendus à ses épaules et leurs angles viennent heurter les pavés dans une explosion de débris.

(...) *le bruit éclatant d'un palais de cristal crevé par la foudre.*

Le poète, en état de grande surexcitation nerveuse, continue de sommer furieusement le vitrier étalé au sol : « La vie en beau ! La vie en beau ! » Les voisins sortis, alertés par le fracas, l'observent avec crainte et commentent : « Il est un peu toc-toc » pendant que Charles s'en va vers un but inconnu, criant encore : « Du beau ! Du beau ! » Arrivant sur une avenue près d'un lycée, il est surpris de découvrir en plusieurs endroits – murs, palissades de chantier, poteaux – le même graffiti répété par de jeunes mains au dessin des lettres scolaire. Tracé grâce à des craies de couleur destinées aux tableaux noirs des classes, le poète lit en bleu, en rose, en jaune, en vert, comme un réconfort :

C'est beau, de l'air !

66

— Garçon ! Du papier, de l'encre pour écrire, ainsi qu'un buvard ! Et puis demandez à tous ces jeunes d'aller plutôt voir là-bas si j'y suis !

Ne sachant lui-même où il se trouve tellement Paris change, Charles, ultra-classe en ce jour de mai, s'assoit à la terrasse d'une nouvelle taverne anglaise qui forme le coin d'une rue venant d'être inventée et encore couverte d'échafaudages plaqués contre des splendeurs inachevées de façades en devenir.

— Oust ! Allez-vous ficher le camp, oui ? N'embêtez plus la clientèle ! gronde le serveur en faisant claquer son torchon pour chasser des adolescents comme une nuée de moineaux mais ils reviennent vers le poète, les petits saligauds, en cette fourmillante cité pleine de rêves et d'idéal.

Ils s'approchent comme pour la becquée ou pour lui piquer les noisettes grillées qui accompagnent son pot de bière. Des audacieux avancent davantage, ouvrant leurs jeunes mains jusqu'à serrer celles de Baudelaire qui ôte vite les siennes dans ce paysage urbain fait de métal, de marbre et d'eau. Un de ses petits admirateurs débraillés ose se camper bien devant lui afin de réciter par cœur un quatrain de son idole au nom aussi de ses camarades d'école.

Nous aurons des lits pleins d'odeurs légères,
Des divans profonds comme des tombeaux,
Et d'étranges fleurs sur des étagères,
Écloses pour nous sous des cieux plus beaux.
(...)

Remplis d'espoir, les voilà nombreux à entourer l'atrabilaire, à sa table ronde, bourrant de tabac une pipe qu'il allume puis fume sans vouloir prononcer un seul mot alors qu'un des élèves éblouis lui déclare :

— Quand j'ouvre vos *Fleurs du Mal*, le soir, et que je relis vos magnifiques vers dont les mots sont si souvent des railleries ardentes, plus je les relis plus je les aime. Comme c'est beau ce que vous faites !

L'adolescent, citant des titres dont *La Mort des amants*, qui le bouleverse, précise :

— Vous y appliquez votre théorie musicale. C'est royal, voyez-vous, cela. Il faudra bien que, tôt ou tard, on en reconnaisse l'humanité et la grandeur absolument... En attendant, monsieur, quel éloge que le rire de ceux qui ne savent vous respecter !

Le fumeur conserve son attitude d'imperturbable Oriental, laisse dire et faire, ne s'arrête pas de boire et de fumer, ne les écoutant pas plus que s'il était sur une île déserte. Un nouvel acnéique, croyant lui plaire, tend en souriant un journal du jour au poète, annonçant qu'on l'y évoque.

— Eh, jeune homme, s'écrie Baudelaire, qui vous a demandé ce papier ? Sachez que je ne jette jamais les yeux sur ces cochonneries-là.

Et il se remet à fumer. L'un vient le saluer comme le Messie. Chacun rivalise d'ardeur pour lui adresser des compliments qu'il reçoit avec sa fatuité ordinaire. Charles, parfois, les balaie de son regard et les magnétise. Très lentement en scandant ses mots, ciselant ses phrases, c'est une fête de l'entendre envoyer chier ceux qui ressentent une admiration pour ce poète excellent et dépravé aux allures de dandy sarcastique. Homme secret, soucieux de garder le contrôle de sa légende, il aime devenir odieux à leurs oreilles mais la jeunesse est ensorcelée. Ils lisent tous Baudelaire en cachette, dans les dortoirs des pensionnats, essaient autant qu'ils peuvent d'imiter le satanisme et le mépris du monde du poète interdit et maudit. Plutôt que de leur dire qu'il s'en trouve touché il appelle vers la porte de l'établissement :

— Mais enfin, garçon ! Ces jeunes-là me sont insupportables avec leurs yeux ouverts comme des portes cochères ! Ne pourriez-vous vraiment pas les éloigner d'ici ?

— Comment, c'est encore vous, les enfants, qui faites du tapage ? s'exclame le serveur, qui s'approche en tapant des paumes mais prend ensuite leur parti lorsqu'il dit à Charles : Ils ont l'air d'avoir tellement besoin de vous. Ça ne vous rend pas heureux ?

— J'éprouve, au contact de la jeunesse, la même sensation de malaise qu'à l'encontre d'un camarade de collège oublié, devenu boursier, et que les vingt ou trente années intermédiaires n'empêchent pas de me tutoyer ou de me frapper le ventre. Bref, je me sens avec les jeunes aussi en mauvaise compagnie.

Et c'est lui qui quitte la terrasse, irrésistiblement entraîné vers autre chose qui serait plus ancien, faible et ruiné. Il marche, tête basse mais l'œil aux aguets, cherchant à tout voir.

67

Les Petites Vieilles

Dans les plis sinueux des vieilles capitales,
Où tout, même l'horreur, tourne aux enchantements,
Je guette, obéissant à mes humeurs fatales,
Des êtres singuliers, décrépits et charmants.

Ces monstres disloqués furent jadis des femmes,
Éponine ou Laïs ! Monstres brisés, bossus
Ou tordus, aimons-les ! ce sont encor des âmes.
Sous des jupons troués et sous de froids tissus

Ils rampent, flagellés par les bises iniques,
Frémissant au fracas roulant des omnibus,
Et serrant sur leur flanc, ainsi que des reliques,
Un petit sac brodé de fleurs ou de rébus ;

Ils trottent, tout pareils à des marionnettes ;
Se traînent, comme font les animaux blessés,
Ou dansent, sans vouloir danser, pauvres sonnettes
Où se pend un Démon sans pitié ! Tout cassés

Qu'ils sont, ils ont des yeux perçants comme une vrille,
Luisants comme ces trous où l'eau dort dans la nuit ;

Ils ont les yeux divins de la petite fille
Qui s'étonne et qui rit à tout ce qui reluit.

— Avez-vous observé que maints cercueils de vieilles
Sont presque aussi petits que celui d'un enfant ?
La Mort savante met dans ces bières pareilles
Un symbole d'un goût bizarre et captivant,

Et lorsque j'entrevois un fantôme débile
Traversant de Paris le fourmillant tableau,
Il me semble toujours que cet être fragile
S'en va tout doucement vers un nouveau berceau ;

À moins que, méditant sur la géométrie,
Je ne cherche, à l'aspect de ces membres discords,
Combien de fois il faut que l'ouvrier varie
La forme de la boîte où l'on met tous ces corps.

(...)

Un long poème s'élabore, se précise dans la tête de Baudelaire. S'étant finalement repéré dans la ville grâce au passage Choiseul à proximité de la taverne anglaise, des foules énormes de maçons, outils sur l'épaule, se pressent devant lui qui ne leur prête aucune attention. Partout c'est la certitude du pain pour les lendemains, partout l'explosion de la vitalité mais Charles marmonne des alexandrins aux rimes croisées en suivant des dames âgées.

(...)

Ah ! que j'en ai suivi de ces petites vieilles !

(...)

Le poète chope au vol des vers le long des rues et des chantiers quand, découvrant une autre aïeule, ses pensées s'envolent. Il invente et se récite des sensations qui le remplissent d'une gourmandise mêlée de peur, se demandant comment les regarder sans un serrement à la poitrine. Cafés, cabarets, un ivrogne au fond d'un estaminet s'endort sur la table d'une pièce noire et enfumée qui donne sur la cuisine. Près de lui, l'ombre d'un joueur abat un beau valet de pique sur une dame de cœur tandis que contre le mur une horloge rapide répète de sa voix de grillon : « À quiconque a perdu ce qui ne se retrouve jamais, jamais ! » Adossée contre la porte d'un hôtel borgne, une fille publique aux airs d'innocente pucelle sortie du lit d'un barbon propose à Baudelaire :

— Tu montes, chéri ?

— Cessez de chercher, ô belle curieuse, et bien que votre voix soit douce, taisez-vous ! Il me déplaît, là, d'être interrogé de la sorte. Aujourd'hui, je déteste le ramage des jolis oiseaux tels que vous !

Il faut, en ce moment, à Charles d'autres créatures nécessaires pour les satisfactions qu'il tire de leurs corps et le poème qu'elles lui inspirent. Tiens, en voilà encore une qui arrive et pareil là aussi. Elles passeront avant les souliers qu'il a vus en vitrine chez Fachon. Dans une ruelle remplie de vocabulaire de corps de garde et de bousculades manquant de les faire tomber, Baudelaire, en lui-même, conseille : « Avec ces pavés glissants, vous ne devriez jamais sortir sans être accompagnées. »

Plusieurs quatrains plus tard, dans sa poésie, il s'adresse aussi directement à elles.

(...)
Honteuses d'exister, ombres ratatinées,
Peureuses, le dos bas, vous côtoyez les murs ;
Et nul ne vous salue, étranges destinées !
Débris d'humanité pour l'éternité mûrs !

Mais moi, moi qui de loin tendrement vous surveille,
L'œil inquiet, fixé sur vos pas incertains,
Tout comme si j'étais votre père, ô merveille !
Je goûte à votre insu des plaisirs clandestins :
(...)

Abordé sur un trottoir par un critique littéraire qui veut lui faire part de reproches concernant son œuvre, Charles, vite ulcéré, n'y tient plus. Voyant qu'arrive un omnibus filant au grand trot, sans un mot, le poète s'élance sur la plate-forme du refuge hippomobile qui disparaît. Le critique en demeure ahuri au bord de l'avenue :

— Drôle de bougre...

Descendu dès la station suivante, Baudelaire rejoint l'entrée d'un immeuble neuf à côté de laquelle se trouve, vissée au mur, une plaque de granit noir gravée de lettres dorées où il peut lire :

PARIS
POULET-MALASSIS & DE BROISE
ÉDITEURS

97, rue de Richelieu, et passage Mirès, 36

Il pose une main sur la poignée de porte de la nouvelle adresse de sa maison d'édition, se retourne vers les ancêtres à jupon de la rue et conclut son poème.

(...)

Où serez-vous demain, Èves octogénaires,
Sur qui pèse la griffe effroyable de Dieu ?

68

— Voici quelques nouveaux torche-culs, Coco Mal-Perché ! annonce d'entrée Charles en ôtant d'une poche puis tendant à Poulet-Malassis plusieurs feuilles de papier.

— Ah, vous avez donc quelque chose d'autre sur le chantier, s'en réjouit Auguste.

De Broise semble plus sceptique. Les deux éditeurs se partagent dorénavant un unique bureau. Les affaires n'ont pas l'air florissantes.

— Cerbère Justice a supprimé six fleurs de la première édition maintenant épuisée, je vais lui en recoller trente-cinq dans la seconde, gronde le poète.

— On pourrait savoir pourquoi ce nombre précisément ? demande le beau-frère.

— J'ai besoin de vengeance comme un homme fatigué a besoin d'un bain, justifie Baudelaire. Parmi ceux que je vous apporte déjà, vous trouverez *Le Squelette laboureur, Le Cygne, Obsession*. Ne voulant pas continuer à voir péricliter vos bénéfices, je n'y placerai pas *L'Imprévu* ni *Le Monstre*. Ça vous mettra à l'abri des condamnations que de tels poèmes provoqueraient.

— Vous êtes bien aimable..., grimace Eugène.

— Parmi ces poésies, il y a aussi *Le Voyage* qui sera la dernière du livre, celle où j'y écris :

Ô Mort, vieux capitaine, il est temps ! levons l'ancre !

— Encore ce thème ! s'ébroue de Broise. Eh, le poète, ça va maintenant ! Ne pourriez-vous pas trouver d'autres sujets, par exemple des odes aux jeunes filles pubères ou que sais-je ?

Charles jette un regard de côté sur le sinistre donneur d'avis :

— J'envisage également un autre livre, un essai, qui s'appellerait *Les Paradis artificiels*, où j'évoquerais le haschich et l'opium.

— Ah, de mieux en mieux, après la mort, maintenant la drogue !... Nous courons à la faillite, Auguste ! promet Eugène.

— Et pourtant, franchement, le haschich et l'opium sont de mauvaises ressources contre le chagrin, poursuit imperturbablement Charles. Si le premier fut pour moi une curiosité exotique, le deuxième est devenu une habitude tyrannique. Je prévois de risquer bientôt un nouveau trésor de la neuropharmacologie.

« Ah, mais pourquoi ne sommes-nous pas restés imprimeurs à Alençon ?... » soupire le beau-frère de Poulet-Malassis, qui propose :

— Asseyons-nous et parlons peut-être d'autre chose. Comment vont par exemple vos amours, mon cher Baudelaire ? Vous inspirent-elles toujours ? De par sa petite sœur qui parle trop, il se murmure que vous avez eu une liaison avec Mme Sabatier à laquelle vous auriez mis fin de façon assez brutale.

— Je craignais de l'avoir sur les bras, la Présidente, pas envie qu'elle m'encombre, répond le mufle.

« Je ne souhaiterais à personne d'être aimé d'un poète tel que vous, fût-il selon certains le plus grand de tous… » commente de Broise en s'asseyant sur un canapé près de son associé, face à Baudelaire installé dans un fauteuil et qui arrête son regard sur un immense magnifique poêle en faïence polychrome exécuté par les frères Deck. « On l'avait commandé, explique Eugène, en un temps où l'on pensait que notre maison d'édition irait bien, c'est-à-dire avant de vous rencontrer… »

— Mon cher Baudelaire, reprend Auguste Poulet-Malassis – homme d'une distinction parfaite et cultivé, un être exquis –, à propos des deux poèmes dont vous parliez tout à l'heure, *L'Imprévu* et *Le Monstre*, que vous sembliez prêt à renoncer de… je me disais : et pourquoi pas ?

À ces mots, Eugène se lève tel un ressort et, du bureau, sort :

— Adieu, monsieur le poète ! Et toi, Auguste, un jour ou l'autre, tous les deux, il faudra qu'on se parle très sérieusement, menace l'associé.

La porte donnant sur la rue de Richelieu vient de claquer violemment. Charles regarde Auguste, toujours aussi calme :

— Dites-moi, Coco Mal-Perché, avez-vous ce soir quelqu'un pour dîner avec vous ?

— Non, mon cher Baudelaire.

— Eh bien, je vous tiendrai compagnie.

Invité par l'éditeur dans une jolie taverne du passage Mirès, le poète s'y révèle, sitôt à table, désagréable avec le tenancier qu'il exaspère :

— Monsieur, faites-vous la cuisine au beurre ou à la graisse ? Votre beurre est-il bien frais ? Avez-vous d'excellents bordeaux blancs ?

Le patron en allé, pupilles au plafond, Auguste, souriant, demande à son auteur :

— Espériez-vous qu'il vous réponde : « Non monsieur, ici on cuisine au saindoux rance et l'on ne sert que du vin frelaté » ? Sinon, pour en revenir à cette vie sentimentale qui nourrit tellement votre œuvre ?...

Baudelaire, reniflant son assiette arrivée, hésite à répondre pendant que Poulet-Malassis suppose :

— Vous devez adresser des galanteries à des dames que j'estime assez pour croire qu'elles doivent parfois s'en effaroucher.

— Vainement, ma raison voudrait prendre la barre mais des tempêtes internes déroutent mes efforts... Jeanne étant sérieusement malade et dans la misère, je me suis agité, j'ai tout remué. Je me suis même adressé au fameux homéopathe Cabarrus qui soigne l'empereur ! En tout cas, quoiqu'elle soit encore loin d'être rétablie, il paraît qu'elle va mieux. De tétraplégique elle serait passée à seulement hémiplégique du côté gauche, confie-t-il en se massant l'épaule droite. Mais bon, il faut que je verse d'ici le 5 juin cent vingt francs à la maison de santé plus trente francs à la garde-malade alors, quand même tout cela vous ennuierait beaucoup, je compte sur votre amitié, Coco Mal-Perché, conclut-il en se resservant un verre de vin.

C'est sa stratégie de continuellement quémander. Ce sacré poète est aussi un sacré manœuvrier qui, tandis que l'éditeur glisse des doigts dans son portefeuille, espère maintenant pour Jeanne :

— J'ai appris qu'à la Gaîté ils allaient monter une comédie légère se déroulant du temps de Louis XIV. En cas de rétablissement, je pourrais proposer la Duval comme figurante dans l'entourage du roi.

— Un rôle de dame à la cour, mon cher Baudelaire ? s'en amuse Poulet-Malassis. Je sais bien que le vaudeville n'exige pas de grands renforts de vérité mais l'invraisemblance paraîtrait ici un peu bien grande…

— Je vous parle théâtre car, parallèlement, je fréquente en catimini une comédienne, Marie Daubrun, qui se produit dans *Les Oiseaux de proie* sur la scène de L'Ambigu-Comique.

— Comment est-elle ?

— Une personne bonne ou mauvaise suivant le vent, les nerfs, l'encouragement ou le découragement. Elle est venue loger dans ma chambre à l'hôtel du Maroc. Je voulais une nouvelle fois attraper par les cheveux quelque drôlesse à qui dire « mon ange » entre deux draps blancs ! s'exclame Charles, se levant déjà.

Son repas n'aura pas duré plus de dix minutes car il mange toujours avec la fièvre. En sortant de la taverne, empochant les billets d'Auguste, il concède :

— Eh bien, nous n'avons pas trop mal dîné...

Baudelaire, venu rendre visite à son éditeur, l'a gagné, l'a séduit, lui a fourgué une plaquette toxicomaniaque sans avenir, l'a fâché avec son associé, s'est fait inviter à la meilleure table du quartier et lui a piqué cent cinquante francs en promettant :

— Je vous pardonnerai le mal que je vous fais.

Auguste glousse alors Charles l'interroge :

— Coco Mal-Perché, lequel de nous deux est le plus fou ?

69

— De nous deux, c'est moi le mâle ! prétend une voix féminine.

Au 27 de la rue de Seine, à l'intérieur d'une chambre de l'hôtel du Maroc, Charles, seulement couvert d'un gilet très long, se trouve debout, collé derrière une jeune femme nue, ayant sept ans de moins que lui, qu'il enlace. Les deux, face à une armoire à glace en acajou, regardent dans le reflet du miroir le couple qu'ils forment.

— Drogué, t'ai-je vraiment vu boire cinq cents gouttes, ce matin ?

Elle, teint clair et iris verts, paraît être une petite personne capricieuse, une belle méchante aux yeux loups-garous. Lui, encore plus maigre, cheveux maintenant très blanchis et visage rasé, ressemble toujours à un poète des voluptés amères pendant qu'il chuchote à l'oreille de celle qu'il enserre :

— Marie, cette nuit j'ai fait un drôle de rêve. Lors d'une de tes tournées théâtrales, nous étions tous deux à l'étranger dans un appartement avec d'autres acteurs. Debout, devant une table, tu les écoutais. Un gros Chinois très musclé est arrivé dans ton dos qu'il a penché, a soulevé ta robe et a commencé à te baiser alors que tout le monde s'en fichait. Moi, sans voix, j'assistais à cela puis tu t'es dégagée et es allée dans la salle de bains. Le gros Chinois t'a suivie et a refermé la porte derrière lui. J'entendais des bruits et ton souffle qui s'accélérait. Je me suis réveillé en nage.

— Au moins, il y avait une salle de bains !... Ce n'est pas comme ici, grogne avec dédain la comédienne qui, d'une ondulation, se défait de l'étreinte du poète. Là, seulement une bassine pour la toilette et un seau hygiénique à vue, retourne-toi !

Baudelaire, tirant un flacon d'une poche de son gilet, va vers la fenêtre qu'il ouvre en grand avant de dévisser le bouchon du récipient qu'il sniffe :

— Hou !... Il rafraîchit, ce bienheureux poison. Ah, créer le paradis par la pharmacie... Tu en veux ?

— Non, répond Marie Daubrun qui a maintenant au visage du blanc et des mouches comme pour un rôle qu'elle prépare. Tes flacons de confiture verte, d'opium liquide, d'éther expliquent assez clairement les inconvénients de ton amour. Garde tes présents et viens là, sale chienne !

Il obtempère aux jurons et insultes, façon traînée des rues, de sa partenaire. Ça l'excite.

— Surtout dépravé et fétichiste, tu as en fait en horreur l'acte sexuel.

Assise au bord du lit et flairant le bon gibier, elle l'attire vers son repaire, indique la position qu'elle exige de lui. À genoux, il se soumet en boule, la tête entre les poings :

— Qu'est-ce que tu fais ?

— Je pense.

Elle ne fait pas que penser. Plus bas que le dos, elle glisse sous le gilet de Charles ses ongles (serres) acérés. Ce n'est pas par hasard qu'elle tient le premier rôle dans *Les Oiseaux de proie* à l'Ambigu. Ses yeux verts s'agrandissent librement dans un drôle de jeu. Baudelaire, victime résignée et déplorable, devient l'élément femelle de ce ménage infernal. Le mâle, ce matin, c'est elle. Elle l'a dit ! Marie a de la fausseté, des manières cavalières choquantes mais Charles l'aime aussi marquée du signe masculin qui lui procure ce qu'on pourrait appeler des plaisirs homosexuels. Il serait capable d'en écrire un poème, nommant Marie Daubrun *Le Poison* car si, certes, il apprécie l'alcool et la drogue...

Le Poison

(...)

Tout cela ne vaut pas le poison qui découle
De tes yeux, de tes yeux verts,
Lacs où mon âme tremble et se voit à l'envers...
Mes songes viennent en foule
Pour se désaltérer à ces gouffres amers.

Tout cela ne vaut pas le terrible prodige
De ta salive qui mord,

Qui plonge dans l'oubli mon âme sans remord,
Et, charriant le vertige,
La roule défaillante aux rives de la mort !

Il se retrouve entraîné, par elle plié à des amours particulières liées à la débauche. Elle le traite comme une gaupe. C'est un événement dans le cerveau de Charles. Il y a longtemps qu'il n'a pas senti pareil enlèvement. Déchiré là, il se détruit entre les bras de cette furie dans la chambre pleine de cris. S'il en parle un jour à quelqu'un ce sera comme d'une affaire qui l'a profondément marqué :

— Aïe !

Turpitudes passées, comme si de rien n'était, Marie se rassoit et ravit les coussins par ses poses en mettant ses bas alors que le poète lui reproche :

— Je me suis bien souvent accusé moi-même d'un monstrueux égoïsme mais, ma foi, le mien n'est jamais allé jusque-là.

Les maltraitances de la comédienne Marie Daubrun sont maintenant remplacées par des ronronnements de chatte amoureuse :

— Charles, la pièce *Maître Favilla* de George Sand va bientôt entrer en répétition à l'Odéon. Je veux ce rôle. Écris-lui.

— Sand ? Mais elle a la même profondeur de jugement que les concierges et, dans son Berry, elle ignore qui je suis.

— Écris-lui sinon...

— Jamais je ne le ferai ! Elle est bête, elle est lourde, elle est bavarde. Que quelques-uns aient pu s'amouracher de cette latrine, c'est bien la preuve de l'abaissement des hommes de ce siècle. Si je la rencontrais je ne pourrais m'empêcher de lui jeter un bénitier à la tête.

Madame Sand,

J'ai un bien grand service à vous demander alors que vous ne connaissez même pas mon nom. S'il est une position embarrassante, à coup sûr c'est celle d'un poète obscur tel que moi contraint à recourir à l'obligeance d'une célébrité aussi talentueuse que vous. J'aimerais que Mlle Daubrun obtienne le rôle principal dans votre pièce qui sera jouée à l'Odéon. Maintenant il serait vraiment trop bête que je vous parlasse aussi de mon admiration pour vous et de ma reconnaissance. J'attends votre réponse avec une certaine angoisse. Veuillez agréer l'assurance de mes sentiments les plus respectueux.

Charles Baudelaire

70

— Hier, j'ai écrit une lettre d'amour à George Sand, je peux bien aujourd'hui écrire celle-ci. Honte pour honte, pendant que j'y suis...

— À qui l'adresses-tu, Charles ? demande Asselineau, qui regarde par-dessus une épaule du poète et lisant.

Monsieur Abel-François Villemain,

J'ai l'honneur de vous instruire que je désire être inscrit parmi les candidats qui se présentent pour le fauteuil actuellement vacant à l'Académie française et je vous prie de vouloir faire part à vos collègues de mes intentions à cet égard.

Charles Baudelaire

— C'est une blague, hein ? voudrait avoir confirmation le bibliothécaire assis sur une banquette près de Gustavc Courbet, placide et fumant du tabac levantin dans une pipe droite à bouquin d'ambre.

— Pourquoi en doutes-tu ? s'étonne, agacé, le poète. Ne suis-je pas du niveau ?

— Ah, car c'est vrai ? s'en trouve ahuri Asselineau qui ensuite s'exclame : Eh, écoutez tous ! Baudelaire vient de rédiger un mot au secrétaire perpétuel de l'Académie dans le but d'occuper le fauteuil libéré !

Non loin du Louvre, au café Momus, rue des Prêtres-Saint-Germain-l'Auxerrois, près de l'église, la nouvelle file comme une traînée de poudre enflammée dans tous les salons de l'estaminet et autour des cinq billards à table d'ardoise où les cannes se posent :

— Ce n'est pas possible !

Courbet regarde Charles avec attention alors qu'au milieu des joueurs de dominos et de ceux qui parlaient politique, Nadar s'esclaffe :

— Vouloir cumuler l'asile de Charenton-les-Fous et le palais Mazarin, c'est le plus beau coup d'audace qu'on ait vu !

Édouard Manet s'approche du poète :

— Vous, entrant sous la Coupole, feriez éclater en mille pièces les vitres de l'Institut.

L'annonce de Charles met le monde artistique en mouvement dans cet établissement où se réunit la bohème qui apprécie le lieu pour la modicité de ses tarifs de consommation. La demi-tasse de café n'y coûte que cinq sous et il est permis de ne s'en partager qu'une à plusieurs, du matin au soir, en lisant les journaux mis à disposition alors l'endroit va bientôt faire faillite. Une autre faillite qui s'annonce selon beaucoup de clients, c'est quand même l'élection de Charles Baudelaire à l'Académie française.

— Ce n'est pas fait, ça ! s'enroue, dehors, la girouette de l'église.

La candidature a éclaté au Momus comme un pétard :

— Tournée générale ! gueule Champfleury.

On apporte sur toutes les tables des pots de faïence bleue. Alphonse de Lamartine, lui-même académicien, vient chuchoter à l'oreille de Charles.

— Qu'est-ce qu'il t'a dit ? demande ensuite Asselineau.

— Il veut me détourner de mon projet en m'expliquant qu'à mon âge on ne doit pas s'exposer à recevoir un soufflet. Il paraît que j'ai l'air jeune.

Chacun y va de son avis. Le gros expansif Théophile Gautier imagine, en bousculant Courbet :

— Ta candidature pouvant être considérée comme un outrage à l'Académie, plusieurs de ses messieurs pourraient décider qu'ils ne sont pas visibles pour toi lors des visites où tu devras faire la cour à chacun afin d'obtenir leur voix à l'instant du vote.

— En tout cas, ni Ponsard, ni Saint-Marc Girardin, ni Legouvé ne voudront te recevoir, promet l'un tandis que Maxime Du Camp est certain que :

— Il y en a plein, parmi ces séniles grabataires, à qui il faudra épeler votre nom, Baudelaire ! Et quand ils connaîtront votre passé judiciaire !... et surtout s'ils vous lisent, alors là...

— Abel-François Villemain, cette mandragore sans âme, recevant votre lettre, va lui-même s'émouvoir sous le dôme et regretter, séance tenante, d'avoir un fauteuil libre ! se marre Gustave Doré tout en dessinant et coloriant d'un vert d'académicien Baudelaire en train de contempler une charogne qu'assaillent des mouches.

Tous, au café Momus, jettent çà et là des mots tantôt railleurs, tantôt approbateurs et les discussions repartent de plus belle dans des éclats de rire faisant la désolation de Charles :

— Je suis très blessé d'être traité, depuis plusieurs années, de loup-garou, d'homme impossible et rébarbatif. Une fois, dans un journal méchant, j'ai lu quelques lignes sur ma répulsive laideur faite pour éloigner toute sympathie. C'est dur pour un homme qui a tant aimé le parfum de la femme ! Un jour, une dame m'a dit : « C'est singulier, vous êtes convenable. Je croyais que vous étiez toujours drogué et que vous sentiez mauvais. » Elle parlait d'après ma légende... Cependant, reconnaît-il ensuite, parfois je me vante, pourquoi ? délit de fanfaronnade ? de vilaines actions que je n'ai pas commises alors que je nie souvent d'autres méfaits, bien plus graves, que j'ai accomplis avec joie. Mécontent de tous et mécontent de moi !

La lumière des becs de gaz de l'établissement projette aussi des ombres sur le visage sombre de Baudelaire alors qu'un chat sort de son panier puis vient sauter sur les genoux du poète comme pour le féliciter de son intention tandis que le fier Barbey d'Aurevilly, auteur d'un pamphlet – *Les Quarante Médaillons de l'Académie* – où il dézingue à tour de rôle chacun des membres de l'Institut, grimace, pot de bière hissé aux lèvres :

— À quoi bon rêver de se trouver coiffé d'un bicorne de carnaval et armé d'une ridicule épée ?...

— À quoi bon, Jules ? s'insurge Charles. Parce que si je vous parlais de mes misères je vous ferais pitié. Mes dents s'allongent comme un jour sans pain sous lesquelles je n'ai pas souvent à mettre une croûte. Et puis pouvoir travailler en paix, loin d'une gorgone hôtelière qui me fait si peur que je ne rentre pas parfois plusieurs nuits de crainte de la rencontrer dans son immeuble. Si elle me savait devenu académicien ça l'épaterait et la calmerait. Je veux arriver aux honneurs, aux places et aux richesses, ajoute-t-il encore en son ample vareuse noire maintenant un peu élimée aux coudes et au bord des poches. Mon excuse est dans mon effroyable gêne, justifie-t-il, se levant et annonçant à l'ensemble de la clientèle : Adieu à tous, je vous en veux un peu.

Gustave Courbet, vite debout derrière le poète, l'attrape par la manche pour lui parler d'autre chose :

— Pourquoi Baudelaire avoir écrit une lettre d'amour à George Sand ?

— Afin d'être agréable à une nouvelle gaupe à qui mon cœur sert de cible et quand je dis mon cœur...

— Voulez-vous bien m'accompagner jusqu'à mon atelier ? Je voudrais vous faire voir quelque chose.

71

— Regardez, Baudelaire, qui voilà, vous contemplant à nouveau...

— Jeanne !... Mais comment est-ce possible, Courbet ? Vous ne l'avez donc pas effacée comme promis après que, la dernière fois, j'ai en partie barbouillé de blanc sa figure ?

— Si mais elle est réapparue... d'elle-même, par exsudation. Ses teintes, au cours des mois et des années déjà écoulées, ont traversé le gris du mur dont je l'avais entièrement couverte. Elle ne veut pas vous quitter, celle-là, Baudelaire. C'est comme si elle vous disait que jamais vous ne pourrez vous en débarrasser même si tout à l'heure vous m'avez parlé d'une nouvelle compagne.

— Jeanne..., répète Charles qui en a les larmes aux yeux.

Lasse de rêver sous la peinture d'un mur, elle s'éveille en surface. D'un sourire, son visage défie ironiquement le destin en une lente loi physique, quelque chose d'étrange semblant surnaturel, fantasmatique, et cela plaît au peintre à large pantalon en velours :

— Cette femme, muse, on pourrait dire cette ombre à laquelle vous devez tant d'inspiration, systématiquement occultée même par vos amis, considérée comme le choléra, dénigrée, insultée, criblée d'oubli par chacun, certainement maltraitée par vous, promise à n'être plus qu'un trou de mémoire dans l'histoire de la poésie et même biffée par moi en peinture, est revenue vous voir. Rien en vous ne pourra lui être préféré, Baudelaire. Une harmonie vous gouverne tous les deux.

Jeanne est retournée hanter le gigantesque tableau énigmatique. Elle en est le fantôme, la tache insupportable qui ne veut pas disparaître.

— Elle ne vous perdra plus de vue, Baudelaire.

— Notre jeunesse fut un ténébreux orage traversé çà et là par de brillants soleils.

Et les deux s'imaginent, depuis la trame de lin de la toile, l'entendre dire : « Au-delà du possible, au-delà du connu, je reviens voyager dans tes rêves, Charles… »

Cela semble avoir été prononcé comme à travers des éthers pareils aux mouvantes architectures que Dieu (dit-on) fait avec les vapeurs, les nuages, les merveilleuses constructions de l'impalpable. Elle a aussi soufflé un parfum de musc et de havane tel celui qu'allume et aspire Baudelaire. Les volutes du cigare se mêlent aux fumées de la pipe de Courbet. Debout côte à côte et semblant tout petits devant le tableau de taille phénoménale, les deux artistes en restent sciés.

« C'est la magie de l'art » s'en extasie le peintre tandis que le poète constate : « N'y a-t-il pas quelque chose d'essentiellement comique dans l'amour, particulièrement pour ceux qui n'en sont pas atteints ? » puis il sort dans la rue Hautefeuille, très perturbé. Sa vie errante reprend dans des chicanes compliquées. Tout cela l'a mis dans un piteux état. Il cherche un fiacre de louage qu'il ne trouve pas. Une colique lui vient qu'il soignera à l'opium dans son hôtel. Il ne se déplace plus qu'avec beaucoup de difficulté. Arrivé rue de Seine, aujourd'hui, gravir les marches jusqu'à sa chambre en se retenant à la rampe se révèle compliqué. Chez lui, il compte les gouttes de laudanum par séries de cent, lorsque ça frappe à la porte.

— Marie ?

Il ouvre puis s'exclame :

— Jeanne !

Une aisselle appuyée au-dessus d'une longue béquille, elle avance sur un seul pied par petits bonds. Une paupière lourde occulte son œil gauche. Hémiplégique flasque du côté du cœur, elle revient vers Charles comme un suintement.

72

Après avoir joué *Les Oiseaux de proie* lors d'une représentation dominicale en matinée, Marie Daubrun sort du théâtre par la porte réservée aux artistes. Elle fait la tronche alors que Baudelaire, semblant embarrassé sur le trottoir, lui tend une fleur.

— Une seule ? râle la comédienne. J'aurais préféré un bouquet, un gros avec aussi des roses...

On ne peut pas dire qu'elle a la jambe, la cheville, ou le genou mal tourné mais alors son caractère !... Propos verts ainsi que ses yeux possédant une bonne dose de vulgarité qui convient à Charles, elle lui annonce en jurant comme un cocher que, d'un coup de tête en pleine saison théâtrale, elle vient de rompre son engagement et que le directeur de la salle de spectacle, furibard, a juré qu'il intenterait un procès au prochain théâtre parisien qui accueillerait la transfuge fuyarde. Grincements de roues et piétinement des fers des chevaux parmi l'agitation de la rue qui s'emplit de spectateurs quittant la salle, l'actrice demande quand même au poète :

— Plusieurs jours que je ne t'ai pas vu parce que tu étais mal en point, comment vas-tu en cette fin d'après-midi ?

— Mieux. Mes courbatures ont disparu. Je n'ai presque plus de maux de tête ni de pincements à l'estomac et j'ai pu dormir la nuit dernière. C'était juste une crise, une alerte. Marie, je voulais te dire que...

— Oh, ne le laisse aller plus loin la Daubrun en voyant qu'une marchande ambulante de beignets propose aussi des parts de poulet froid, si on s'en achetait pour le dîner ?

Parmi les ouvreurs de portière de calèche en attente, elle acquiert les morceaux de volaille, s'exclamant aux oreilles de son amant :

— Rien à fiche d'être mise à l'index par le directeur puisque, grâce à ta lettre, George Sand m'imposera à l'Odéon pour *Maître Favilla* !

— Justement, à ce propos, Marie, je voulais te dire que...

À l'hôtel du Maroc, l'union réussie de leurs corps n'étant pas l'accouplement des sexes – Baudelaire en a encore le cul qui pique –, les deux se lancent dans un infini baiser devenu un ciel liquide, une balade cosmique des muqueuses. D'un bras de Charles, bien prise par la taille et ondulante comme une couleuvre, Daubrun sent l'autre bras du poète aller vers ses jambes fines, ses pieds fripons et son corsage entrouvert à l'intérieur duquel se glisse une main errante pendant qu'elle entend :

— J'ai reçu la réponse écrite de Sand. Finalement, Marie, tu es écartée de la distribution.

Colère folle quoique prévisible au milieu d'imprécations, les dents de la rejetée mordent méchamment la langue de Charles. Retirant sa bouche maintenant pleine de reproches, elle gueule : « Tu ne sers à rien ! » alors que Baudelaire, se massant entre les lèvres, reconnaît dans un borborygme :

— L'utile me semble haïssable ! Un beau vers me paraît très supérieur à une bonne action.

— Je vais alors sans doute me voir obligée d'accepter un engagement dans une troupe qui entreprend une tournée en Italie...

Ça lui en coupe l'appétit, à la monstrueuse aux yeux verts :

— Pas faim !

À même la table, près du nouvel encrier de Baudelaire – crapaud en bronze moulé sur la bête –, elle emballe les parts de poulet dans deux papiers trouvés là, deux poèmes inédits de Charles Baudelaire, les ultimes prévus pour la seconde édition des *Fleurs du Mal*. Il s'en scandalise, appelle la comédienne « connasse » et lui jure que jamais il ne pourra réécrire ces deux poésies qui ont servi à envelopper du poulet :

— Salope, je me casse !... et vais dans la chambre que je loue maintenant aussi à Neuilly.

— Une chambre à Neuilly, pourquoi, pour qui ?!

73

Charles, ce sans domicile fixe (deux adresses dorénavant), marche jusqu'à Neuilly dans un profond dénuement. Il sait vers qui il va. Aux heures de mélancolie, c'est toujours en direction de la même qu'il veut s'enfuir – malheureuse femme qu'il aide autant qu'il peut. Il porte sous le bras et de traviole son miroir vénitien d'antiquaire qu'il déménage encore. Le long des bords dorés du cadre, les biseautages de la glace réfléchissent, dédoublé en contre-plongée, le reflet du poète en croix sur le ciel s'obscurcissant. Arrivé à destination avec la nuit, il pousse la porte de l'autre chez-lui et voit Jeanne debout en robe d'été face à la cheminée éteinte. Appuyée sur la béquille lui servant de point d'appui, de son bras droit à nouveau mobile elle rince deux couverts dans une bassine métallique posée sur le manteau de l'âtre. Mais surtout Baudelaire découvre, étalé dans l'unique fauteuil de son meublé, un rude gaillard noir, athlète en maillot, homme fait au tour qui pourrait soulever des poids de cent kilos sans effort et qu'on n'aurait pas l'idée d'appeler « mamour ».

— Paraît que t'es poète, toi ?

— Je travaille peu, gagne encore moins en vivant d'espérance, lui répond Baudelaire, demandant ensuite à Jeanne : Tu veux bien faire les présentations ?

— 'est 'on 'rère...

Charles parvient à traduire :

— C'est ton frère ? Mais depuis quand tu as une famille ?!

Elle hisse son sourcil droit d'un air de fatalité.

— Je vais habiter ici, lance sans ambages l'exotique lascar d'une politesse très relative. Je partagerai le lit avec « ma sœur » et toi tu dormiras dans le fauteuil. J'espère que tu ne ronfles pas car ça m'agace et moi quand je suis agacé...

Baudelaire se passe une main sur le visage comme pour se réveiller d'un cauchemar mais non, c'est bien la réalité. Jeanne devenue telle que muette, forcément, ne dit rien et le mec se lève. Il est immense, ce doit être dans les gènes des appelons-les Duval. À côté du loustic tellement impressionnant, le poète paraît minuscule et s'interroge : « Comment puis-je me trouver dans de tels embarras ? » juste avant que le caïd aux allures de saltimbanque roule ses yeux noirs qui ne sont pas ceux d'un ange en ordonnant à celle qui s'essuie une main contre un torchon :

— Allez, maintenant viens au turbin dans les baraquements d'ouvriers, ma gagneuse ! Aie le sens de la famille.

Charles aimerait plus précisément comprendre, alors l'autre lui explique : « Ta femme est ma pute ! » (phrase qui doit faire quelque chose à entendre...) mais le poète chétif s'y oppose fermement face au mac :

— Vous laisserez là ma compagne ! Je vous y forcerai à coups de canne ou de poings au besoin !

Le proxénète s'esclaffe d'un gros rire :

— Ce ne serait pas sans péril et tu pourrais le payer cher, rimailleur de pacotille.

Baudelaire, excédé par l'intrus qui veut conduire sa muse à la prostitution et souhaitant, pour une fois, être propre à quelque chose, projette une pogne vengeresse vers le dessus de la cheminée. Il s'y empare d'un canif dont il sort la lame du manche en bois devant le proxénète, détendu, qui lui conseille :

— Range plutôt ça dans la poche de ton paletot, petit, tu pourrais finir par blesser quelqu'un.

Aisselle gauche appuyée sur sa béquille, Jeanne, du bras droit valide, empêche Charles d'aller trop loin. Son « frère » la bascule sur une de ses épaules comme un paquet. En largeur s'étale la robe aux larges raies violettes et blanches à l'intérieur de laquelle la muse paraît être une poupée rigide.

— Mais ! Comment voulez-vous que ce soit possible ? Elle est à moitié paralysée ! pourrait en pleurer Baudelaire.

— Je la pose sur un tas de gravats et, la bouche, ça va...

74

Ça ne va pas pour Baudelaire ce matin. Le ciel pèse sur lui comme un couvercle encore plus que d'habitude. Dans un ancien cloître métamorphosé en demeure où s'étale contre un mur un tableau représentant une bataille navale napoléonienne, Charles attend impatiemment en jurant après le coucou d'une pendule qui s'obstine à avancer avec une lenteur d'écrevisse jusqu'à ce qu'un valet de chambre déboule pour le sommer de le suivre :

— Maître Jean-Pons-Guillaume Viennet vient d'arriver et s'apprête à vous recevoir dans son bureau.

Au bout d'un long couloir sinistre, le poète entend :

— Ah, bonjour mon cher Basdelaine !

— Baudelaire, monsieur.

— Comment ?! Veuillez parler plus fort. À mon âge…

Le visité par Charles est un vieillard aux bizarreries caractéristiques. Éperons aux talons (pourquoi ?), d'une main, il traîne au sol, derrière lui, son épée d'académicien à quatre-vingt-quatre ans... Il n'a pas d'yeux mais seulement des paupières closes. On ne sait jamais s'il dort ou parvient quand même à voir quelque chose entre ses cils joints. Tout cela provient d'un fatras de bandelettes tendues enserrant sa gorge par-dessus les pointes amidonnées du col de sa chemise qui remonte verticalement de chaque côté du visage. Elles lui compriment les bajoues vers le haut et, du coup, ses paupières du bas s'élèvent jusqu'à celles du dessus. L'ensemble est fermé devant le larynx par une agrafe métallique représentant une salamandre dorée qui remue quand il parle. Ce n'est guère pratique, d'autant moins que c'est pareil avec les lèvres, presque se chevauchant. C'est comme s'il était en cours de momification. On dirait une caricature de Daumier qui se met à grommeler d'un ton sentencieux :

— Je suis désolé pour mon retard mais en tant qu'également président de la Société des gens de lettres et devant me montrer partout où la foule me porte, j'ai été contraint d'accepter une corvée qui m'a désolé pour bien des motifs, justifie-t-il en allant s'installer, jambes arquées, d'un pas plutôt alerte, derrière son bureau sur lequel il dépose sa ridicule épée. Ainsi donc, vous voudriez être des nôtres à l'Académie française ? Vous faites quoi ? demande encore celui qui ignorait totalement l'existence de Charles.

— Dans ma malheureuse existence, la poésie aura été mon auberge..., soupire le poète, s'asseyant sur une chaise face à ce membre de l'Institut.

— Ah bon ? Et quel genre de poésie pratiquez-vous, monsieur ?

— Heu…

— Il n'y a que cinq genres de poésie, voyez-vous, monsieur : la tragédie, la comédie, la poésie épique, la satire et enfin nous avons la fable, où j'excelle !… en la concluant toujours par une petite moralité de bon aloi. Comprenez-vous cela, monsieur ?

— Non. Personnellement, j'ai même une haine très décidée contre toute intention morale dans un poème. Je vous ai apporté la seconde édition de mes *Fleurs du Mal* qui a paru récemment, ajoute Charles en balançant son livre parmi les feuillets couvrant le sous-main de l'académicien.

— *Fleurs du Mal*… Comment définiriez-vous cet ouvrage ?

— Misérable dictionnaire de la mélancolie et du crime. J'outrage les mœurs dans mes vers.

Silence dans le bureau, puis :

— Vit-on de cela, monsieur Bau-de-laire ? lit Viennet après avoir chaussé ses binocles pour déchiffrer le nom du poète sur la couverture de papier.

— L'hiver, quand chez moi mes doigts gelés ne peuvent plus écrire, je suis souvent obligé de subir de longues discussions avec ma mère pour acheter du bois et du charbon.

— Ah, les douces mamans pour lesquelles j'ai écrit tellement de jolies fables…, s'en berce la salamandre dorée accrochée à la gorge de maître Jean-Pons-Guillaume Viennet, sans doute se souvenant de la sienne.

— Moi, j'ai été singulièrement mystifié par l'illusion de l'amour maternel, confie Charles. J'écris souvent sur des bancs dans les rues ou au café en ne buvant que du vin blanc. Il y a plus grave que les douleurs physiques dues au froid, c'est la peur de voir s'user, péricliter et disparaître dans mon horrible vie pleine de secousses l'admirable faculté poétique, la netteté d'idées et la puissance d'espérance qui constituent en réalité mon capital loin des magistrats curieux.

Baudelaire devient agressif, étrange, insolent. Viennet en verdit comme son habit de cérémonie et aimerait savoir, en remuant son tas de paupières :

— Que pensez-vous de nos académiciens poètes, par exemple de Victor Hugo que nous avons élu au fauteuil 14 ?

— Il paraît que lui et l'océan sont en train de se brouiller. Ou il n'a plus la force de supporter l'océan ou l'océan lui-même se fatigue de lui. C'était bien la peine d'arranger soigneusement un palais sur un rocher. J'ai reçu son nouveau livre qu'il m'a dédicacé « *jungamus dextras* ». Cela ne veut pas dire seulement : « Donnons-nous une mutuelle poignée de main. » Je connais les sous-entendus de Hugo. Cela veut dire aussi : « Unissons nos mains pour sauver le genre humain. » Mais moi je me fous du genre humain !

Déclaration de principe qui ferait crouler la Coupole lors d'un discours de réception. La salamandre dorée du également président de la Société des gens de lettres remue dans tous les sens. On croirait qu'il va lui pousser des ailes et qu'elle va s'envoler pendant que l'aïeul questionne :

— Qu'allez-vous devenir, très curieux personnage ?

— Vous avez la bonté de me demander quels projets je fais, répond Baudelaire, et oui, j'en fais. Il y a des moments où je fais l'avenir et alors je suis plein de choses que je voudrais encore raconter à ceux qui m'aiment mais permettez-moi de remettre cela à un autre jour, se débarrasse Charles en se levant face à celui qui, à robinet ouvert, foisonne à pondre des moralités à la con et vers qui le poète tend un bras. Quant à votre si magnifique éloge de vous-même de tout à l'heure, « la fable où j'excelle… », je n'ai rien à en dire si ce n'est que quand on pense tant de bien de soi il n'est pas généreux d'en accabler les autres.

— Mais qu'aimez-vous donc ?

— Les lorettes accueillantes, les gaupes ! Quitte à rencontrer des putes, je préfère celles-là.

Buisson de cils chargé de fureur, l'académicien s'étonne de ce comportement erroné :

« Il faudrait savoir pourquoi vous êtes venu chez moi ! Lorsque vous irez faire votre cour à d'autres membres de l'Institut, choisissez mieux vos mots, monsieur l'acariâtre. Je ne voterai pas pour vous ! Partez, je vous raccompagne ! » conclut-il en se levant avant de passer devant le poète qui sort de sa poche de paletot son canif à manche de bois dont il déploie la lame pour la lui planter en traître. Malchance (pour Baudelaire), Viennet s'est retourné à temps et saisit le poignet de l'agresseur surpris qui en lâche son arme. Charles aurait mieux fait de s'emparer de l'épée, il ne l'aurait pas loupé. Pris d'une crise de nerfs, il hurle ce qui fait accourir le valet de chambre, le chopant par le col pour le jeter dehors alors que Jean-Pons-Guillaume Viennet soupire :

— Quel personnage de fable !...

Dorénavant quadragénaire, le poète se relevant dans la rue s'est fait désarmer par un octogénaire. Il faut dire que celui-ci, jeune, fut lieutenant dans l'artillerie de marine, embarqué sur l'*Hercule*. Maintenant, grimpé à même une chaise, l'académicien fixe au plafond de son bureau l'extrémité d'un fil dont il noue l'autre bout autour du couteau qui a failli le tuer. Il y accroche aussi une feuille de papier en guise d'écriteau sur lequel on peut lire :

Donné par Baudelaire, dans le dos.

75

Monsieur Abel-François Villemain,

Je vous prie de rayer mon nom de la liste des candidats au fauteuil vacant.

Charles Baudelaire

— Tu as changé d'avis ? s'étonne l'indiscret Asselineau qui a encore regardé par-dessus une épaule de son copain poète pendant qu'il écrivait sur une table ronde de la *Brasserie des Martyrs*. Eh, les gars, lance-t-il aussi sec à la cantonade, Charles ne se présente plus à l'Académie française !

Ils sont plusieurs peintres, sculpteurs, musiciens à le déplorer autour du billard, cessant de frotter en bleu le bout de leur queue :

— Oh, c'est dommage, on aurait bien rigolé !

— J'en ai assez vu, des académiciens. J'en ai les nerfs brisés, explique Baudelaire. Maintenant, les académiciens, horreur ! Leur vertu, horreur ! Leur style coulant, horreur ! Ne me parlez plus jamais de ces diseurs de rien !

— Il était difficile de vous imaginer siégeant sous la Coupole, admet le sculpteur Auguste Clésinger en faisant pivoter vivement sur elle-même une boule au milieu du tapis de billard puis comme constatant dans ses luisances : d'autant que le vert vous va mal au teint. Avec un petit effort de votre part, vous pourriez plutôt obtenir la croix de la Légion d'honneur.

— Non, rétorque obstinément et avec une certaine passion rêche le poète en regardant tourner la boule, qu'on décore tous les Français excepté moi. Jamais je ne changerai mes mœurs ni mon style. Au lieu de la croix, on devrait me donner l'argent qu'elle vaut. Si la croix vaut cinq cents francs, qu'on me donne cinq cents francs. Si elle n'en vaut que vingt, qu'on me donne vingt francs. Je réponds aux goujats comme un goujat. Plus je suis malheureux, plus mon orgueil augmente. Ces hochets ne me sont pas plus importants que les prix du collège.

Accoudé au comptoir de la *Brasserie des Martyrs*, un presque enfant – saute-ruisseau chez un notaire – boit une citronnade près d'un commis voyageur tournant le dos à un tapissier en grande discussion avec un petit marchand de bas qui dit :

— Au moins, en ce Second Empire, la mode se renouvelle !

« De là à s'enthousiasmer pour Napoléon III… » modère son interlocuteur alors que Baudelaire, suivi par Asselineau, se lève pour rejoindre le billard pendant qu'un solitaire, au bout du bar en cuivre, grommelle pour lui-même :

— J'en ai des haut-le-cœur des *Je t'aime*.

Écoutant cela, l'employé de la bibliothèque Mazarine plaisante l'autre Charles :

— Où en es-tu de ton histoire d'amour avec ta grande ?

S'emparant d'une queue, le poète gronde :

— Je me suis sauvé hier de mon logement de Neuilly par dignité, ne voulant plus davantage rester dans une situation honteuse et ridicule. C'est pendant je ne sais combien de temps que je me serais retrouvé avec ce soi-disant frère de Jeanne qui, les derniers mois, faisait directement entrer des hommes dans notre chambre où se trouvait sa sœur handicapée... Mais où en suis-je arrivé ?!

Alignant côte à côte sur le tapis du billard trois petits plots coniques en bois de couleurs différentes, Baudelaire s'apprête à faire une partie dite « La Montpelliéraine ». Boule placée à distance, le joueur relève les manchettes de sa chemise en mousseline plissée et s'apprête à tirer. Il lui faudra renverser ces sortes de quilles dans l'ordre après que la boule aura fait le plus de rebonds possible contre les bords du billard. Plus il en est effectué, plus ça rapporte de points. La première quille verte, après un seul rebond, a vite dégagé. De cela n'en parlons plus. Le plot noir est en vue tandis que le poète poursuit à propos de la Duval hémiplégique :

— Son proxénète l'a réduite à l'abjection mais c'est quand même une salope. J'ai questionné des femmes, je les ai faites juges de ce cas. Leur diagnostic est unanime et, comme il conforte le mien, je le trouve bon.

Après trois rebonds contre les bords, la quille noire, tamponnée de face, valdingue. En provenance du dehors, on entend des bruits d'orchestre et de bastringues le long de cette rue où circule le sang du commerce. Écoutant la musique près de Berlioz qui s'en bouche les oreilles – « On dirait du Richard Wagner ! » – Charles frotte de craie l'extrémité de sa canne afin de mettre le maximum d'effet lors de son ultime percussion de boule mais, pour le moment, il se rappelle :

— En venant ici, devant un miroir de boulangerie, j'ai vu le reflet d'un vieux poète qui a survécu à la génération dont il fut le brillant amuseur, un déjà vieux poète sans famille, sans enfants, dégradé par la misère et par l'ingratitude publique et dans la baraque de qui le monde oublieux ne veut plus entrer. Même Delacroix me tient à distance depuis quelques mois. Je ne me rappelle pas être tombé si bas.

Baudelaire s'installe en bord de billard où son coude fait d'abord des va-et-vient préparatoires tandis qu'il prévient : « Regarde ça, Asselineau » avant de frapper. La boule tournoyante, particulièrement vicieuse, file caramboler chacun des quatre côtés du rectangle avant que de foutre en l'air, par-derrière (rareté qui multiplie le gain des points par dix !), le plot blanc comme neige.

« Quel jeu en traître… Un vrai coup de couteau dans le dos ! » apprécie le bibliothécaire alors que le poète lui annonce en déposant sa canne : « Bon, puisque Coco Mal-Perché se retrouve encagé à la prison de Clichy, je vais aller vendre les droits des *Fleurs du Mal* chez Hetzel. »

— L'éditeur de Jules Verne ? Mais Charles, après s'être séparé de son beau-frère, Poulet-Malassis te les as payés si cher, alors que ça ne lui rapporte rien, qu'il a plongé en une faillite jugée en correctionnelle avec deux mille francs d'amende à la clé plus un an d'incarcération qu'il devra aussi effectuer aux Madelonnettes ! Pendant qu'il croupit en cellule tu ne peux pas lui faire ça, quand même !

Baudelaire, pris de vertige, redescend les manchettes de sa chemise tandis que le bon Asselineau retourne à l'attaque :

— Auguste t'aura tellement soutenu, t'aura tellement prêté d'argent que tu ne lui as jamais rendu ! Encore récemment tu lui as fait escompter je ne sais combien qu'il a dû rembourser à ta place ! Cet éditeur d'Alençon aura été le seul à croire en ton talent. À part lui, personne n'aurait jamais pris le risque de faire imprimer la première édition des *Fleurs du Mal*, et maintenant tu le trahis ? Il s'est ruiné pour toi et tu le trahis ? Tout à l'heure, à propos de la Légion d'honneur, tu disais que… mais il n'y a pas qu'avec les goujats que tu te comportes comme un goujat ! Que t'arrive-t-il, Charles ?

Le poète syphilitique, en sueur, revêtant son paletot pour aller chez Hetzel, avoue :

— Ce matin j'ai subi un singulier avertissement, j'ai senti passer sur moi l'aile de l'imbécillité.

76

Sortant du jardin du Luxembourg en cet après-midi ensoleillé de la mi-août, Charles Baudelaire prend Caroline Aupick par le bras en soupirant :

— Sinon, ma chère mère, avant que tu ne retournes à Honfleur, pourrais-tu me prêter cent cinquante francs car je suis obligé, réellement obligé, d'inviter à dîner une personne qui me fera oublier celle, la grande Noire, que tu n'aimes pas. Comme la cuisine dans ma nouvelle minable pension de l'hôtel d'York est insoutenable, figure-toi que la dernière fois que j'y ai mangé le pain vint à manquer, il faut que j'emmène cette personne au restaurant pour lui faire penser à autre chose qu'à ses parents mourants…

— Les deux d'un coup ? compatit Caroline.

— Oui, les voilà ensemble au bord du dernier râle. Et aujourd'hui, jour de l'Assomption, je voudrais aussi offrir des fleurs à Marie pour sa fête. Allons les acheter sous ce grand parapluie de bouquetière qui propose aux passants ses gerbes resplendissantes.

À la vendeuse ravie, Baudelaire demande : « Un gros bouquet où vous mélangerez les variétés » puis conseille : « Allez-y, vous pouvez en remettre, ce n'est pas pour une pucelle. Vous n'en avez pas, des carnivores ? » Devant l'énormité du tas de fleurs qui lui coûte deux pièces d'or, la mère n'en revient pas :

— Dis donc, Charles, tu tiens beaucoup à elle !

— Oui…

Après être passé se ravitailler, grâce à la générosité maternelle, en opium liquide et à fumer, haschich et éther, plutôt que d'inviter au Véfour la prétendue presque orpheline, Baudelaire, ouvrant depuis l'intérieur la porte de son gourbi, tend à deux mains son vaste bouquet à Marie éblouie et qui se déshabille en s'interrogeant :

— Tu n'as aucun récipient, où va-t-on les mettre ?

Charles sourit – il y a baleine sous gravier… – et ordonne à la comédienne nue assise au bord du lit, qui hésite encore à accepter la tournée théâtrale dans le sud de l'Italie :

— Allonge-toi sur le dos et bascule tes genoux vers les épaules.

La libertine cède librement au caprice de l'amant singulier qui admire l'élasticité de sa chair en s'approchant :

— Je me sers de toi. Tu seras le vase.

Grâce, mystère envoûtant, le poète un peu toc-toc, confondant encore une fois l'odeur d'une petite fourrure triangulaire avec celle de la chevelure de sa mère, glisse des tiges en la fente rose, parallèle au plafond, de sa câline sauvagement souple qui, au début, rit de ce jeu. Mais Baudelaire, c'est dans son caractère, exagère. Il entasse trop de tiges, de feuillages, et cela vire à la torture.

— Eh, oh, ça va ! lui signale Marie. Ce n'est pas le bois de Vincennes !

Non mais, les fleurs payées par sa mère, où il les range !...

— Arrête, pas en plus les tiges de rose contre les bords !

D'un balancement du dos, la Daubrun se retrouve sur ses pieds, à même le parquet de la chambre, jambes très écartées. Le bouquet retourné pend encore à la verticale des lattes. Elle l'arrache de sa chatte et le lui jette à la gueule. Des centaines de pétales tombent en vrac sur le crâne, les épaules du poète pendant qu'elle se rhabille à la hâte :

— C'est décidé, je pars pour ma tournée en Italie ! J'en ai marre de tes folies !

— Tu m'emmènes ?...

— Certainement pas !

77

L'Invitation au voyage

Mon enfant, ma sœur,
Songe à la douceur
D'aller là-bas vivre ensemble !
Aimer à loisir,
Aimer et mourir
Au pays qui te ressemble !
Les soleils mouillés
De ces ciels brouillés
Pour mon esprit ont les charmes
Si mystérieux
De tes traîtres yeux,
Brillant à travers leurs larmes.

Là, tout n'est qu'ordre et beauté,
Luxe, calme et volupté.

Des meubles luisants,
Polis par les ans,
Décoreraient notre chambre ;
Les plus rares fleurs
Mêlant leurs odeurs

Aux vagues senteurs de l'ambre,
Les riches plafonds,
Les miroirs profonds,
La splendeur orientale,
Tout y parlerait
À l'âme en secret
Sa douce langue natale.

Là, tout n'est qu'ordre et beauté,
Luxe, calme et volupté.

Vois sur ces canaux
Dormir ces vaisseaux
Dont l'humeur est vagabonde ;
C'est pour assouvir
Ton moindre désir
Qu'ils viennent du bout du monde.
— Les soleils couchants
Revêtent les champs,
Les canaux, la ville entière,
D'hyacinthe et d'or ;
Le monde s'endort
Dans une chaude lumière.

Là, tout n'est qu'ordre et beauté,
Luxe, calme et volupté.

78

Un autre soir, arrivé devant la façade entièrement vitrée et à la charpente métallique peinte en rouge de l'immeuble neuf du 35, boulevard des Capucines, Baudelaire tire, au troisième étage, un cordon de sonnette près de la porte de chez Nadar. Le photographe ouvre bientôt en essuyant ses mains aux odeurs de révélateur et de fixateur car il était dans son laboratoire :

— Que t'arrive-t-il pour débouler si tard, Charles ? Tu as encore fait un scandale ?

— Faux ! répond le poète en entrant dans la salle des prises de vue. Je sais parfois me contenir. Tiens, écoute, Félix, tu vas voir !... prévient-il en allant s'asseoir au creux d'un canapé servant d'accessoire pour les photographies d'une famille complète dont certains s'installent sur les accoudoirs ou posent, debout, derrière le siège. Je suis capable de tellement me contenir, reprend Baudelaire intarissable, que tout à l'heure, prêt à rentrer chez moi à l'hôtel d'York où j'héberge à nouveau mon Monstre Noir abandonné par son frère, ah bon, je ne t'avais pas dit ? Il est parti de Neuilly en me volant tout, même mon miroir vénitien mais ça c'est une autre histoire... En tout cas, au moment de pousser la porte de ma chambre, voilà ce que j'ai fait après avoir entendu deux voix : une que je connaissais car c'était celle de Jeanne articulant difficilement et une d'homme... Jeanne était avec quelqu'un... Comprends-tu ? Avec quelqu'un... Eh bien, j'ai eu le courage de m'en aller pour venir ici ! Puis-je dormir chez toi, par exemple sur ce canapé ?

Félix revient avec deux coussins qui feront office d'oreillers, et la toile roulée d'un fond peint d'un paysage pour les photos genre ambiance champêtre qui servira de couverture au poète grommelant :

— Exténué de fatigue, d'ennui et de faim en une vie de misère, moi qui viens d'avoir quarante-trois ans je ne suis plus le Baudelaire des grandes années. Tout cela est arrivé par ma faute. J'ai usé et abusé de tout. Je me suis amusé à martyriser chacun et me voilà martyrisé à mon tour.

Devant les réflecteurs en coutil blanc d'énormes flashs à poudre de magnésium, Charles soupire encore :

— J'ai appris qu'Hugo va vendre cent vingt mille francs *Les Travailleurs de la mer* à l'éditeur Lacroix. Pour un seul livre, c'est plus que le capital dont j'ai hérité à ma majorité !

Le poète est ahuri par la disproportion entre les gains de Victor Hugo et les siens :

— Moi, durant les vingt-deux années d'une laborieuse existence passée à me tuer la tête, j'ai calculé que je n'aurais gagné qu'un franc soixante centimes par jour !

Charles en éclate de rire puis éteint la lampe près du canapé en disant : « Maintenant dormons », mais il ne dort pas. Le lendemain matin, quand Nadar revient dans l'atelier de pose, il découvre que Baudelaire est parti.

79

Sous une pluie diluvienne, le 24 avril 1864 vers dix-sept heures, tout courbatu par son long voyage inconfortable sur une banquette de bois, passé coincé entre deux grosses dames puant une odeur acide d'incontinence urinaire et coiffées de chapeaux à plumes de poules faisanes qui lui chatouillaient les oreilles, Charles descend d'un wagon de troisième classe derrière d'autres voyageurs qui ouvrent des parapluies sur un des quais de la gare centrale de Bruxelles. Drogué jusqu'à la moelle, accablé de dettes envers trop de gens, recherché dans tout Paris par tant de créanciers et d'huissiers à ses trousses, en suivant les indications griffonnées dont l'encre se délave sur un petit papier le poète tente de repérer l'endroit où il devra loger dans ce quartier de la Putterie. Au 28 rue de la Montagne, accrochées au balcon d'un premier étage, Baudelaire lit les lettres métalliques rouillées d'une enseigne qui ruisselle et annonce : « Hôtel du Grand Miroir ». Est-ce par hasard qu'il séjournera là, lui qui aime tellement se contempler ? Après avoir franchi le porche de la façade étroite, il pénètre dans une cour intérieure parsemée de tables rondes autour desquelles lorsqu'il fait beau on peut boire dehors, ce n'est pas le jour ! Quand, à sa gauche, Charles a grimpé les marches qui mènent à la réception de l'hôtel agrémenté d'un bar, c'est là qu'il exige tout d'abord une bière. Une petite femme frisottée désagréable et soupçonneuse, peut-être la propriétaire de l'établissement, lui sert la boisson qu'il goûte puis repose en demandant :

— C'est quoi, ça ?

— Du faro, bière lambic au sucre candi qu'on adore ici.

— C'est dégueulasse. Je vous ai écrit depuis la France pour réserver une chambre.

— Ah, c'est vous ? On paie d'avance !

— Impossible, je n'ai pas suffisamment en poche d'autant moins que j'ignore combien de temps je vais rester, peut-être une quinzaine de jours, mais n'ayez crainte, vous serez réglée. Invité par le Cercle artistique et littéraire de Bruxelles afin de donner à la Maison du Roi sur la Grand-Place, cinq lectures de mes œuvres qui me seront payées deux cents francs chacune, il n'y aura aucun problème concernant la note.

— On paie d'avance ! répète la têtue grincheuse.

— Oh, s'en agace Baudelaire d'une voix brève et coupant ses mots comme un couteau de boulanger, voici donc la grande sagesse bourgeoise de la femme vis-à-vis d'un poète !

À ce mot, la revêche frémit. Son chat près d'elle, lui-même... mais, allez savoir pourquoi, elle tend malgré tout une clé à Charles :

— Chambre 39, deuxième étage sur rue, l'escalier est là.

Après avoir gravi des marches jaunes, Charles découvre son nouveau chez-lui : un lit en faux acajou, un édredon vert, une armoire aux portes disjointes, un fauteuil aux accoudoirs usés, deux chaises au cannage en bout de course, un tapis si élimé qu'on n'en aperçoit plus le motif et enfin une petite table contre un mur au papier peint qui se décolle à cause de l'humidité. La chambre qui dut être convenable autrefois, tout comme Baudelaire, a vieilli et s'est beaucoup délabrée. Par la fenêtre, le poète voit les eaux bourbeuses de la Senne faire tourner des grandes roues de moulins. Il ne pleut plus. Charles décide d'aller visiter un peu la ville et d'y faire quelques emplettes car il est venu en Belgique les mains dans les poches, en poète ! Tout d'abord la pharmacie où bientôt, depuis une rue bordée de maisons de rentiers, on découvre Baudelaire, paquet entre les bras, s'agiter à l'intérieur de l'officine dont, face à un apothicaire le regardant avec l'œil d'un bœuf qui vient de paître, ses cris de poète font trembler la vitrine :

— Quel est ce pays où le crédit est chose inconnue ? Mais oui, je serai là demain dès l'ouverture de l'officine avec ce que je vous dois ! Mais oui, ce sera la dernière fois !

Scène quasi identique chez le tailleur d'un boulevard qui, quoique Charles ait ajouté un mot plaisant à son refus de payer de suite, a l'œil devenant gris et terne comme celui d'un poisson qu'on fait frire. Deux sacs au bout des bras, Baudelaire trouve l'atmosphère de la capitale alourdissante, que tous les Belges croisés le long des rues vont, le nez en l'air, serrés et silencieux comme au bal masqué, loin de ses propres façons extravagantes. Là-bas, il remarque un estaminet au milieu d'une pente descendant vers la Senne, qui a pour nom *À la vue du cimetière*. Ça donne envie. La serveuse, d'un accent très prononcé, lui demande :

— Boirez-vous du faro ?

— Non, plus jamais ! Le faro (je dis cela sans fiel) c'est de la bière bue deux fois. Faro doit être synonyme d'urine.

— Observez bien, monsieur, que le faro se fait avec l'eau de Senne.

— Ah, je comprends mieux sa saveur !

Les arbres sont noirs, les fleurs n'ont aucun parfum, la terre est spongieuse, le climat humide, la nourriture présentée aux devantures des commerces lui paraît insipide. Charles retourne à son hôtel. Sans que la propriétaire lui ait demandé quoi que ce soit, il commente en rejoignant l'escalier :

— Bruxelles sent le savon noir. Ma chambre sent le savon noir. Le lit sent le savon noir. Les serviettes sentent le savon noir. Les Belges lavent les façades de leurs maisons et leurs trottoirs même quand il pleut à flots.

Assis sur son édredon vert, à même la table de chevet, il s'empare d'une pipette et d'une grosse fiole qu'il connaît bien – sa vieille et terrible amie. À mi-voix, il se dicte comme s'il prenait des notes : « Capitale austère très attachée aux biens matériels et aux pratiques religieuses. Société guindée et rigide. Les préoccupations poétiques doivent y être rares », tout en comptant mentalement les gouttes d'opium : mille six cent huit, mille six cent neuf, mille six cent dix…

80

Le lundi 2 mai, alors que les cloches vont sonner dix-sept heures, après avoir tourné à l'angle de la rue du Singe, Baudelaire arrive bientôt sur la solennelle Grand-Place. D'un côté, l'hôtel de ville et, de l'autre, le siège social de la Maison du Roi vers laquelle il se dirige. C'est un édifice néo-gothique. Sous les arcades du rez-de-chaussée, entre des échoppes d'oiseleurs et de grainetiers, des gens s'immiscent parmi des cui-cui pour aller écouter le chant d'un autre drôle d'oiseau – Charles Baudelaire, accueilli au premier étage par les deux organisateurs de la conférence :

— Bonjour, cher poète… Ça va être à vous.

Venu des coulisses, Charles, avançant sur scène face à un public peu nombreux dans la grande salle, se présente :

— J'ai plus de souvenirs que si j'avais mille ans. Je suis un meuble à tiroirs encombré de bilans, de vers, de billets doux, de procès, de romances, avec des cheveux roulés dans des quittances. Je suis un vieux boudoir plein de roses fanées. Tout cela prend les proportions de l'immortalité.

Bien qu'il se soit pas mal pris les pieds dans son poème *Spleen*, ça reste une bouleversante entrée en matière superbe d'allure. Le problème, c'est que personne ne l'a entendue parce qu'il marmonne.

— Plus fort ! Recommencez !

Le poète en panique et décontenancé s'y prend autrement en essayant de hausser le ton :

— Il y a longtemps que j'aspirais à venir parmi vous et à faire votre connaissance, messieurs...

« Ben, et les dames alors ? » s'offusque une spectatrice installée au milieu d'un des quinze bancs seulement occupés alors que Baudelaire poursuit :

— Je sentais instinctivement que je serais bien reçu par de tels hommes que vous.

« Ça démarre mal », grogne une autre femme posée au bord de l'allée centrale.

Du temps que la Nature en sa verve puissante
Concevait chaque jour des enfants monstrueux,

— Il n'articule pas bien !

Charles, de suite, s'avère être un piètre orateur. Jeune, à l'intérieur de cafés et entouré de quelques connaissances ça allait mais là, il ne possède plus le geste ni la voix pour captiver. Omettant en sus des quatrains entiers de ses poèmes, on le sent très nerveux et les auditeurs (auditrices) peinent à le suivre dans ce qu'il récite. Un spectateur abasourdi dit à son voisin : « On dirait que les mots lui viennent aux lèvres avec le même désordre que des chiffres de loto tirés d'un sac » tandis qu'un des deux organisateurs chuchote à l'oreille de son collègue :

— Pour la prochaine conférence, il faudra lui conseiller d'apporter son livre puisqu'il ne se rappelle presque plus ce qu'il a écrit.

— On changera aussi l'horaire, peut-être que dix-sept heures c'est trop tôt pour son public.

Des gens se lèvent dans la salle et s'en vont.

Ramper sur le versant de ses genoux énormes,
Et parfois en été, quand les soleils malsains,

Les bancs s'éclaircissent encore un peu plus. Chacune de ses rimes contribue à faire fuir des dames. Charles en souffre. Il lui vient dans la voix une rancœur déchirante ressemblant à un reproche et des sanglots montent à sa gorge comme une réclamation, un appel à l'aide. Le public resté en frissonne. Baudelaire s'exaspère de colère en un aveu d'impuissance à réciter ses vers qu'il scande comme il peut avec fureur, crachant le bilan de sa vie. Déconvenue oratoire à Bruxelles, c'est un bide.

81

— En ce mercredi 11 mai 1864 mais là à huit heures du soir, c'est la seconde fois que je parle en public et c'est dans cette salle que j'ai perdu ma virginité de parole qui, du reste, n'est pas plus à regretter que... l'autre.

Baudelaire, en cravate blanche, est debout au centre de la scène et à gauche d'une petite table avec chaise. À droite, tel un lampadaire, un haut chandelier sur pied, à cinq branches de cuivre argenté garnies de bougies neuves, l'éclaire. Charles sort d'une poche de son paletot un exemplaire des *Fleurs du Mal* qu'il feuillette, front baissé, en silence. Les flammes des chandelles, vibrant leurs lumières, étirent et remuent les ombres de son visage blême et rasé de poète ravagé. Le public – seulement une douzaine de personnes – observe ses yeux qui maintenant se lèvent vers lui comme des trous noirs perdus dans l'univers et engloutissant tout. Ses lèvres très étirées et blanchies à force d'être pincées frissonnent deux vers.

Et j'ai dit au poison perfide
De secourir ma lâcheté.

Toute sa physionomie effare les spectateurs. L'auditoire est surpris jusqu'au désappointement de se trouver face à un conférencier aussi terne et à ce point embarrassé dans sa cervelle. La progression de la syphilis en son corps et à l'intérieur du crâne, déjà très attaqués par les drogues et l'éther, marque chez lui des signes spectaculaires de vieillissement précoce dans tous les domaines. Son débit monotone engourdit les gens pris de lassitudes étonnantes. Des commentaires chuchotés se retournent contre lui. Parfois, il parle d'autre chose :

— Je me disais qu'en venant à Bruxelles un dépaysement m'apporterait une nouvelle jeunesse, que si la France m'a abandonné la Belgique allait m'adopter.

Puis il reprend des lectures de quatrains épars. On éprouve quelque fatigue à le suivre. Ce qu'on comprend de ses mots lorsqu'on comprend quelque chose est la manifestation d'une imagination bizarre jusqu'à l'incohérence. Le temps passe. La cire des chandelles fond alors qu'il rabat son livre et imagine :

— En ce qui me concerne, quels que soient la chance, le plaisir, l'argent ou la célébrité que le destin me réserve, je sais que…

Que quoi ? Il ne dit plus rien du tout, bras ballants. Les deux organisateurs se regardent, effondrés.

82

À la troisième conférence, les deux organisateurs ne sont même pas présents. Ils ont programmé Baudelaire à vingt-deux heures, en dernière position des événements successifs de la journée. Charles, assis derrière la petite table, lit en bégayant. Il grommelle, yeux coincés entre les pages des *Fleurs du Mal*. C'est une catastrophe. Son débit désagréable tape aussi sur les nerfs. Au bout d'une demi-heure, il parle dans une salle qui s'est totalement vidée sauf d'un spectateur au cinquième rang. À la fin, le poète se lève et vient au bord de la scène. Il s'y penche, une main sur le cœur, et salue comme devant une salle pleine à craquer lors d'un tonnerre d'applaudissements. En un va-et-vient vertical des paumes ainsi que pour calmer une ovation, il dit ensuite, face aux bancs vides :

— Il me reste, messieurs, à vous remercier cordialement de votre gracieuse hospitalité et de la merveilleuse attention que vous avez prêtée à ces lectures du jour quelquefois un peu longues…

Puis il propose un rappel :

— Désirez-vous entendre un tout dernier poème ?

— Comme vous voulez, répond le seul qui est assis. Moi, je m'en fiche, je suis le gardien et j'attends juste pour fermer la salle.

Cet employé grimpe sur la scène afin d'emporter en coulisse la petite table et la chaise. Baudelaire sort dans la nuit.

83

Depuis le couloir du deuxième étage, ça tambourine contre la porte de la chambre 39 de l'hôtel du Grand Miroir et prévient : « Le thé est arrivé !… »

Baudelaire, couché sur le dos et nuque au creux d'un oreiller trempé de sueur, se réveille et s'étire puis veut se lever pour aller chercher sa boisson chaude qui l'attend de l'autre côté de la porte mais il tombe. À jeun, il essaie de se relever mais se met à rouler sur le tapis élimé. Nouvelle tentative, hélas il enchaîne des culbutes d'ivrogne en s'accrochant au fauteuil, aux chaises qu'il renverse et entraîne avec lui. Il tente de s'agripper à l'une des portes disjointes de l'armoire. Elle se dégonde et tombe par-dessus ses épaules. Il réussit non sans peine à s'en dégager et se met à ramper pour s'approcher de celle qui donne sur le couloir. Même agenouillé, il chute. La tête emporte son corps. Après moult efforts, il parvient enfin à tourner la poignée de l'huis qu'il pousse aussi. Dans une nudité haletante, à plat ventre, il tend une main vers une théière fumante près d'une grande tasse et voit quatre pieds chaussés arriver derrière et qui s'arrêtent. Charles lève la tête et reconnaît les deux organisateurs de ses conférences. L'un ramasse la théière et la tasse alors que l'autre soulève, par les aisselles, le poète et le mène jusqu'au fauteuil que, d'un mouvement de jambes, il remet sur pieds. Baudelaire s'y trouve affalé.

— Vous voilà bien mal en point, cher poète..., constate celui qui l'a soutenu et qui maintenant tire l'édredon vert pour couvrir au moins les jambes de Charles.

— Ça va cahin-caha, reconnaît Baudelaire. Une névralgie à la tête qui dure depuis des semaines. Vous savez que cela rend bête et fou. Souvent, debout, je tombe. Assis, je tombe. Pour toute consolation le médecin me dit que je suis hystérique. Maintenant, un homme dans la rue qui marche derrière moi, un enfant ou un chien qui passe me donne envie de m'évanouir. Passez-moi ça ! ajoute-t-il à l'autre organisateur qui vient de lui servir du thé, oui, ce pot sur la table de chevet.

À l'aide d'une cuillère, Charles sort du récipient un tas de pâte verte qu'il touille dans sa boisson chaude dont il boit une première gorgée devant les deux organisateurs étonnés qui se regardent en reniflant et grimaçant.

— C'est du pollen de fleurs de chanvre égyptien mêlé à du beurre devenu rance, justifie, concernant l'odeur, le poète qui en avale une autre longue rasade. Il fut un temps où je n'en prenais que mélangé à du miel et des aromates mais bon… Ça pue mais reste ce que les Orientaux appellent le kief : le bonheur absolu. J'en ai bien besoin. Pour quelles dates, messieurs, prévoyez-vous les autres conférences jusqu'à la cinquième ?

Bien embarrassé, étant donné l'état dévasté de leur interlocuteur, l'un des deux organisateurs ose quand même lui annoncer :

— Il n'y en aura pas de cinquième, mon cher poète, ni même de quatrième. On arrête les frais.

— Comment ça ? s'en trouve choqué Charles. On me dit que mes lectures ont une si grande réputation qu'on ne se souvient pas d'en avoir vu de pareilles à Bruxelles !

— Allons, mon cher poète… Le fait est que vous êtes arrivé presque inconnu chez nous alors n'avez attiré guère de monde mais surtout en avez satisfait encore moins. Les rares qui sont venus vous écouter nous demandent tous de les rembourser.

— Donc le Cercle artistique et littéraire, poursuit le second organisateur, ne pourra pas vous verser le cachet initialement envisagé. Au lieu des deux cents francs par séance, voilà cinquante francs pour le tout.

Il dépose le billet sur l'édredon couvrant les jambes de Baudelaire qui le prend entre ses petites mains et le regarde :

— Comment vais-je payer l'hôtel ?

Charles se ressert une tasse de thé, mêlant à nouveau de sa nauséabonde confiture verte, qu'il engloutit d'un trait. Il lève parfois les yeux au ciel avec une expression résignée puis sa mixture avalée commence à faire de l'effet. Il reprend son affreux caractère et sa hargne. En lui naît très vite une haine pour ce pays hôte :

— Maudite Belgique... où la bière est détestable, le pain mauvais, la viande trop cuite, je te montrerai mes griffes.

Ah, ben voilà, on le retrouve !... surtout quand il promet ensuite :

— J'écrirai un pamphlet contre cette peuplade. Ce sera une raclée dont elle ne se remettra jamais ! Entre les conférences, je suis allé visiter Anvers, Bruges, Liège, Gand..., je sais de quoi je parlerai !

Assis torse nu dans le fauteuil, son visage se teint d'une pâleur terreuse qui est le maquillage de la démence. Ses yeux de dingue restent fixes entre ses paupières boursouflées. Aucune marque de compassion en cette gueule tellement amaigrie qui inquiète et rebute :

— Je jouerai mon va-tout chez un agent de change collectionneur de tableaux rencontré lors d'une courte visite à Namur et qui m'a déjà payé, lui, pour m'inviter dans ses salons de Bruxelles. Prosper Crabbe, 52 bis, rue Neuve, y invitera ses amis à venir entendre un poète français...

84

En un début de soirée, Charles Baudelaire, après avoir traversé sur leur longueur les Galeries royales Saint-Hubert, emprunte d'autres voies jusqu'à un vaste immeuble de la rue Neuve dont le rez-de-chaussée est réservé aux bureaux de Prosper Crabbe qui loge à l'étage. C'est l'homme d'affaires de grande envergure lui-même qui ouvre sa porte à Charles. Il le promène aussitôt dans trois salons en enfilade afin de lui faire admirer ses cinquante tableaux de peintres réputés, suspendus à des cimaises, pendant que, sur ordre aboyé, un de ses domestiques flamands accueille les invités qui arrivent à leur tour les uns derrière les autres.

— Là, trois Corot, quatre Rousseau, un Millet, deux Delacroix et…

Il en est très fier. Ils sont beaux mais surtout il est content de les avoir achetés à des prix exorbitants. Il parle principalement du prix de chaque œuvre plutôt que de la finesse du modelé des visages ou de la qualité des brumes envahissant les paysages.

— J'aime beaucoup l'art ! s'exclame le maître des lieux en sortant d'une poche de son pantalon une liasse de billets de mille qu'il exhibe à hauteur d'épaule en les frottant les uns contre les autres.

Au passage, il en retire deux qu'il va pour glisser, tel qu'entre les seins d'une prostituée battant le pavé, dans une poche de Baudelaire qui refuse alors que ça fait huit jours qu'il n'a pas mangé. Charles se rattrape à l'intérieur du dernier salon où des tables juxtaposées longent les murs, couvertes de mets exubérants, gâteaux et vins fins (en tout cas chers) dont se sert le poète, qui mâche et boit en contemplant, là, des Rembrandt à pleurer au-dessus des soupes, quelques Rubens (six !) montrant des grassouillettes roses à la verticale de volailles découpées. Ce salon s'emplit de plus en plus de personnalités, de banquiers munis d'épouses, que Prosper Crabbe va saluer avec des sottises lui tombant des lèvres. Le tout est illuminé de lustres et de candélabres.

— Alors, voilà donc notre poète français !… la curiosité du soir louée par Prosper pour nous amuser…, s'enthousiasme une dame très joufflue en tripotant les pierres de son collier de turquoises qui lui serre la gorge et s'approchant trop près de Charles qui en est à son troisième verre de bordeaux blanc et mord une cuisse de poulet qu'il tient par l'os. C'est très excitant de vous rencontrer, sais-tu, monsieur ! ajoute la grosse. Vous plaisez-vous ici ? Comment voyez-vous notre jeune nation ?

Elle lui demande ce qu'il pense de la Belgique. Ah, ça, il ne fallait pas car Baudelaire va le dire :

— La France a l'air bien barbare, vue de près, mais en Belgique on devient moins sévère pour son pays.

Des directeurs de journaux bruxellois aussi et riches clients de Crabbe s'agglutinent vers le poète resté contre une des tables du buffet gastronomique. Ils forment un demi-cercle piqueté de « Hi, hi, hi, quel esprit ! » mais l'autre syphilitique ajoute en regardant leurs tronches à la ronde :

— Le visage belge est informe, blafard ou vineux. Il a une bizarre construction des mâchoires et une stupidité menaçante. La démarche des Belges est folle et lourde. Ils se déplacent en regardant derrière eux et se cognent sans cesse. Leur pain est humide, mou et brûlé.

Déjà, les invités trouvent cela moins drôle surtout que Charles précise :

— Le sourire des hommes belges est impossible à cause de la récalcitrance des muscles et de la structure des dents...

Ceux à qui il s'adresse, effectivement, perdent tout pli plaisant des lèvres. Se servant encore un verre, Baudelaire, ayant derrière lui les tableaux représentant des dondons couleur rose crevette, regrette :

— … et leurs femmes sont des Rubens en saindoux qui vont les pieds en dedans. Le Belge doit être classé entre le singe et le mollusque.

Un monsieur qui en perd son lorgnon demande à celui qui a organisé la soirée : « Prosper, ne nous aviez-vous pas dit que nous allions rencontrer un poète ? » mais c'est Charles qui répond :

— Je peux vous rimer ça si vous préférez. Tenez, par exemple un quatrain improvisé à propos des femmes belges :

Les seins des moindres femmelettes,
Ici, pèsent plusieurs quintaux,
Et leurs membres sont des poteaux
Qui donnent le goût des squelettes.

Puis, s'adressant à la première Bruxelloise venue lui parler, il plaque en voyou une petite paume sur sa forte poitrine et commente :

Il ne me suffit pas qu'un sein soit gros et doux ;
Il le faut un peu ferme, ou je tourne casaque.
Car, sacré nom de Dieu ! je ne suis pas Cosaque
Pour me soûler avec du suif et du saindoux.

D'un gonflement de gorge, celle-ci en fait éclater son collier étroit dont les turquoises tombent en vrac sur le parquet tandis que le poète affirme se souvenir d'une fille rencontrée à Anvers :

Elle puait comme une fleur moisie.
Moi, je lui dis (mais avec courtoisie) :

« Vous devriez prendre un bain régulier
Pour dissiper ce parfum de bélier. »

En voilà de la soirée poésie ! Contrairement à ses inaudibles marmonnements dans la salle de spectacle de la Maison du Roi, là, on l'entend très bien (hélas peut-être). Et puis elle est momentanément passée, sa crise d'étourdissements et de manques d'équilibre. Sa belgophobie l'a remis sur pieds bien campés et en verve, n'étant plus à une connerie près :

« Qu'on ne me touche pas ! Je suis inviolable ! »
Dit la Belgique. – C'est, hélas ! incontestable.
Y toucher ? Ce serait, en effet, hasardeux,
Puisqu'elle est un bâton merdeux.

Rodomontades en alexandrins, tels sont les intolérables refrains qui sont sortis d'entre les lèvres grimaçantes de Baudelaire d'où les gens présents espéraient n'entendre s'envoler que des chansons. Ils en ont les yeux ronds et des auréoles s'élargissent aux aisselles, sous l'éclairage au gaz des candélabres. Ils écoutent en frémissant celui qui répand sur eux ses parfums de soirs orageux. Houle d'ébahissement parmi la foule du dernier salon autour du dingo prodiguant, sérieux, une morsure qui la remplit d'une stupeur mêlée de peur :

— N'être pas conforme, chez vous, c'est le grand crime ! reprend Charles. La principale caractéristique du Belge est de croire que vous ne croyez pas ce que vous dites puisqu'il ne le comprend pas.

Et allons-y, ça continue au fouet. L'hystérique jette sa langue aux chiens pour s'employer à choquer en insultant, infliger son venin même s'il y glisse parfois des vérités :

— Tout le monde, ici, parle un français ridicule. En Belgique, on ne sait pas le français. Personne ne le sait mais tout le monde affecte de ne pas savoir le flamand. C'est de bon goût. Pourtant, la preuve que vous le savez très bien c'est que vous engueulez vos domestiques en flamand ! Dans votre grand monde de Bruxelles, une jeune fille ne dit pas : « Ce saligaud m'a foutu la vérole » et un jeune homme ne dit pas, parlant d'une fille bien élevée : « Elle m'a poivré, cette pute ! » Ils préfèrent dire, elle : « Ce jeune homme m'a fait une confidence bien cruelle ! » ou bien « Ce jeune homme m'a fait une confidence si horrible que les cheveux m'en sont tombés » et lui : « Elle m'a fait une confidence dont je me souviendrai longtemps ! » ou bien « Je lui ai fait ma confidence ! Sa postérité s'en souviendra jusqu'à la troisième génération ! »

Chacune des personnes présentes est offusquée. Une des dames, parmi ses breloques, se met à trembler comme si elle dansait amoureusement. Prosper Crabbe en reste sidéré. Seul Baudelaire rit – « Ah, non mais ! » –, conscient qu'il est maintenant totalement grillé en Belgique. Il finit au goulot la bouteille de bordeaux blanc qu'il jette ensuite au sol, ravi d'avoir vidé son sac d'insanités tout en sachant que :

— Ces plaisanteries nerveuses ne sont pas sans péril, et on peut souvent les payer cher. Mais qu'importe l'éternité de la damnation à qui a trouvé dans une seconde l'infini de la jouissance ?

85

— Il paraît que Charles Baudelaire a encore foutu un sacré bordel en chiant sur les Belges lors d'une soirée à Bruxelles. J'ai lu ça dans un journal qu'on m'a envoyé de là-bas. Le directeur de la rédaction y était.

Le journaliste Maxime Du Camp dit ça à Gustave Flaubert qui sourit alors que Théophile Gautier, de dos, se retourne aussitôt vers eux en cet autre dimanche après-midi chez Mme Sabatier. Apollonie a beaucoup grossi. À quarante-trois ans passé, maintenant elle ne ressemble plus au moulage de Clésinger d'il y a une quinzaine d'années même si ses hanches, certes autrement plus amples, restent amoureuses de son dos et de ses seins, moins de son tour de taille. Elle charme encore comme le soir avec cette voix aimée dont le timbre enchante toujours ses invités dominicaux qui continuent de se réunir, rue Frochot, autour d'elle. Là-bas, près du piano, sa jeune sœur Bébé porte un nourrisson dans ses bras tandis qu'un enfant très jeune tire sur sa robe près d'un mince mari timide et insipide. Mme Sabatier, qui parlait avec l'échevelé Gautier se retournant à l'écoute du nom de Charles, s'en est allée vers un nouvel arrivant à la bourre :

— Je pensais que vous m'aviez oubliée…

— Vous oublier n'est pas possible, Présidente. On dit qu'il a même existé des artistes qui ont vécu toute leur vie les yeux fixés sur une seule image chérie.

— Parlez pour vous, Berlioz…

— Voici une ancienne petite boîte à musique laquée. Pouvez-vous en faire quelque chose ? Elle a passé pour belle autrefois.

Gustave Doré, s'approchant pour saluer le compositeur, prévient Apollonie :

— Dimanche prochain, directement de retour de la chasse, il est possible que j'arrive également un peu tard et en costume peu convenable. Je vous prie d'avance, Présidente, d'excuser ma veste, ma cape et mon chapeau.

— Vous serez pardonné, Doré…

Près de Flaubert et de Manet qui les a rejoints ainsi que les frères Goncourt trottinant vers eux comme des rats, l'hilare Gautier réagit à la nouvelle annoncée par Du Camp à côté d'un vase, sur la cheminée, sans plus de fleurs dedans :

— Ce Baudelaire est étonnant ! Conçoit-on cette manie de s'éterniser dans une ville où l'on souffre ? Moi, quand je suis allé à Venise, à Constantinople, je savais que je m'y plairais et qu'au retour j'en ferais un beau livre. Lui, il reste à Bruxelles où il s'ennuie pour le plaisir de dire qu'il s'y ennuie !

— Personnage artificiel qui joue son rôle..., analyse l'un des Goncourt.

— Sans doute, dans sa vie tourmentée, un vague besoin de se fuir lui-même, comprend mieux Gustave Flaubert.

Charles Baudelaire, les langues se débrident à son propos. « Qu'en pensez-vous ? » demande Manet à Mme Sabatier qui passe, faisant celle qui n'a pas entendu la question, allant plutôt butiner de groupe en groupe. Les sentiments profonds ont une pudeur qui ne veut pas être violée. Dans une tenue immaculée, elle virevolte, celle qui fut rimée « ma vie », « mon inspiration ». Teint resté clair et uni, traits réguliers, sa bouche est moins rieuse mais elle remue encore entre le végétal peint des rideaux aux fenêtres donnant sur la rue Frochot et, appuyés contre les murs, de grands bois flottés apportés par les marées sur des plages de France.

Il aimait la voir, avec ses jupes blanches,
Courir à tout au travers du feuillage et des branches,

— Si la Belgique le dégoûte autant, qu'il revienne dans son pays au lieu d'y prolonger sa fugue au-delà des prévisions.

Discrètement, Apollonie délaisse tous ces mots pour aller à l'intérieur de la pièce du fond. Elle y sort son exemplaire des *Fleurs du Mal* de l'étui couvert d'une soierie Pompadour à bouquets et rayures sur fond bleu découpée dans un reste du tissu mural de sa chambre où elle dort seule. Elle a quitté son comte Alfred Mosselman.

… Rue Frochot, aux après-midi du dimanche, on parle encore quelquefois de Baudelaire. Sabatier ne dit rien.

86

Maître Narcisse Ancelle,

Bien que vous m'ayez prévenu que le montant de ma pension mensuelle allait beaucoup baisser puisqu'il ne reste dorénavant plus grand-chose de l'héritage de mon père, je vous supplie de retirer aussi de votre prochain versement cinquante francs que vous enverrez, sous enveloppe, à Jeanne Duval qui maintenant se fait appeler Lemer (17, rue Sauffroy, Batignolles). Je crois que cette malheureuse devient aveugle.

Charles Baudelaire

Les petites mains blanches du poète glissent la lettre dans une enveloppe alors que ça cogne contre la porte de sa chambre de l'hôtel du Grand Miroir. « Entrez, je ne ferme jamais ! » annonce Charles tandis que les gonds pivotent en faisant apparaître un grand monsieur classiquement mis, à barbiche et sourire doux, qui lui dit :

— Chère horreur de ma vie, crapule de génie !

Le poète s'en plaque une paume contre le front :

— Ah, revoilà dans un pays que je hais l'éditeur que j'ai ruiné. Je suis damné !

Auguste Poulet-Malassis déboutonne son manteau et s'assoit sur l'édredon vert, au bord du lit, face à Baudelaire, tout en s'étonnant :

— Êtes-vous devenu pacha d'Orient avec cet épais turban qui sent fort autour du crâne ?

— Pour écrire, me voilà obligé d'emmailloter toute ma tête dans une serviette de toilette que j'imbibe de térébenthine. J'avale quantité de pilules composées de valériane, de digitale et de belladone. Je prends aussi de la morphine. J'ai continuellement un peu de vague dans la cervelle, du brouillard et de la distraction. J'ai été obligé d'augmenter encore le nombre de gouttes de laudanum. Je parviens ainsi à espacer les crises mais bon, là, ça va aller. Pourquoi êtes-vous venu dans cet affreux pays, Coco Mal-Perché ?

Auguste soupire :

— Parce qu'en France je déteste l'Empire et pour fuir les créanciers qui m'attendaient à ma sortie de prison. Tombé en faillite, je retente ma chance ici en faisant paraître de petits livres libertins destinés à l'enfer des bibliothèques et vendus à Paris par les voies de la contrebande. Je déjoue la surveillance policière à coups de pseudonymes et d'adresses farfelues pour ces publications clandestines par exemple prétendument parues à Rome à l'enseigne des Sept-Péchés capitaux. Mon cher Baudelaire, la dernière fois qu'on s'est vus, vous m'avez encore fait une farce. Vous m'avez fait escompter six cents francs que j'ai dû rembourser à votre place. Ce trait de noirceur dans les extrémités où je me trouvais m'a fort dégrisé à votre endroit comme vous pouvez le penser. Et vous, que faites-vous à Bruxelles ?

— Rien. J'y suis toujours de mauvaise humeur. C'est une maladie aussi cela. Pourquoi je reste à Bruxelles que j'exècre tant ? Je m'y suis mis en pénitence jusqu'à ce que je sois guéri de mes vices. Cela va bien lentement, constate Charles en se levant avec lassitude. Pourquoi me regardez-vous avec les yeux embués, Coco Mal-Perché ? Vous vous figurez peut-être qu'à cause de la syphilis je vais maintenant avoir les os cariés en huit jours. Il y a des gens qui vivent longtemps avec le sang infecté mais, moi, cela me fait peur, ne serait-ce qu'à cause de la mélancolie que cela engendre, ajoute le poète en glissant douloureusement ses bras dans les manches de son paletot fichu. D'ailleurs, c'est parce que je suis tellement accoutumé aux souffrances physiques, parce que je sais si bien ajuster deux chemises sous un habit déchiré que le vent traverse, que je sais si adroitement adapter des semelles de paille ou même de papier dans des souliers troués, que je ne sens presque que les douleurs morales. Cependant, il faut avouer, j'en suis venu au point où je n'ose plus faire de mouvements brusques ni même trop marcher de peur de me déchirer davantage. Et si nous allions, ce soir à pas de loup, courir les tavernes ?...

Descendant périlleusement les marches jaunes en donnant le bras à son éditeur jusqu'au rez-de-chaussée où il découvre, derrière le comptoir, la propriétaire de l'hôtel qui fronce les sourcils, Charles relate :

— Le Monstre du Grand Miroir me fait la mine, je le vois bien. Et enfin, dans cette capitale, dit-il encore tout en traversant la cour intérieure, il y a une foule de petites dépenses, tabac, papier, timbres-poste, raccommodages, etc., auxquelles je ne peux pas satisfaire depuis bientôt deux ans sans des ruses ridicules.

Rue de la Montagne, le poète progresse, plié en deux. À encore quarante-quatre ans, il en paraît quatre-vingts. Crâne toujours entouré de la serviette imbibée d'essence de térébenthine, il revêt ses vêtements sans les brosser, n'ayant plus de courage à rien sauf pour se pencher davantage afin d'arrêter des chats qu'il caresse, magnétise de son regard. Le long d'une rue du quartier de la Putterie lavée à grandes eaux mêlées de savon noir, Baudelaire s'arrête devant une vitrine où sont exposés des cercueils qui l'épatent :

— Coco Mal-Perché, contemplez ces bières de palissandre ou d'acajou. Quels écrins ! et pour quels bijoux ! Faire de tels étuis pour de telles charognes belges !...

En franchissant un pont sur la rivière, il grommelle :

— La Senne est un excrément qui coule. Allons là-bas, dans cette taverne aux clientes à l'aspect repoussant et odeur répugnante afin de jouir de l'agonie de ce peuple atroce.

À l'intérieur de l'estaminet, coudes sur la table et observant les buveurs de faro, il avoue :

— Ayant beaucoup cherché la raison d'existence des Belges, j'ai pensé qu'ils étaient peut-être d'anciennes âmes enfermées, pour d'horribles vices, dans les hideux corps qui sont à leur image. Un Belge est un enfer sur la terre.

— De quoi parlez-vous en fait, mon cher Baudelaire, vraiment de la Belgique ou de vous ?

Charles ne répond rien. Poulet-Malassis insiste :

— Vous êtes enfoncé, encruché, vous vous êtes embourbé dans votre Grand Miroir, passant maintenant votre vie à déblatérer contre un pays qui, selon vous, ne vaut pas grand-chose mais auquel vous ne comprenez pas grand-chose non plus.

Dans la large cheminée sifflante – orgue des vents – de la gargote sombre, une bûche en braise se fend et pétille pendant qu'un client regarde fixement Charles qui lui lance :

— Je suis pédéraste et, correcteur d'épreuves, j'ai été envoyé de Paris pour corriger des épreuves d'ouvrages infâmes. J'ai tué mon père puis l'ai mangé. Je nage dans le déshonneur comme un poisson dans l'eau.

Plaisir pervers... S'abattent violemment sur les tables des paumes d'ouvriers qui ont entendu et se lèvent, menaçants, alors que Poulet-Malassis propose :

— Changeons d'établissement !

5, place Royale, le poète, précédé par son éditeur, longe un couloir étriqué menant à la première salle de la *Taverne du globe* – petite et enfumée, au plafond courbe la faisant ressembler à la coque d'un bateau renversé. Auguste entraîne Charles à l'intérieur de la seconde salle, plus vaste. Ses murs sont couverts de fresques représentant des scènes de chasse. Les deux gueuzes mousseuses qu'on leur sert dans des gobelets en étain sont accompagnées d'une sous-tasse garnie de quelques dés de fromage et Baudelaire fulmine encore (encore !) à propos des outre-Quiévrain :

— L'autre jour, j'ai emprunté une dizaine de francs à un Bruxellois qui a accepté. Je sens que ma conscience n'est plus nette. C'est la première fois que je demande un service à quelqu'un que je voudrais voir disparaître de la terre. Jugez ce que j'endure en ce pays.

— Moi, je connais un Belge dont vous êtes l'idole, dit Poulet-Malassis en essuyant la mousse de bière couvrant le bord de ses moustaches. Il s'agit d'un jeune Namurois, peintre-graveur farfelu, qui s'appelle Félicien Rops.

— Ah oui, j'ai déjà vu des choses de lui. Il a du talent.

— Mon cher Baudelaire, si vous en étiez d'accord, j'aimerais lui passer commande d'une illustration gravée qui serait le frontispice mis en vis-à-vis de la page-titre d'un livre de vous, une mince plaquette comprenant les six poèmes interdits en France sans cette fois craindre les foudres de sa justice puisque nous sommes ici et que la plaquette serait imprimée à Amsterdam. Il faudrait en plus inclure des poésies inédites auxquelles vous n'avez pas cru devoir faire place dans la première édition des *Fleurs du Mal*. Il pourrait y avoir aussi d'autres poèmes datant de votre prime jeunesse et enfin quelques-uns récents si vous en avez écrit.

— Ils sont beaucoup moins bien qu'avant... Vous voudriez mes fonds de tiroir, quoi, mes épaves...

— Voilà, c'est ça, c'est le titre : *Les Épaves de Charles Baudelaire* ! Ce serait bouleversant pour ceux qui vous aiment. Il me faudrait vingt-trois poèmes pour cette plaquette que je ne pourrais publier qu'à deux cent soixante exemplaires mais ça me semble important. Je vous donnerai cent francs afin que vous puissiez acheter vos indispensables médicaments.

— Coco Mal-Perché, vous êtes incorrigible. L'affaire des droits des *Fleurs*, revendus en douce à Hetzel alors que vous étiez derrière les barreaux par ma faute, ne vous a pas suffi pour me haïr à vie ?

— Sorti de cellule, je suis allé voir l'éditeur de Jules Verne qui, compréhensif, s'est bien conduit avec moi. J'irai à Namur chercher la plaque de cuivre du frontispice gravé par Rops. Nous pourrions y aller ensemble. Il m'a écrit dès qu'il a eu vent de votre présence à Bruxelles pour me dire que vous êtes l'homme dont il désire le plus vivement faire connaissance. C'est ainsi que j'ai su récemment que vous étiez en Belgique.

— *Les Épaves*..., s'en passe la langue sur les lèvres Baudelaire. Ironiquement, j'en enverrai un exemplaire au procureur Pinard... D'autres arriveront par le passage de la contrebande chez Asselineau qui devra les vendre sous le manteau... Quant à Namur, je voudrais visiter encore une fois son église Saint-Loup qui est un chef-d'œuvre.

87

— C’est moi, ce squelette arborescent ? Est-ce prémonitoire, Félicien ?

— Mais non, vous, je vous ai représenté de profil en médaillon au-dessus du titre, sais-tu, monsieur Baudelaire !

Cependant Charles, à côté du jeune peintre namurois dont il scrute de plus près le futur frontispice des *Épaves*, reste sur sa première idée :

— Vous m'avez collé sur la poitrine un petit cœur sec comme en carton-pâte, et infligé, en guise de sexe, un crotale crachant son venin...

— Nous nous rencontrons, poète, dans un amour étrange : la passion du squelette.

— Mh..., grogne Baudelaire.

Ce tant folâtre Monsieur Rops,
Qui n'est pas un grand prix de Rome,
Mais dont le talent est haut comme
La pyramide de Chéops !

— Si je termine ainsi mon quatrain c'est uniquement pour la rime, précise Baudelaire. Vous connaissez sans doute ma défiance relative à mesdames et messieurs les Belges. Pendant le voyage, Coco Mal-Perché m'a dit que vous étiez un cavaleur.

— Dans quelques mois je deviendrai homme marié à Namur mais demeurerai célibataire sur le reste du continent.

Ces deux-là se sont trouvés. Poulet-Malassis assiste à leur immédiate complicité. Charles pourrait presque en arriver à un demi-sourire – mais bon, il ne faut pas exagérer – alors que Félicien, lui, se marre de manière tonitruante :

— Mon idée vous semblera burlesque, l'envie me prend parfois de graver des illustrations à partir de vos vers.

— La vie est charmante et incertaine. Peut-être l'un de nous deux va-t-il entrer dans l'éternité.

— Il restera peu de place dans la mémoire humaine à côté d'un astre de votre grandeur. Il est si rare de rencontrer un tempérament parallèle au sien qu'il ne faudrait jamais s'en défaire.

— Bon, ça suffit les sentimentalités, coupe net Baudelaire. Et si nous allions plutôt visiter l'église Saint-Loup ?

— Oui ! s'enthousiasme le fringant trentenaire à l'accent wallon fort prononcé. Vous à l'église, cela me met en bonne gaieté, vous imaginant insuffisamment sacerdotal et s'appliquant à faire l'athée.

— Je pourrais devenir dévot par contradiction. Donnez-moi le bras. Dehors, même si en ce moment je suis calme, une terreur m'y prend, une peur de chien.

— Vous auriez dû suivre un traitement antisyphilitique : mercure et iodure de potassium, sais-tu, monsieur !

— Les médicaments auraient seulement ralenti le processus destructeur.

En ce jeudi 15 mars 1866, le long de la rue des Pinsons-Aveugles, les deux artistes vont lentement, bras dessus, bras dessous, suivis par Auguste, d'un pas tranquille derrière Baudelaire. Ça va mieux, la tête du poète. Il n'a pas aujourd'hui son turban-serviette mais tous ses cheveux, mi-longs, sont blancs comme neige. Son cadet de douze ans a sur lui un œil doux comme la lune. À l'intérieur de l'église Saint-Loup qu'il a déjà visitée une fois mais en coup de vent, Baudelaire se trouve à nouveau ébahi par tout ce qu'il y voit et le chuchote, parmi les marbres veinés et colorés, à ses deux comparses :

— C'est le chef-d'œuvre des chefs-d'œuvre des Jésuites, une merveille sinistre et galante. Saint-Loup diffère de tous les temples baroques que j'ai vus. On se croirait dans un catafalque brodé de noir, de rose et d'argent.

Surtout les confessionnaux de bois qui la bordent y sont déments. Ils ont été sculptés par des artistes différents, lancés dans un prodigieux concours d'invention et de virtuosité.

— Quel boulot, quel talent !

Félicien Rops, pourtant habitué, s'attarde afin de montrer à Poulet-Malassis des détails époustouflants pendant que Charles, sortant le premier de l'édifice, franchit le portail, loupe une marche et chute, le front en avant.

— Crénom !

88

L'Horloge

Horloge ! dieu sinistre, effrayant, impassible,
Dont le doigt nous menace et nous dit : « Souviens-toi !
Les vibrantes Douleurs dans ton cœur plein d'effroi
Se planteront bientôt comme dans une cible ;

Le plaisir vaporeux fuira vers l'horizon
Ainsi qu'une sylphide au fond de la coulisse ;
Chaque instant te dévore un morceau du délice
À chaque homme accordé pour toute sa saison.

Trois mille six cents fois par heure, la Seconde
Chuchote : Souviens-toi ! – *Rapide, avec sa voix*
D'insecte, Maintenant dit : Je suis Autrefois,
Et j'ai pompé ta vie avec ma trompe immonde !

Remember ! Souviens-toi ! *prodigue !* Esto memor !
(Mon gosier de métal parle toutes les langues.)
Les minutes, mortel folâtre, sont des gangues
Qu'il ne faut pas lâcher sans en extraire l'or !

Souviens-toi *que le Temps est un joueur avide*
Qui gagne sans tricher, à tout coup ! c'est la loi.

Le jour décroît ; la nuit augmente ; souviens-toi !
Le gouffre a toujours soif ; la clepsydre se vide.

Tantôt sonnera l'heure où le divin Hasard,
Où l'auguste Vertu, ton épouse encor vierge,
Où le Repentir même (oh ! la dernière auberge !),
Où tout te dira : Meurs, vieux lâche ! il est trop tard ! »

89

En juillet, sur un quai de la gare du Nord, Asselineau voit arriver Baudelaire avachi au fond d'un fauteuil roulant poussé par sa mère qui dit aussitôt à l'employé de la bibliothèque Mazarine :

— Vous auriez dû rester chez vous parce que ce spectacle est navrant.

— Vous seule, madame Aupick, l'accompagnez ? Poulet-Malassis n'est pas du voyage ?

— À cause d'ennuis judiciaires, il ne pouvait pas prendre le risque de revenir en France.

Asselineau, contemplant son copain au bras ballant le long des rayons d'une roue du fauteuil, en a des larmes coulant d'entre ses paupières tandis que celles du poète, qui semblait somnoler, s'écartent vers celui qui l'a toujours aidé et qu'il discerne :

— Crénom !

Baudelaire, parmi les voyageurs qui se retournent, éclate d'un fou rire énorme pendant que l'autre Charles, se penchant vers lui, force un pli plaisant des lèvres : « Eh bien, le mourant, on a ressuscité ? » Mais le poète, de sa main gauche, lui tire vivement la barbe comme un cordon de sonnette et le bibliothécaire s'interroge :

— Est-il devenu fou ?

— Non, mais hémiplégique du côté droit et avec une aphasie motrice après une congestion cérébrale. Parce qu'il y a irrité tout le monde, il m'a fallu l'arracher à l'institut-couvent Saint-Jean-et-Sainte-Élisabeth de Bruxelles, au grand soulagement des sœurs hospitalières.

« Je préférerais cent fois la mort plutôt que d'en être réduit là… » murmure un cocher à Asselineau et conduisant ce monde vers sa voiture de louage garée devant l'hôtel du Chemin-de-fer-du-Nord juste à côté de la gare. Les chevaux du coupé décapotable sont plus fringants que l'handicapé qu'on hisse à bord. Caroline, qui s'est installée tout contre son fils et face au bibliothécaire, indique la destination au conducteur :

— Maison de santé du docteur Émile Duval, 1, rue du Dôme, près de l'Arc de triomphe, puis elle informe Baudelaire, dans les vapes : Tu seras au rez-de-chaussée du pavillon situé au fond du jardin, dans une chambre convenablement meublée, haute de plafond et parfaitement aérée. J'y ai fait accrocher deux petites toiles de Manet qu'il a gentiment proposées.

— Cette clinique doit être chère, suppose Asselineau.

— Je reçois une confortable pension en tant que veuve de sénateur.

Coup de fouet lancé en l'air, le véhicule démarre et ça secoue Baudelaire :

— Crénom !

La calèche va ensuite au pas. Charles, hébété, contemple les vitrines et les mouvements de foule des avenues parisiennes. Tout ce qu'il observe de neuf lui fait prononcer : « Crénom ! » C'est le seul mot qu'il articule. Il le crie parfois à tue-tête. Les inutiles efforts qu'il fait pour causer l'enragent. Il a perdu la parole. À d'autres moments, de sa main droite pour montrer quelque chose, il essaie de lever des doigts non encore pourris mais déjà morts.

— Crénom, crénom..., roucoule-t-il par moments tel un pigeon, en balançant sa tête d'un côté puis de l'autre, comme ému par le parfum d'un bosquet fleuri qu'il longe.

Crénom, c'est tantôt une exclamation ébahie, tantôt un juron selon ce qu'il découvre. Crénom, tout l'étonne. Ce Paris du Second Empire reste un interminable chantier dirigé par le grand urbaniste de Napoléon III qui accomplit sa mission. La mère de soixante-douze ans, à la chevelure devenue frisottée et parsemée de reflets bleutés, bêtifie en enlaçant son fils qui semble ne plus supporter ses babillages débiles et dorlotages continuels auxquels assiste le bibliothécaire. Cervelle de linotte, elle se révèle agaçante pendant que la calèche croise des omnibus et des fiacres, passe d'un quartier à l'autre le long des larges boulevards qui traversent la capitale. Des familles fréquentent les promenades et les jardins. Caroline dit : « Charles, je prie le petit Jésus pour toi. » Putain, ça lui casse les couilles, ça, à Baudelaire, et l'autre Charles s'en mêle :

— Vous voulez en fait qu'il redevienne dépendant de vous…

Elle malaxe encore le poète et cherche à l'amadouer mais ça l'irrite :

— Crénom !

— Évitez vos caresses, madame, n'en peut plus Asselineau. Il y a de quoi lui donner une nouvelle congestion cérébrale. Depuis longtemps je veux vous dire de cesser cela parce qu'il n'est qu'excité de colère et de rancune envers vous.

Par instants, Charles bascule une tempe contre l'arrondi d'une épaule de Mme Aupick et y retrouve un bonheur datant du temps où il plongeait son visage au fond d'un panier à linge pour s'y enivrer des senteurs des culottes sales de sa mère. Crénom… et il s'endort alors que Caroline dit :

— Depuis qu'il est sorti de l'enfance, je ne l'ai plus possédé. Il me semble à présent qu'il est redevenu mon tout petit garçon.

90

Le samedi 31 août 1867, un peu après onze heures du matin, Charles, à quarante-six ans et cinq mois, s'éteint dans une hébétude opaque. Édouard Manet pose les doigts sur une épaule de sa femme qui jouait, au petit piano droit installé dans la chambre, l'ouverture de *Tannhäuser* composé par Richard Wagner que Baudelaire aime (aimait !) tant. Elle relève ses mains du clavier dont elle rabat ensuite le capot en se tournant vers le docteur Duval qui, d'un glissement de paume, clôt les paupières du poète en nage car il fait aujourd'hui une chaleur de dingue. Caroline Aupick, assise dans un coin de la chambre près du notaire Narcisse Ancelle en larmes, se lève, dépose sur sa chaise l'éventail qu'elle agitait devant sa figure, et passe devant Asselineau, ouvrant sa chemise, qui dit :

— Je vais aller, partout dans Paris, prévenir les amis.

La mère s'empare, à même la table de chevet, d'un carré de tissu mural de chambre pour dame couvert d'une empreinte de rouge à lèvres qui la surprend :

— Qui a bien pu apporter ça ?

C'est une soierie Pompadour à bouquets et rayures sur fond bleu, qu'afin d'essuyer le visage encore trempé de sueur de son fils, elle utilise comme un mouchoir. La marque du baiser voluptueux qui s'y trouve imprimée passe et laisse sa trace rouge sur le front, les joues, les lèvres du poète mort. En début d'après-midi, les premières connaissances de feu Baudelaire alertées par Asselineau débarquent en transpirant dans la chambre et s'y pincent aussitôt le nez, l'air de penser : « Hou là, ça pue ! » En ce climat d'intérieur de four à pain où l'on se demande s'il vaut mieux ouvrir la fenêtre ou la laisser fermée, déjà, Charles Baudelaire se décompose. À part Mme Aupick qui n'a jamais lu *Les Fleurs du Mal*, personne ne peut s'empêcher de penser à *Une Charogne*.

> *La puanteur était si forte, que* (...) *Vous crûtes vous évanouir.*

L'odeur devient insupportable. La dépouille paraît dévorée par des bêtes. Un médecin, qui arrive et ouvre la fenêtre, déclare :

— Un samedi d'été en pleine canicule, on ne pourra pas le garder longtemps. Il faudra le conduire au cimetière dès lundi.

Ancelle, s'essuyant les yeux, promet qu'il s'occupera des obsèques.

91

Le lundi 2 septembre et toujours par une météo suffocante à faire fondre les thermomètres, le char mortuaire argenté contenant le cadavre de Charles se traîne d'est en ouest dans Paris, tracté par des chevaux qui n'en peuvent plus et au bord de l'évanouissement. La chaleur torride empêche beaucoup de gens du convoi, allant à pied, de tenir jusqu'au bout. Ils s'égrènent, abandonnent en cours de route pour s'écrouler aux terrasses des cafés en suppliant :

— À boire !…

Mais quand le corbillard pénètre à l'intérieur du cimetière Montparnasse, au moment où il passe entre les battants grands ouverts du portail, le ciel se déchire. Dans un coup de tonnerre phénoménal un orage éclate, chargé d'éclairs, à la verticale du cimetière. La foudre fait jaillir des étincelles de feux d'artifice en percutant les plus hautes croix métalliques des tombes puis c'est un déluge accompagné de très violentes bourrasques. D'autres membres du convoi fuient. Le cercueil, descendu du corbillard, est fouetté par le vent et les feuilles, branches, arrachées aux arbres. Les superbes bouquets apportés pour le poète s'en trouvent déchiquetés et leurs pétales éparpillés parmi les tourbillons. C'est de la grande poésie.

— Baudelaire n'aurait pas désiré mieux pour son entrée dans la mort ! crie Nadar en s'accrochant à Manet.

Asselineau et Champfleury se cramponnent l'un à l'autre pour ne pas rouler dans les allées. Les frères Goncourt, comme devenus siamois, se demandent ce qu'ils foutent là. Ancelle, aidé par Berlioz, protège la mère de Charles dont on descend le corps au fond du trou fumant d'un caveau familial où se trouve déjà le général Aupick. « Touchante et fallacieuse réconciliation… » grimace Daumier près de Courbet dont la barbe tournoie dans tous les sens. Devant la tombe, sous les trombes d'eau, quelqu'un qu'on distingue mal à travers les gouttes – est-ce Théophile Gautier ? – sort un papier sur lequel est rédigé un discours et il porte haut la voix afin d'être entendu parmi les bombardements de tonnerre et les éblouissements des éclairs :

— Depuis un moment, la mort tournait autour de Charles Baudelaire. Elle lui avait posé son maigre doigt sur le front et la paralysie l'avait déjà rendu à moitié inerte !…

La suite, on ne la connaîtra pas car l'averse la détrempe à flots, et le papier s'envole sans provoquer le regret d'un collégien qui considère que :

— Crénom, comme aurait dit l'Autre, c'est embêtant de pisser de la copie à partir d'un cadavre...

Et puis la pluie cesse aussi soudainement qu'elle était apparue. Le ciel redevient tout bleu pendant que, au ras du sol, s'élèvent et flottent des vapeurs ondulantes circulant autour de la base des tombeaux. Alors que de vieux fossoyeurs remettent la dalle par-dessus le caveau familial qui n'attend plus que le corps de Mme Aupick, Champfleury vient demander à la mère de Baudelaire :

— Votre fils avait écrit sa propre épitaphe. La fait-on graver sur une petite plaque de marbre qu'on rangerait au milieu des fleurs de la tombe ?

— Que dit cette inscription funéraire ?

Ci-gît, qui pour avoir par trop aimé les gaupes,
Descendit jeune encore au royaume des taupes.

— Mais bien sûr que non ! s'indigne Caroline. Mon sénateur d'Empire s'en retournerait les os.

Certains, autour d'elle, lèvent les épaules ou hochent la tête mais, principalement, tous, encore trempés, sont pressés d'en finir avec cet enterrement. Ils retournent à pas lents vers le portail du cimetière. Arrivé entre les deux battants, Nadar s'exclame :

— Regardez, là, passant sur le trottoir d'en face ! Jeanne Duval, Prosper ou Lemer ! La voici telle que le hasard nous la fait revoir...

Venue peut-être des Batignolles, se guidant le long d'un mur, presque aveugle et à moitié folle, très amaigrie, elle va, piétinant dans la boue, l'air hagard. La muse qui fut totalement paralysée puis ne devint qu'hémiplégique comme l'avait souhaité son poète : « Je veux partager ton mal. Choisis un côté, je prendrai l'autre » traîne la partie gauche et raide de sa silhouette – alors que Charles fut ensuite atteint du côté droit – grâce à une béquille. Elle est coiffée d'un madras multicolore d'où s'échappent des mèches grises et frisées. À ses oreilles pendent des anneaux dorés, et le jeune Verlaine, vingt-trois ans, qui vient de publier ses *Poèmes saturniens*, se met à réciter du Baudelaire :

Si vous la rencontrez, bizarrement parée,
Se faufilant, au coin d'une rue égarée,
Et la tête et l'œil bas – comme un pigeon blessé –
Traînant dans les ruisseaux un talon déchaussé,

Messieurs, ne crachez pas de jurons ni d'ordure,
Au visage fardé de cette pauvre impure
Que déesse Famine a, par un soir d'hiver,
Contrainte à relever ses jupons en plein air.

Cette bohème-là, c'est mon tout, ma richesse,
Ma perle, mon bijou, ma reine, ma duchesse,
Celle qui m'a bercé sur son giron vainqueur,
Et qui dans ses deux mains a réchauffé mon cœur.

L'étoile claudicante du poète, dont on ne saura plus jamais rien, poursuit son chemin, s'en va retomber dans l'oubli alors que des lycéens, présents ici en nombre, se trouvent émus de l'avoir vue et que l'un des frères Goncourt, grimaçant, appréhende à l'oreille de son frère :

— Il ne faudrait pas que ce baudelairisme ambiant devienne un phénomène tentaculaire…

Caroline Aupick abonde en ce sens et à l'idée émise par Nadar de lancer une souscription pour ériger une statue sur la tombe de Baudelaire, elle prend fait et cause contre ce projet :

— Mon raté de fils que je considère comme un parasite n'est pas un exemple à suivre. Il ne saurait en aucun cas servir de modèle à la jeunesse. Il ne convient donc pas d'envisager une statue.

Les frères Goncourt se retiennent d'applaudir pendant qu'Asselineau, du bas d'une paume, essuie ses yeux mouillés, non plus à cause de la pluie, en tendant à la mère un petit paquet, très bien enveloppé, mis à l'abri sous sa chemise :

— Charles m'avait confié, au cas où et afin que vous le lisiez enfin, cet exemplaire de la première édition des *Fleurs du Mal* à vous remettre le moment venu. Le voici. Il l'a fait relier secrètement, pour vous seule, d'une parure qu'il m'a dite très spéciale. Tel que j'ai connu votre fils, il n'a pas dû faire les choses à demi.

92

— Honfleur ! Honfleur ! Quai numéro 3, départ du train à destination de Honfleur !...

Le cri répété en bout de quai d'un employé de la gare Saint-Lazare alerte les voyageurs retardataires tandis que Caroline Aupick s'installe près d'une fenêtre dans un wagon de première classe. Elle sort d'un sac posé sur ses cuisses le livre remis par Asselineau dont elle défait l'emballage avant que de le placer sur ses genoux pendant qu'elle glisse le bagage à gauche de ses jambes mais *Les Fleurs du Mal* tombent comme aux pieds d'une reine. Face à Caroline, un monsieur bien mis se penche aussitôt, fort courtoisement, pour le ramasser. Quand il a l'ouvrage entre les mains, il s'étonne au contact de la vêture de cuir utilisée pour ce recueil :

— Il est relié pleine peau mais de quoi ? On dirait de la truie mais ça n'en est pas. Ce n'est pas non plus de la vache, le grain serait plus gros, ni de l'agnelle mort-née, le grain serait plus fin. Ce n'est évidemment ni de l'autruche ni de la raie mais alors c'est quoi ?... en tout cas pas de l'ânesse, cette peau serait plus rêche.

Il caresse la vêture et constate :

— Peau blanche avec une large aréole brune et tannée au centre de la couverture, pourquoi ? Un épiderme qui dégage au toucher une sorte de fluide électrique, qu'est-ce ? J'ai beau être bibliophile voire bibliomaniaque, je l'ignore. Le savez-vous, madame ?

— Non, répond la mère de Charles Baudelaire, qui reprend *Les Fleurs du Mal* et se met à en lire le début du premier poème.

Bénédiction

Lorsque, par un décret des puissances suprêmes,
Le Poète apparaît en ce monde ennuyé,
Sa mère épouvantée et pleine de blasphèmes
Crispe ses poings vers Dieu, qui la prend en pitié :

— « Ah ! que n'ai-je mis bas tout un nœud de vipères,
Plutôt que de nourrir cette dérision !
Maudite soit la nuit aux plaisirs éphémères
Où mon ventre a conçu mon expiation !

(...)

Remerciements pour leur collaboration plus ou moins volontaire à :

Charles Baudelaire, œuvres complètes (Pléiade Gallimard) / Marie-Christine Natta, *Baudelaire* (Perrin) / Henri Troyat, *Baudelaire* (Flammarion) / Claude Pichois et Jean Ziegler, *Baudelaire* (Julliard) / Ernest Seillière, *Baudelaire* (Librairie Armand Colin) / *Cannabis & littérature* (Pimientos) / Pascal Pia, *Baudelaire* (Seuil) / Pascal Pia, *Baudelaire par lui-même* (Écrivains de toujours, Seuil) / Armand Moss, *Baudelaire et Madame Sabatier* (Nizet) / André Billy, *La présidente et ses amis* (Flammarion) / François Porché, *Baudelaire et la présidente* (Éditions du milieu du monde) / Emmanuel Pierrat, *Paris ville érotique* (Parigramme) / Gilles Laurendon et Laurence Berrouet, *Métiers oubliés de Paris* (Parigramme) / André Guyaux, *Le Paris de Baudelaire* (Éditions Alexandrines) / Claude Pichois, *Auguste Poulet-Malassis, l'éditeur de Baudelaire* (Fayard) / Emmanuel Richon, *Jeanne Duval et Charles Baudelaire Belle d'abandon* (L'Harmattan) / Félix Nadar, *Charles Baudelaire intime* (A. Blaizot, éditeur) / Théophile Gautier, *Charles Baudelaire* (Payot & Rivages) / Charles Asselineau, *Charles Baudelaire* (Le Temps qu'il fait).

Crédits des illustrations

Photographie « Rue de la Femme-sans-Teste », p. 86, d'après une photo © Cédric Bouclier, Inscription de rue la Femme sans tête, www.histoires-de-paris.fr

Femme piquée par un serpent, Auguste Clésinger, p. 168, Collection de l'auteur

Corrections manuscrites sur *Les Fleurs du Mal*, p. 239, 246, 247, 254, 263, 268, 273, 277 © BnF

Signature du bon à tirer, p. 278 © BnF

Caricature, p. 304, d'après une photo © BnF

Lithographie, p. 305 © Archives Charmet / Bridgeman Images

Détail de *L'Atelier du peintre*, Gustave Courbet, p. 355, d'après une photo © G. Dagli Orti / De Agostini Picture Library / Bridgeman Images

Frontispice pour *Les Épaves*, Félicien Rops, p. 421 © British Library Board. All Rights Reserved / Bridgeman Images

13321

Composition
NORD COMPO

Achevé d'imprimer à Barcelone
par CPI Black Print
le 13 septembre 2021.

Dépôt légal septembre 2021.
EAN 9782290257517
OTP L21EPLN003007N001

Éditions J'ai lu
87, quai Panhard-et-Levassor, 75013 Paris

Diffusion France et étranger : Flammarion